CH.-V. LANGLOIS

LA

SOCIÉTÉ FRANÇAISE

AU XIIIe SIÈCLE

D'APRÈS DIX ROMANS D'AVENTURE

DEUXIÈME ÉDITION, REVUE

PARIS
LIBRAIRIE HACHETTE ET Cie
79, BOULEVARD SAINT-GERMAIN, 79

LA

SOCIÉTÉ FRANÇAISE

AU XIIIᵉ SIÈCLE

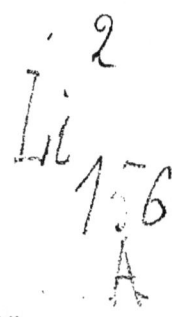

OUVRAGES DU MÊME AUTEUR

Les derniers Capétiens directs. SAINT LOUIS, PHILIPPE LE BEL (1226-1328) [Vol. III, 2ᵉ partie, de l'*Histoire de France* publiée sous la direction de M. E. Lavisse]. Un vol. in-8 . . . . 6 fr.

Manuel de Bibliographie historique.

PREMIÈRE PARTIE. *Instruments bibliographiques.*
DEUXIÈME PARTIE. *Histoire et organisation des études historiques.*

Les deux fascicules réunis, 1 vol. in-8, broché. . . . . 10 fr.

Questions d'histoire et d'enseignement. Un vol. in-18.
3 fr. 5o

L'Inquisition, d'après des travaux récents. Un vol. in-18. 1 fr.

CH.-V. LANGLOIS

LA

SOCIÉTÉ FRANÇAISE

 XIIIᵉ SIÈCLE

D'APRÈS DIX ROMANS D'AVENTURE

DEUXIÈME ÉDITION, REVUE

PARIS

LIBRAIRIE HACHETTE ET Cⁱᵉ

79, BOULEVARD SAINT-GERMAIN, 79

1904

INTRODUCTION

Voici comment j'ai été amené à écrire le présent livre.

Ayant entrepris d'esquisser l'histoire du xiii° siècle pour l'*Histoire de France* publiée par M. E. Lavisse, j'ai jugé nécessaire d'insérer dans cet ouvrage un chapitre sur « la Société française » à l'époque que j'étudiais. Il me semblait que, dans une Histoire générale, s'en tenir à l'histoire politique et administrative, c'était sacrifier une trop grosse part de la réalité. S'en tenir à l'histoire politique et administrative du moyen âge, c'est se condamner à ne savoir presque rien des sentiments des hommes du moyen âge et de ce qu'a été leur vie.

Mais il est très difficile de se procurer à soi-même et de communiquer brièvement à des lecteurs l'impression nette, forte et exacte de ce qu'était la vie des hommes d'autrefois. Chacun de nous connaît plus ou moins la vie des hommes d'aujourd'hui et la société dont il est. Il a sous la main, pour les décrire, d'innombrables documents. Et cependant, qui ne serait embarrassé pour en donner, comme on dit, une idée à des gens d'une autre civilisation ? Lorsqu'il s'agit de sociétés anciennes, les difficultés l'exposition sont les mêmes, et il s'en ajoute d'autres

1

qui tiennent à l'insuffisance ou à la qualité des sources.

Persuadé à la fois que l'histoire des mœurs a sa place dans les cadres de l'histoire générale et que c'est une entreprise très hasardeuse de l'y faire entrer, j'examinai naturellement ce qui avait été accompli, jusque-là, en ce sens.

*
* *

I. Quiconque voudra, dans quelques centaines d'années, se rendre compte et rendre compte de la « Société française » au commencement du xxe siècle — de nos habitudes et de nos mœurs — consultera nécessairement nos livres et nos journaux, nos romans, nos comédies, nos caricatures, nos débats judiciaires, sans parler des collections contemporaines d'œuvres d'art et de photographies. Or, pour l'histoire de la vie privée en France au moyen âge, et surtout à partir du xiie siècle, nous avons des documents analogues. Nous avons des enquêtes judiciaires, des comptes, des inventaires, des miniatures et d'autres représentations figurées. Nous avons aussi des chroniques et des mémoires, une littérature narrative qui n'est pas toute d'école ou d'imitation, des romanciers et des moralistes qui ont décrit plus ou moins fidèlement, d'après nature, les choses et l'idéal de leur temps[1].

---

1. « C'est la peinture de la société à laquelle elle est destinée qui remplit la plus grande partie de notre vieille littérature comme de notre littérature moderne. Aussi est-elle [la vieille littérature] une mine inépuisable de renseignements sur les mœurs, les usages, les costumes, toute la vie privée de l'ancienne France... » G. Paris, dans l'*Histoire de la langue et de la littérature française*, publ. sous la direction de L. Petit de Julleville (Paris, 1896, in-8), I, p. n. Cf. *ibid.*, I, 336.

La première démarche à faire, pour qui se propose
d'étudier les manières d'être d'autrefois, est de prendre
connaissance de ces sources, sources littéraires et monuments figurés. Mais encore faut-il qu'elles aient été convenablement recueillies, vérifiées, datées, classées. Des
travaux sérieux sur l'histoire des mœurs au moyen âge
étaient naguère impossibles, alors que l'Histoire littéraire
et l'Archéologie du moyen âge n'avaient pas encore
atteint le point de perfection relative où elles sont par-
venues [1].

En second lieu, il importe de n'employer qu'à bon
escient les documents qui existent. Ne considérons
ici que les documents littéraires. Noter mécaniquement
sur des fiches les renseignements qui se trouvent, ou
paraissent se trouver, au sujet de la vie privée et des
mœurs, dans les romans ou les sermons du moyen âge,
et juxtaposer ces fiches, ce serait faire une détestable
besogne. En effet, les textes ne sont à proprement parler des documents que « quand on sait dans quelle rela-
tion ils sont avec le siècle où ils ont été écrits ». Le bon
sens commande donc de s'informer, avant tout, de la
date et de la provenance des œuvres, pour ne pas s'exposer

---

1. On s'explique par là, et que les historiens prudents ne se soient
pas aventurés pendant longtemps sur un terrain encore imprati-
cable, et que les premiers ouvrages d'ensemble sur l'histoire de la
vie privée, composés avec les premiers matériaux venus, soient
très peu satisfaisants. C'est le cas des ouvrages prématurés de E.
Meiners (*Historische Vergleichung der Sitten des Mittelalters*. Hannover, 1793, in-12), de Le Grand d'Aussy (*Histoire de la vie
privée des Français depuis l'origine de la nation*, éd. J.-B. de Roquefort. Paris, 1815, 3 vol. in-8), de E. de La Bedollierre
(*Histoire des mœurs et de la vie privée des Français* [jusqu'au xiv^e
siècle]. Paris, 1847-49, 3 vol. in-8), et du vicomte de Vaublanc
(*La France au temps des croisades*. Paris, 1844-49, 4 vol. in-8).

à confondre les temps et les lieux ; de se demander si les traits que l'on relève sont originaux ou s'ils proviennent, au contraire, de traditions ou d'écrits antérieurs ; enfin d'examiner si ces traits sont des représentations sincères de la vérité, des charges ou des idéalisations prémédi-tées ou conventionnelles. La compilation sans critique ne peut aboutir qu'à des résultats fâcheux : que l'on se figure, par exemple, l'image du paysan français « au xixe siècle » qui serait obtenu, dans six cents ans, en manipulant ainsi notre littérature contemporaine, par la juxtaposition brutale de textes ramassés dans Balzac, George Sand, Zola et Mistral.

Ainsi énoncés, ces préceptes ont l'air d'être si simples qu'il paraît aisé de s'y conformer et presque impossible de les violer. Mais c'est une illusion. — D'abord, il y a des documents dont l'interprétation embarrasse et divise les plus experts [1]. Et puis, en pratique, il est né-cessaire d'exercer sur les tendances instinctives un con-trôle très vigilant pour ne pas se laisser aller à considé-rer comme valables, et à mettre sur le même plan, tous les témoignages que l'on a pris la peine de recueillir. — En fait, pour décrire la vie journalière dans la France « du moyen âge », on a utilisé, simultanément et sans choix, les chansons de geste qui, comme celle du « Pèlerinage

---

1. On a beaucoup discuté, par exemple, au sujet de l' « auto-rité historique » des chansons de geste. Que ces poèmes offrent une image exacte du temps où ils ont été composés, c'était l'opinion de M. L. Gautier (*Les épopées françaises*, II², p. 754) ; c'est aussi celle de A. Schultz (*Das höfische Leben*, I, p. x). H. Schröder fait des réserves (*Zur Waffen und Schiffs Kunde des deutschen Mittelalters bis um das Jahr* 1200. Kiel, 1890). Cf. J. von Mörner, *Die deutschen und französischen Heldengedichte des Mittelalters als Quelle für die Culturgeschichte* (Leipzig, 1886.)

de Charlemagne », ont un caractère de grossièreté archaïque, et les poèmes de basse époque, entièrement rajeunis à la mode de la société courtoise. Combien de fois n'a-t-on pas invoqué, sous prétexte de faire connaître les Français du XIIIᵉ siècle, des récits puisés par les auteurs du XIIIᵉ siècle dans la tradition, même dans des traditions très anciennes, d'origine orientale ? On a pris au pied de la lettre les malices des fabliaux et les déclamations des prédicateurs. Toutes les fautes de méthode qu'il est possible de commettre en ces matières ont été souvent et sont encore commises[1].

II. Supposons maintenant que les sources, convenablement préparées, soient à la disposition de personnes prémunies contre les erreurs les plus lourdes. — Comment va-t-on procéder ?

Un procédé très correct consiste à dépouiller des documents pour y recueillir des données et à classer méthodiquement ces données sous des rubriques, sans que l'opérateur soit dans le cas d'ajouter quoi que ce soit de son propre fonds. On forme ainsi des recueils de textes, plus ou moins bien agencés. Et il existe de ces recueils deux types assez bien définis, suivant que l'opérateur s'est proposé d'extraire certaines données d'un ensemble de

[1]. La seconde génération des historiens de la société française au moyen âge n'usait pas d'une méthode très sûre. C'est pourquoi on doit consulter avec précaution A. Franklin (*La vie privée d'autrefois*. Paris, en cours de publication depuis 1887), P. Lacroix (*Mœurs, usages et coutumes au moyen âge et à l'époque de la Renaissance*. Paris, 1873), A. Méray (*La vie au temps des trouvères, La vie au temps des troubadours*. Paris, 1873, 1876), et R. Rosières (*Histoire de la société française au moyen âge*. Paris, 1884, 2 vol.). Plusieurs des dissertations récentes qui figurent ci-dessous, dans l'Appendice bibliographique, ont été exécutées aussi sans précautions critiques (nᵒˢ 92, 104, etc.).

documents, ou bien, de certains documents, toute la substance utile.

Depuis que les documents du moyen âge sont un objet d'études, on a fait des recueils de textes relatifs aux choses du moyen âge. Ainsi fit Du Cange, dont le Glossaire n'est, comme on sait, qu'une très vaste collection de textes rangés sous des rubriques alphabétiques[1]. Les éditeurs d'écrits du moyen âge ont gardé longtemps l'habitude d'en commenter les passages difficiles ou singuliers en confrontant, dans des notes, les textes du même genre ou sur le même sujet qu'ils avaient rencontrés ailleurs[2]. Ces *excursus* démesurés, où les Roquefort et les Francisque-Michel vidaient naguère, sans discernement et sans goût, leurs tiroirs pleins de citations hétérogènes, sont désormais passés de mode : les éditeurs d'aujourd'hui, sans s'interdire les rapprochements explicatifs, comparatifs ou complémentaires, n'en font plus que de topi-

---

1. Voir les *Indices ad Glossarium*, t. VII, p. 471 et suiv. A. Schultz, le meilleur historien moderne de la vie privée au moyen âge, ne s'est peut-être pas assez servi de ces « Indices ».

2. A titre de spécimen, voir, au t. II des *Poésies de Marie de France* (pp. 197-202), la note de Roquefort sur la médecine, les chirurgiens et l'éducation médicale des femmes au moyen âge ; ou bien, dans ses éditions de *Floriant et Florete* et de *La Guerre de Navarre*, les notes de Francisque-Michel qui sont des enfilades de citations sur l'extrême licence des mœurs (*Fl. et Fl.*, p. xxxvi), sur les vilains (*ibid.*, p. liii), sur les chevaux (*Guerre de Navarre*, pp. 504-527), les heaumes (*ibid.*, pp. 533-540), les cors et les olifants (*ibid.*, pp. 622-631). — Cf. quelques références, directes ou indirectes, à des *excursus* de ce genre, dans la Table analytique des dix premiers volumes de la *Romania* (Paris, 1885), à l'art. « Mœurs ». — De même, vers la même époque, procédaient en Allemagne, pour les textes de l'ancienne littérature allemande, Haupt, Zarncke, Zingerle, etc.

ques, et les réduisent au nécessaire[1]. Mais ce n'est pas à
dire que l'on ait renoncé à colliger, dans l'ensemble de
la littérature, les textes qui s'éclairent réciproquement.
Au contraire, les travaux lexicographiques de cette espèce
ont maintenant tant d'étendue qu'on est obligé d'en publier les résultats à part, sous forme d'opuscules spéciaux.
— Ce sont surtout des étudiants et d'anciens étudiants
en philologie, et non pas des historiens, qui, depuis
quelques années, se sont attachés systématiquement, en
Allemagne, à ces travaux. Et cela s'explique. Les étudiants
en philologie romane ont été dressés d'abord, dans quelques Universités allemandes, à recueillir soit dans un
poème, soit dans tous les poèmes d'un cycle, soit dans
les œuvres complètes d'un écrivain du moyen âge (comme
Chrétien de Troies), des particularités de style, des formules, des proverbes, etc.[2]. Ils ont été invités ensuite,

---

1. Voir, par exemple, l'annotation sobre et précise des éditions
de P. Meyer. — Cf. *Zeitschrift für französische Sprache und
Litteratur*, XIX (1897), 2e p., p. 173.
2. Recueil d'épithètes: O. Husse, *Die schmückenden Beiwörter
und Beisätze in den altfranzösischen Chansons de geste*. Halle,
1887.
Recueils de formules : K. Tolle, *Das Betheuern und Beschwören
in der altromanischen Poesie, mit besonderer Berücksichtigung der
französischen*. Erlangen, 1883. Cf. *Romania*, 1883, p. 635. —
R. Busch, *Ueber die Betheuerungs und Beschwörungsformeln in
den Miracles de Nostre Dame*. Marburg, 1886. — J. Altona,
Gebete und Anrufungen in den altfranzösischen Chansons de geste.
Marburg, 1883. — G. Keutel, *Die Anrufung der höheren Wesen
in den altfranzösischen Ritterromanen*. Marburg, 1886. — G.
Dreyling, *Die Ausdrucksweise der übertriebenen Verkleinerung
im altfranzösischen Karlsepos*. Marburg, 1888. — Pour les formules de salutation, voir ci-dessous, p. 320, n. 105.
Recueils de proverbes : E. Ebert, *Die Sprichwörter der altfranzösischen Karlsepen*. Marburg, 1884. Cf. *Romania*, 1885, p. 631.

par analogie, à extraire, suivant la même méthode, d'un groupe de documents littéraires, tout ce qui s'y trouverait d'intéressant pour une province des « antiquités » (*Altertümer*) ou de l' « histoire de la civilisation » (*Kulturgeschichte*) au moyen âge, car les « antiquités » et l' « histoire de la civilisation » font partie de la « philologie » au sens large de l'expression. De là, des recueils de textes sur les armes (offensives ou défensives), sur la chasse, sur l'hospitalité, sur les manières de compter le temps, sur les voyages, sur le sentiment de la nature, sur le sentiment de la famille, sur l'idéal de la beauté et de la laideur au moyen âge, etc. Comme les recueils de ce type sont acceptés par les Universités allemandes pour l'obtention du grade de docteur en philosophie, il est naturel qu'ils s'y soient promptement multipliés. On commence à exploiter aussi, dans les Universités des États-Unis, cette veine inépuisable[1].

Les recueils où l'on a essayé d'extraire toute la substance historique d'un document ou de quelques docu-

---

— A. Kadler, *Sprichwörter und Sentenzen der altfranzösischen Artus and Abenteuerromane.* Marburg, 1885. — E. Cnyrim, *Sprichwörter, sprichwörtliche Redensarten und Sentenzen bei den provenzalischen Lyrikern.* Marburg, 1887. — B. Peretz, *Altprovenzalische Sprichwörter.* Erlangen, 1887. — E. Bouchet, *Maximes et proverbes tirés des chansons de geste.* Orléans, 1893. Cf. *Romania,* 1894, p. 309. — J. Loth, *Die Sprichwörter und Sentenzen der altfranzösischen Fabliaux nach ihrem Inhalt zusammengestellt.* Greifenberg, 1896. — O. Wandelt, *Sprichwörter und Sentenzen des altfranzösischen Dramas (1100-1400).* Marburg, 1887.

1. Voir l'Appendice bibliographique, p. 311. — Il va de soi que des travaux du même genre, plus nombreux encore, ont été exécutés depuis vingt ans, en Allemagne, d'après les monuments des littératures germaniques (allemande, anglaise, scandinave)

ments ont, pour la plupart, moins d'intérêt que les précédents[1]. Mieux vaut, assurément, lire *Flamenca* que la dissertation d'Hermanni : *Die culturgeschichtlichen Momente im provenzalischen Roman « Flamenca »*, comme la *Mireille* de Mistral que la dissertation de Maass : *Allerlei provenzalischer Volksglaube nach F. Mistral's « Mireio » zusammengestellt*. Toutefois les éditeurs ou les critiques, qui, dans la préface ou le compte rendu d'une édition critique, ont travaillé à rassembler en gerbe tout ce que l'œuvre éditée contient d'instructif et de savoureux pour l'histoire de la vie privée[2] n'ont pas laissé de rendre ainsi des services positifs[3].

En somme, les mosaïques de textes qui sont faites avec soin, par des érudits intelligents, épargnent au public le travail qu'elles ont coûté. De plus, elles sont inoffensives, car, puisque le compilateur n'ajoute rien aux matériaux qu'il agence, il ne risque pas de les abîmer : on peut toujours vérifier les données qu'il se contente de présenter

---

du moyen âge. Voir *Zeitschrift für deutsche Philologie*, XXIV, p. 373 ; et le *Bibliographischer Monatsbericht* de G. Fock, non pas sous la rubrique « Histoire », mais sous la rubrique « Philologie moderne ».

1. Appendice bibliographique, nos 13, 23, 47, 49, etc.

2. Voir, par exemple, G. Paris sur le *Châtelain de Couci* (dans l'*Histoire littéraire*, XXVIII, p. 363), et son compte rendu de l'édition Todd de la *Naissance du Chevalier au Cygne* (dans la *Romania*, 1890, p. 334).

3. Le plus méritoire, parce qu'il a été fait sur des textes inédits, des travaux de ce type, est sans contredit le relevé, par B. Hauréau (*Notices et Extraits de quelques manuscrits latins de la Bibliothèque nationale*. Paris, 1890-93, 6 vol. in-8), des traits intéressants pour l'histoire des mœurs au xiie et au xiiie siècle qui se trouvent dans quelques recueils de sermons manuscrits de la Bibliothèque nationale.

d'une manière analytique, pour plus de commodité. —
Mais il n'en est pas de même d'un autre procédé d'exposition qui a été aussi employé : l'essai, forme rapide et dan-
gereuse de synthèse. L'essayiste fait part de l'impression
qu'il a éprouvée et des réflexions qui lui sont venues à l'esprit en lisant un certain nombre de documents ; il enchâsse
quelques textes, ceux qu'il connaît, dans des conclusions
générales (qui en dépassent souvent la portée) et des réflexions personnelles (qu'il n'a pas toujours la précaution
de présenter comme telles). Non seulement l'essayiste, dont
les matériaux sont rassemblés à la hâte, est condamné par là
à commettre des erreurs d'interprétation, mais, s'il s'agit
de sentiments et de croyances, la déclamation le guette.
Il n'y a rien de plus choquant, pour ceux qui savent, que
certaines apologies tendancieuses ou romantiques, tru-
culentes ou doucereuses, de la société du moyen âge. —
S'il peut paraître un peu ridicule de s'atteler à lire les
romans du cycle d'Artur ou ceux du cycle de Charlemagne pour y noter tout ce qui concerne les chiens, les
chevaux, les harnais ou les duels, il n'est pas raisonnable
de discourir, après avoir parcouru un ou deux de ces
poèmes, sur « les passions au moyen âge »[1].

La seule forme correcte du procédé synthétique d'exposition serait un tableau des conclusions qui se dégagent
de la comparaison de tous les textes, préalablement recueillis et classés par espèces de faits. Quoique tous les

---

1. Les essais qui ont été exécutés jusqu'à présent, à notre connaissance, sont compris, comme les recueils de textes, dans
l'Appendice bibliographique de la page 311, qui est une seconde
édition, augmentée, d'une liste publiée au t. LXIII (1897) de
la *Revue historique*, sous ce titre : *Les travaux sur l'histoire de
la Société française au moyen âge d'après les sources littéraires*.

recueils de textes possibles et désirables n'aient pas encore
été exécutés, quelques hommes conscients des difficultés
de l'entreprise ont déjà tenté de décrire ainsi « la société »
ou « la vie » au moyen âge.

Les premiers ouvrages de ce genre qui soient vraiment
considérables sont ceux de MM. A. Schultz *(Das höfische
Leben zur Zeit der Minnesinger)* [1] et L. Gautier *(La Chevalerie)* [2]. — Le livre de M. Schultz est tout à fait conforme à la définition qui précède de la synthèse normale :
c'est un tableau sobre et précis, absolument exempt d'intentions édifiantes ou esthétiques, et convenablement
composé, des conclusions qui se dégagent de la comparaison des textes. L'auteur a dépouillé lui-même la plus
grande partie des œuvres littéraires du moyen âge qui
font connaître la vie courtoise ; il a utilisé tous les dé-
pouillements partiels ; il s'est servi accessoirement des
autres sources, diplomatiques et archéologiques. — *La
Chevalerie*, de M. L. Gautier, se présente sous l'aspect,
plus engageant peut-être, d'un « Voyage du jeune Ana-
charsis » ; et une foule d'opinions religieuses et morales,
personnelles à l'auteur, y sont développées à loisir. Ce ne
serait donc qu'un « essai », s'il ne renfermait des notes
très copieuses où beaucoup de textes ont été utilement
rapprochés pour la première fois. — Tout le monde re-

---

1. A. Schultz, *Das höfische Leben zur Zeit der Minnesinger.*
Leipzig, 1889, 2 vol. in-8, 2ᵉ édition. La 1ʳᵉ édition est de 1879.
— M. A. Schultz, dans cet ouvrage, ne traite que de la « vie
privée », en laissant formellement de côté ce qui touche les idées
et les sentiments. Il a publié depuis un ouvrage élémentaire
du même genre, mais plus général : *Das häusliche Leben der
europäischen Kulturvölker vom Mittelalter* (Berlin, 1903, in-8).

2. L. Gautier, *La Chevalerie*. Paris, 1884, gr. in-8. Pas de
changements dans les éditions postérieures.

connaît, du reste, qu'un livre analogue à celui de Schultz, mais exclusivement composé d'après les sources *françaises*[1], manque encore. « Dans le domaine de l'histoire de la vie privée et des mœurs », disait M. L. Gautier, « de nouveaux travaux s'imposent à l'activité des médiévistes[2] ». « Les matériaux abondent, écrivait naguère G. Paris, et il serait bien à souhaiter qu'un ouvrage du même genre [que *Das höfische Leben*] fût consacré, par un Français, à la vie du moyen âge en France »[3].

* *

Il ne pouvait être question de refaire, dans un chapitre d'une « Histoire de France », en trente pages, ce tableau de la vie journalière au XIII° siècle, que personne n'a encore tracé à la satisfaction des connaisseurs et dont il faudrait plusieurs volumes et beaucoup d'années pour dessiner l'ensemble. D'autre part, plutôt se taire que se résigner à des généralisations hâtives ou aux pitoyables artifices de la mise en scène littéraire. — Il me parut évident qu'une seule voie était ouverte : faire passer sous les yeux du lecteur quelques documents datés et certains, dans leur teneur originale (c'est-à-dire sans les découper en petits morceaux), en y joignant les avertissements convenables, afin que le lecteur eût, à défaut d'une connaissance totale, des impressions directes dont rien ne ternît

---

1. M. Schultz s'est proposé de décrire la vie allemande au moyen âge ; mais, comme la société française fut, au moyen âge, le modèle des sociétés voisines, il s'est permis d'alléguer couramment les documents français. Cela lui a été reproché. Voir *Zeitschrift für deutsche Philologie*, 1892, p. 374.

2. L. Gautier, *Les Épopées françaises*, II², p. 753.

3. *Romania*, XX (1890), p. 492.

l'authenticité. Le savant éditeur des œuvres poétiques de Philippe de Beaumanoir, M. Hermann Suchier, n'a-t-il pas été conduit à dire que le roman de *Jehan et Blonde*, « peint, mieux peut-être que de savantes dissertations, les détails de la vie chevaleresque au xiiie siècle[1] » ?

Je me décidai, en conséquence, à choisir, pour garnir le chapitre ii du Livre II de l' « Histoire du xiiie siècle », un certain nombre de romans, de fabliaux et d'œuvres parénétiques[2]. Mais, avant d'arrêter mes choix, j'avais lu ou relu, naturellement, la plupart des documents accessibles. Or il se trouva que, cela fait, j'aurais souhaité d'avoir à ma disposition plus de place que je n'en avais. Ainsi, pour ne parler que des romans, qui sont un si clair et si fidèle miroir de la vie au xiiie siècle, j'en présentai deux, *Jehan et Blonde* (par Philippe de Beaumanoir) et *Bauduin de Sebourc*; j'aurais voulu en analyser une douzaine. J'ai aujourd'hui le plaisir de pouvoir combler, sur ce point, les lacunes inévitables de ma première esquisse.

C'est ici, du reste, le lieu de dire qu'on a eu depuis longtemps l'idée de porter à la connaissance du public lettré qui n'est pas médiéviste de profession des romans du moyen âge. Mais tous ceux qui se sont livrés jusqu'à présent à cet exercice l'ont fait, semble-t-il, avec des intentions très différentes des nôtres.

Tressan, l'auteur du *Corps d'extraits de romans de chevalerie* (1782), n'avait guère le dessein de faire connaître, par ses bizarres adaptations, à la mode de son temps, des romans du moyen âge, la société où ces œuvres avaient

1. H. Suchier, *Œuvres poétiques de Ph. de Beaumanoir*, I, p. ci.

2. *Histoire de France*, III, 2, pp. 355 et suiv.

été composées. Depuis, beaucoup de romans du moyen
âge ont été analysés, traduits ou arrangés pour le public.
Mais on doit distinguer, à cet égard, plusieurs espèces
d'entreprises. D'abord les entreprises de librairie, dont il
n'y a rien à dire : quelques romans du moyen âge, continuellement remaniés au cours des siècles, n'ont pas cessé
d'avoir des lecteurs (les « Bibliothèques bleues »). En
second lieu, plusieurs personnes, qui ont jugé à propos de
rendre aux générations actuelles les récits familiers aux
hommes du moyen âge, l'ont fait soit parce qu'elles attri-
buaient à ces récits des vertus réconfortantes pour la
« poésie nationale », soit, simplement, parce qu'elles les
trouvaient agréables et de nature à plaire encore en un
temps où toutes les formes d'art sont comprises et goû-
tées. M. de Vogüé « sommait » naguère « les savants »
de mettre « à la portée du grand public des versions de
nos chansons de geste où il pût reconnaître ses sentiments
d'aujourd'hui dans le cœur des trouvères de jadis ».
M. L. Clédat écrivait, en commençant une série d' « analyses de nos vieux poèmes, coupées de traductions
archaïques » : « Nous espérons contribuer utilement à
la vulgarisation de la littérature française au moyen âge,
qui ne vaut pas seulement par les matériaux qu'elle fournit
à l'histoire de la langue et des mœurs[1]. » Une foule
d'écrivains se sont, en ces derniers temps, précipités sur
ces pistes. Ceux qui avaient reçu une éducation scientifique ont essayé de restituer les formes primitives
des légendes du moyen âge et de les raconter une fois
de plus, en les purgeant des traits adventices, sans rien

---

[1] *Revue de philologie française et provençale*, VIII (1894),
p. 161. — Voir *ib.*, p. 205 et suiv., une analyse, d'après ce
système, de *la Châtelaine de Vergy*.

laisser perdre de leur force ou de leur grâce originales.
Les autres, inversement, se sont servis des œuvres
anciennes comme de thèmes à amplifications personnelles. Il a été dépensé ainsi beaucoup de travail subtil
ou ingénu. Et ce n'est pas fini, paraît-il : on annonce
que « les jours sont proches où les vieilles gestes revi-
vront » et que, « parmi les tout jeunes poètes, celui-ci
renouvelle la Geste du Roi », tandis que « cet autre
réveille le peuple des Allégories au beau jardin idéolo-
gique du xiiie siècle » [1].

Le point de vue où se sont placés ces philologues et
ces littérateurs est éthique et esthétique, ou exclusive-

---

1. G. Paris pensait qu' « il serait intéressant de donner un
relevé de tous les essais qui ont été faits en France depuis le
xviiie siècle, et surtout de nos jours, pour renouveler les romans
du moyen âge » : Delvau, d'Avril, P. Delair (1897), G. Gour-
don (1901), J. Fabre (1902), et tant d'autres. On n'a rien fait
de mieux, en ce genre, que le *Huon de Bordeaux* de G. Paris
lui-même. Voir aussi *Le roman de Tristan et Yseut*, « traduit et
restauré » par J. Bédier (S. d.) et la « mise en français moderne » d'*Aucassin et Nicolette* par G. Michaut (S. d.).

Les romans français du moyen âge ont été récemment renou-
velés à l'étranger de la même manière que chez nous. En Allemagne (voir l'agréable volume de W. Hertz, *Spielmannsbuch.
Novellen in Versen aus dem XII und XIII Jahrhundert* [Stuttgart,
1900], qui contient la traduction en vers de seize de nos nouvelles, avec une dissertation sur les ménestrels). En Angleterre :
J. Ashton, *Romances of Chivalry* (London, 1887) ; W. Morris,
Old french romances (London, 1896) ; cf. ci-dessous, p. 222,
n. 2. En Danemark (*Romania*, 1897, p. 613).

Les romans allemands et anglais du moyen âge, imités du
français, ont été l'objet de soins analogues. Voir, par exemple,
l'adaptation du chef-d'œuvre de l'ancienne littérature chevaleresque en anglais : *Sir Gawain and the Green Knight, a middle-
english arthurian romance, retold in modern prose*, p. p. Jessie
L. Weston (London, 1898).

ment esthétique. Mais notre point de vue, à nous, est strictement historique : nous nous sommes proposé seulement de faire converger des miroirs où se reflète l'image d'un monde qui a été.

A cet effet, il était indiqué de choisir, entre tous les romans du moyen âge, non pas les plus poétiques, où les traditions primitives, la fiction et la réalité sont intimement fondues, mais ceux qui correspondent à peu près aux romans modernes d'observation ou de mœurs. Comme il y en a beaucoup qui satisfont à cette définition, il a paru prudent d'éliminer *a priori* tout ce qui se rattachait aux cycles carolingien, breton et gréco-romain, parce qu'il se pose, à propos de la plupart des œuvres cycliques, des questions générales d'interprétation où il était impossible d'entrer. Restaient les romans dits « d'aventure ». Chacun sait que l'on est convenu d'appeler ainsi ceux qui n'appartiennent à aucun cycle et qui, « reposant sur des historiettes locales ou sur des contes traditionnels, réduits à l'état de thèmes », sont sortis presque tout entiers de l'imagination de leurs auteurs. Au XIIIᵉ siècle, il convenait qu'un roman eût au moins six à sept mille vers ; lorsque le thème choisi ne suffisait pas à fournir un récit assez étendu, on étoffait en ajoutant des épisodes, des conversations, des descriptions. Or, les auteurs de romans d'aventure « ont ordinairement cherché une partie de leur succès dans la peinture de la société élégante à laquelle ils s'adressaient et dans la description de sa vie extérieure » (G. Paris). — Mais les romans d'aventure du XIIᵉ et du XIIIᵉ siècle sont nombreux. M. G. Paris, qui s'en était occupé au Collège de France pendant plusieurs années et qui se promettait de leur consacrer un volume entier de l'*Histoire littéraire,* en comptait plus de soixante-dix (y compris ceux qui ne

sont plus connus que par des allusions ou des imitations
étrangères) [1]. Il a paru convenable d'éliminer *a priori*
tous ceux qui, comme le médiocre *Richard li Biaus* ou le
charmant *Partenopeus de Blois*, rapportent des aventures
fantastiques ou tout à fait invraisemblables ; ces embel-
lissements fabuleux, qu'il n'aurait pas été possible de sacrifier tout à fait, quoiqu'ils soient parfois postiches,
auraient risqué de compromettre l'impression de réalité
que l'on désirait procurer. — Enfin, dans les deux ou
trois douzaines d'œuvres entre lesquelles on pouvait
encore hésiter après ces retranchements successifs, il a
été facile de distinguer celles qui sont à la fois les plus
jolies (car cela non plus n'était pas indifférent), les plus
vivantes et les plus probantes [2]. Ce n'est pas à dire que
nous n'en ayions point regretté quelques-unes, d'une
psychologie très fine, comme *le Lai du Conseil*, ou d'un
caractère historique assez accentué, comme le *Roman
de Ham* [3], *Eustache le Moine* [4], *Gilles de Chin* [5], etc. ; mais
force était de se borner [6].

1. Il voulut bien me communiquer, en juillet 1902, la liste
qu'il en avait dressée. Cf. la liste de Littré dans l'*Histoire littéraire*,
XXII, pp. 757-887.

2. Plusieurs romans d'aventure traitent le même sujet ; mais,
à notre point de vue, il n'y avait pas à hésiter, par exemple,
entre *la Rose* et *la Violette*, entre *la Manekine* et *la Comtesse
d'Anjou*.

3. Assez bonne analyse, postérieure à l'édition, par M. Peigné-
Delacour, dans *Congrès scientifique de France. Vingtième session*,
t. II (1854), pp. 334-373.

4. Éd. J. Trost et W. Förster dans la « Romanische Bibliothek » (Halle, 1891). Cf. *Romania*, XXI, p. 279.

5. Publié par E. de Reiffenberg en 1847 dans la « Collection
des chroniques belges ».

6. La disparition d'un roman dont Morice de Craon, un des

2

Étant données nos intentions, il n'y avait guère qu'une manière de traiter ici chacune des œuvres retenues. En faire précéder l'analyse d'une notice où les renseignements nécessaires seraient fournis sur les manuscrits et les éditions, sur l'auteur et la date de la composition, sans insister sur l'histoire du thème adopté par l'auteur à moins qu'elle offrît quelque intérêt pour la connaissance du milieu où l'œuvre a été écrite. Analyser chaque roman, sans rien omettre, autant que possible, de ce qui est caractéristique, mais en laissant tomber ce qui est banal, de tous les temps et de tous les pays, ou de pur remplissage; les romanciers du moyen âge ne craignaient pas de parler pour ne rien dire, et leur incontinence contribue beaucoup à dégoûter de les lire les gens d'aujourd'hui, qui sont habitués à des nourritures plus condensées. Mais ce qui, aujourd'hui, dégoûte surtout de lire les romans du XIIIᵉ siècle, c'est, on n'en saurait douter, qu'ils ne sont plus intelligibles qu'au petit nombre des personnes versées dans l'ancienne langue. Je n'ai pas cru, cependant, qu'il fût possible de s'abstenir d'insérer, dans les analyses, des citations textuelles. Presque tout le parfum discret de certaines descriptions, et surtout des conversations, se serait dissipé à la traduction. Les analyses qui suivent sont donc coupées d'extraits textuels. Cette méthode est d'ailleurs celle qui a été employée en pareil cas, avec plus ou moins de tact,

principaux barons de l'Anjou sous Henri II Plantagenet et ses fils, était le héros et dont il n'existe plus qu'un écho dénaturé dans un poème en allemand du XIIIᵉ siècle (*Moriz von Craon*, vers 1215), est particulièrement regrettable. Voir l'analyse du poème allemand dans la *Romania*, XXIII (1894), pp. 466 à 474. L'inspiration de ce roman rappelait sans doute celle du *Châtelain de Couci*.

de talent et d'agrément, par les rédacteurs de l'*Histoire littéraire*, notamment par E. Littré et G. Paris[1].

Il va de soi que je n'ai rien ajouté, consciemment, de mon cru et que, m'aventurant pour une fois sur les chasses réservées de la philologie romane, j'ai fait de mon mieux pour éviter les faux pas. Ne pas ajouter de nuances est, dans l'espèce, aussi difficile que de n'omettre aucun des traits qui ne doivent pas être omis. Et éviter les faux pas n'est pas, en ces matières, aussi facile qu'on pourrait croire. Il y a quantité de pièges dans les textes dont il n'existe pas encore d'édition satisfaisante (comme *Galeran* et *Sone de Nansai*), et, dans les autres, de l'aveu même des éditeurs et des critiques qui en ont fait une étude spéciale, tout n'est pas clair vu l'état des manuscrits ou des connaissances.

* *

Les dix romans d'aventures qui sont réunis dans ce volume s'échelonnent depuis les dernières années du XIIe siècle jusqu'à l'avènement des Valois. Deux *(Joufroi, la Châtelaine de Vergi)* sont de provenance bourguignonne ; le *Châtelain de Couci, Guillaume de Dôle, Galeran, Gautier d'Aupais* et *Sone de Nansai* sont dus certainement ou très probablement à des rimeurs originaires de la région comprise entre la vallée d'Oise et le Hainaut ; l'auteur de

1. Le parti adopté par M. Clédat *(l. c.)*, qui consiste à remplacer les citations textuelles par des « traductions archaïques », est évidemment bâtard et inacceptable. — Mais les citations textuelles, sans inconvénient pour le public spécial de l'*Histoire littéraire*, sont un peu embarrassantes pour le lecteur ordinaire. Afin de remédier à cet inconvénient, trois procédés sont légitimes : 1º un glossaire, à la fin du volume ; 2º traduire en note

l'*Escoufle* était normand, celui de *la Comtesse d'Anjou*
français, celui de *Flamenca* méridional. La plupart de
ces romans ont été composés par des ménestrels dont
c'était le métier ; mais trois au moins *(le Châtelain de
Couci, Joufroi, la Comtesse d'Anjou)* sont l'œuvre d'hommes du monde, dont deux avouent, avec une évidente
sincérité, qu'ils ont trouvé la plume lourde.

Cependant ils sont presque tous coulés dans le même
moule ; tous sont farcis de lieux communs ; et aucun, si
ce n'est *Flamenca*, n'a d'accent personnel. Cela tient à ce
qu'il y avait alors, pour la fabrication des romans, un
gaufrier qui ne s'usa pas pendant longtemps. — D'autre
part, la société, la haute société élégante qu'ils décrivent
est la même. Cela tient à ce que, pendant longtemps,
ce monde-là ne changea guère. Et cela justifie, soit dit
en passant, que l'on ait eu le droit d'adopter ici le titre :
« la Société au XIII° siècle », en empiétant sur les bords
du XII° et du XIV°, et sans distinguer de périodes.

Un autre trait commun des romans que nous avons
retenus est qu'ils ont eu, autrefois, peu de succès. Six
sur dix n'ont été conservés que par un seul manuscrit[1] ;
de trois autres on ne connaît que deux exemplaires ; seul,
le conte de *la Châtelaine de Vergi* a été souvent copié. Mais

les citations intercalées dans le texte ; 3° ne traduire en note que
les expressions ou les passages difficiles des citations intercalées
dans le texte. Le second procédé s'imposait pour les extraits de
Flamenca, roman écrit en provençal. Pour les extraits en français, le premier aurait été le meilleur ; mais il m'a été con-
seillé de suivre, pour épargner de la peine au lecteur, l'exemple
de G. Paris (dans le « Lai de l'oiselet », *Légendes du moyen âge*,
1903), qui a employé le troisième.

1. Ces mss. uniques sont aujourd'hui dispersés à Paris, à
Copenhague, à Rome, à Turin, à Carcassonne.

quatre au moins de ces écrits, si peu lus au moyen âge,
sont, en leur genre, d'incontestables chefs-d'œuvre :
*Flamenca, Guillaume de Dôle, l'Escoufle, le Châtelain de
Couci*. Seul, *Gautier d'Aupais* est faible. Il ne faut donc
pas croire que le dédain des contemporains ait été justifié
par des raisons valables. Au contraire, c'est ici un cas
particulier du phénomène qui s'est produit si souvent au
moyen âge, et depuis : les livres qui ont trouvé beaucoup
d'amateurs sont les plus vulgaires, les plus distingués
sont parmi ceux qui ont été le moins goûtés ; il a tenu
au hasard, pendant des siècles, que les œuvres capitales
du moyen âge, comme l'*Histoire de Guillaume le Maréchal*,
et les Mémoires de Joinville, ignorées de la postérité
immédiate, disparussent tout entières.

Nos dix romans permettent de se promener à l'aise
parmi les hommes et les choses du XIIIᵉ siècle, comme
un étranger se promène dans un pays exotique, en regardant les aspects extérieurs de la vie. L'étranger de passage
ne voit pas tout, certainement ; mais il emporte pourtant
une impression générale. Il en sera ainsi du lecteur. Et
cette impression sera plus juste, je crois, que celle qu'il
retirerait d'autres sources, dans les mêmes conditions. On
se représente encore, d'ordinaire, le moyen âge français, et
spécialement le XIIIᵉ siècle, sous une forme et avec des couleurs tout à fait fausses. Les modernes qui en ont parlé au
« grand public » s'étant assimilé avec prédilection la
littérature épique ou pseudo-épique, ont créé les figures
artificielles, en baudruche, qui flottent dans l'imagination populaire. Or la vieille France se voit telle qu'elle
était, pour qui sait voir, dans les romans d'aventure,
simple et souriante, très humaine. Les romanciers
d'aventure, comme les chansonniers de geste, ont beau

vanter uniformément, jusqu'à en être agaçants, les mérites incomparables de leurs héros et de tout ce qui leur appartient :

> Onques Ector ne Achylles,
> Ne Patroclus ne Ulixes,
> Polynetes ne Tydeüs,
> Ne Tyocles ne Adrastus,
> Li fort roi dont on tant parole...
> Rois Alixandres, ne Porrus,
> Gadifers ne Emelidus
> A cui mainte aventure avint,
> Ne furent teil, ne tant n'avint
> Com a cestui que je veul dire...[1].

ils ne sont nullement dupes et ne désirent pas qu'on le soit. Le cadre et le milieu où leurs personnages de convention évoluent sont réels. Et l'on sent toujours, en les lisant, l'humour sous-jacent, à l'anglaise.

Il est, du reste, assez frappant que la haute société française du XIII° siècle, telle qu'elle apparaît dans nos romans, toute occupée de sport, de flirt et de plaisirs ruraux, ne ressemble à rien tant qu'à la société anglaise d'une époque moins reculée, dont certains traits ont persisté dans l'Angleterre contemporaine. Des manières d'être et d'agir, comme des manières de parler, jadis très répandues, sinon universelles, en Occident, et dont quelques-unes étaient originaires de la France du moyen âge, n'ont guère persisté qu'en Angleterre jusqu'à nos jours.

---

1. *Gilles de Chin*, v. 11. — Comparez l'ancienne marche anglaise : « Some talk of Alexander — And some of Hercules, — Of Hector and Lysander — And such great names as these ! — But of all the world's great heroes — There's none... »

Les traces qui s'en voient encore contribuent à donner à la vie anglaise sa physionomie particulière. Mais
il ne faut pas oublier que c'est l'archaïsme de ces manières qui en fait maintenant, pour nous, l'originalité
apparente.

Ce livre a été écrit à des moments de loisir, et comme
délassement : je voudrais que l'on eût autant d'agrément
à le lire que j'en ai eu à le faire.

Août 1903.

LA SOCIÉTÉ FRANÇAISE
AU XIIIe SIÈCLE

D'APRÈS DIX ROMANS D'AVENTURE

GALERAN

Le roman de *Galeran* a été découvert en 1877 par
M. A. Boucherie dans un manuscrit du xve siècle, qui
porte le n° 24042 du fonds français de la Bibliothèque
nationale ; on n'en connaît pas d'autre exemplaire.

M. Boucherie († 1883) n'a eu le temps d'en donner
qu'une édition « provisoire », « transcription pure et
simple » du manuscrit : *Le roman de Galerent, comte de
Bretagne, par le trouvère Renaut* (« Société pour l'étude
des langues romanes. Publications spéciales ». Montpellier–Paris, 1888, in-8). Cf. *Romania*, XVII, p. 439-
453, et *Revue des langues romanes*, 4e série, t. II (1888),
p. 463.

« Le poème, dit M. Boucherie, est de la fin du xiie ou,
au plus tôt, des premières années du xiiie siècle. » Aucun
argument n'a été donné, du reste, à l'appui de cette affirmation, et il ne paraît pas facile d'en trouver. On a dit :
le vague milieu historique où se développent les aventures de Galeran et de Fresne est tel qu'on pouvait

l'imaginer pendant la minorité d'Artur de Bretagne
(† 1203) et avant la conquête de Nantes par Philippe-
Auguste (1206) ; mais cela ne signifie rien. — D'autre
part, W. Förster a déclaré (*Ille und Galeron*, Halle a. S.,
1891, p. xxxiv) qu'il a des raisons de croire que la
date de la composition doit être placée fort avant dans
le xiiie siècle, et peut-être à la fin ; mais il n'a pas donné,
lui non plus, ses raisons, qui sont, paraît-il, « intrin-
sèques » [1].

L'auteur, un ménestrel de profession, peut-être picard,
s'est nommé à la fin : Renaut. Or, le célèbre *Lai de
l'Ombre* est l'œuvre d'un certain Jean Renart. Il n'en a
pas fallu davantage pour que l'on ait été tenté d'identifier l'auteur de *l'Ombre* et l'auteur de *Galeran*. Mais
les quatre manuscrits de *l'Ombre* qui portent le nom
du poète le donnent très distinctement sous la forme
« Renart » (*Le Lai de l'Ombre*, p. p. J. Bédier [Friburgi
Helvetiorum, 1890], p. 9). Il n'y a donc pas lieu de
s'arrêter à une hypothèse qui ne repose sur rien. —
Plusieurs poèmes du moyen âge sont, du reste, dus à
un « Renaut » : le « Lai d'Ignaurès » (*Histoire littéraire de la France*, XVIII, p. 773), une « Vie de sainte
Geneviève » et celle de saint Jean Bouche-d'Or (G. Paris,
La littérature française au moyen âge, §§ 146, 147).

Renaut, l'auteur de *Galeran*, ne nous apprend guère
sur lui-même, que son nom. Connaissait-il, pour y avoir
été, la marche de Bretagne où il a placé l'abbaye de Beauséjour [2] ? Ses indications topographiques (v. 813 et s.) sont

---

1. L. Constans (*Revue des langues romanes*, l. c.) s'est prononcé
dans le même sens : l'examen des rimes, « et le fait qu'aux
v. 3397 et suiv. l'auteur se plaint de la mesquinerie du temps
présent (!) » lui paraissent « indiquer plutôt le milieu du
xiiie siècle ».

2. Nom de fantaisie. Il n'y a jamais eu d'abbaye de Beauséjour
dans la marche de Bretagne, ni ailleurs.

peu précises. Avait-il été en Normandie ? il spécifie jusqu'au nom du saint sous l'invocation duquel était placée
l'église paroissiale de la Roche-Guyon ; mais rien ne permet d'affirmer qu'il n'ait pas pris ce nom au hasard[1].
Ce qu'il dit de la cour de Lorraine, du lourd allemand
Guinant et des gens d'Allemagne qui combattirent au
tournoi entre Châlons et Reims[2], donne à penser qu'il
avait fréquenté, comme la plupart de ses confrères, les
cours princières du Nord et de l'Est, où la noblesse germanique se rencontrait avec la noblesse de France.

L'admiration de M. Boucherie pour le roman qu'il
avait découvert était sans bornes : « Œuvre vraiment
supérieure, qui est aux romans d'aventures du moyen
âge ce qu'est *Paul et Virginie* aux romans du xviiie siècle. » M. Boucherie a loué « le talent de composition
dont l'auteur a fait preuve, la pureté de sa langue et
l'élégance de son style, la variété et le charme de ses
descriptions, la délicatesse des sentiments qu'il prête à
ses principaux personnages, le pathétique des situations
et la vraisemblance des aventures ». Bref, il met Renaut
au-dessus de tous les poètes du moyen âge, y compris
Chrétien de Troies[3] et l'auteur de *Partenopeus de Blois*.
— De son côté, A. Mussafia qualifie *Galeran* de « bellissimo
poema ». — C'est beaucoup dire, sans doute. Outre que
Paul et Virginie n'a rien à faire ici, car il n'y a, naturellement, dans *Galeran* aucune trace d'exotisme, nous
ne croyons pas que personne soit tenté, après avoir lu,

1. L'église paroissiale de la Roche-Guyon a pour patron, non
pas saint Éloi, mais saint Samson, depuis le xvie siècle au
moins (E. Rousse, *La Roche-Guyon, châtelains, château et bourg.*
Paris, 1892, in-12).
2. V. 5745. « Brundorez en va un requerre — Que Ties clai-
ment andegraive, — Le senechal de Landongraive... » — Le texte
de l'édition est inintelligible en cet endroit ; corrections de G. Paris.
3. Cf. W. Heitz, *Spielmannsbuch*, p. 401.

par exemple, *l'Escoufle, Guillaume de Dôle* et *Flamenca,*
de placer *Galeran* au premier rang. *Galeran* est de la
même veine que *l'Escoufle, Guillaume de Dôle* et *Flamenca* ; il n'est pas indigne d'être comparé à ces écrits très
agréables, et voilà tout.

Il est d'ailleurs certain que « les principales données
du poème paraissent avoir été empruntées au *Lai du
Fresne* de Marie de France, ou tout au moins à ce fonds
commun de contes bretons où notre ancienne poésie
narrative a si largement puisé ». M. Förster *(l. c.)* a
essayé d'établir, en outre, que Renaut s'est inspiré, en
même temps que du *Lai du Fresne*, de l'*Ille et Galeron*
de Gautier d'Arras ; mais on demeure convaincu, après
avoir pris connaissance des arguments produits pour
l'appuyer, que cette hypothèse est improbable [1].

Il y avait une fois un bon chevalier, courtois, hardi,
vaillant et sage, nommé Brundoré. Il était très riche,
car il possédait Mantes, Gisors, Vernon et le pays
jusqu'à Rouen (v. 6269). Madame Gente, sa femme,
était de très bonne famille, d'extraction royale et fort
belle ; mais elle avait le défaut de trop parler, et méchamment, quand elle était « en haute alaine ». Or
il arriva que la femme, nommée Marsile, d'un des
hommes de Brundoré, nommé Maten [2], accoucha de

---

1. « Tous ces motifs circulaient dans l'air » (G. Paris, dans
la *Romania*, XXI, p. 278).

2. La forme singulière de ce nom est assurée, car elle se
trouve en rime (v. 58).

deux jumeaux. Madame Gente, qui n'avait pas encore d'enfants, en conçut de la jalousie. Un jour que toute la noblesse du voisinage était réunie chez elle pour les fêtes de l'Ascension, comme on faisait à son cercle l'éloge des jumeaux de Marsile qui, pour leur âge, étaient les plus sages du monde, elle apostropha leur père : « Sire Maten, dit-elle, beau sire, clercs et prêtres nous enseignent que, lorsqu'une femme a des jumeaux, c'est qu'elle est allée avec deux hommes. » C'est en vain que Brundoré, très gêné, essaya de réparer cette algarade de sa femme ; tout le monde la jugea « vilaine », c'est-à-dire inconvenante, et sire Maten, prenant congé, retourna « en sa maison », décidé à ne plus servir, si bon seigneur qu'il fût, le mari d'une personne qui l'avait gratuitement offensé.

Deux ans après, Madame Gente accoucha à son tour, et de deux filles à la fois. Elle se repentit alors amèrement de la parole qu'elle avait dite « par desmesure ». Mais le sort en était jeté. N'osant braver les soupçons et la colère de Brundoré, elle fit appeler aussitôt un de ses sergents, un certain Galet, qui lui était dévoué, et le pria d'exposer secrètement une des jumelles, sans lui faire de mal, en un lieu où elle aurait chance d'être trouvée par des gens qui sauraient bien l'élever. « Ce n'est pas pour m'excuser, dit Galet ; mais j'ai peur : si vous vous repentez plus tard, me voilà condamné à mort. » Pourtant il se décida. La nuit il emporta l'enfant, avec le magnifique trousseau que la sollicitude maternelle avait préparé : entre autres choses cinq cents besans dans une bourse pour qui

trouverait l'abandonnée, une poignée de sel dans une
aumônière en signe qu'elle n'était pas baptisée, et,
pour attester sa noble origine, une somptueuse pièce
d'étoffe, dans un sachet de samit, où Madame Gente
avait jadis, d'un art miraculeux, « tissé en fils d'or et
de soie » toute la vie des deux amants, Flore et Blanchefleur, le rapt de la belle Hélène par le berger Pâris,
les douze Mois de l'Année et les Quatre Éléments. —
Brundoré était à la chasse quand il apprit la déli-
vrance de sa femme. Il donna cinq marcs d'argent
au messager qui lui annonça la nouvelle et revint en
toute hâte. Mais il ne se douta pas de ce qui s'était
passé. Quelques semaines plus tard, il fit baptiser sa
fille unique, qui fut appelée Fleurie, en l'église Saint-
Éloi, à La Roche-Guyon.

Cependant Galet chevauchait par monts et par
vaux, à travers les bruyères et les ronces. A l'aube
du jour, au sortir d'un bouquet de bois, il aperçut
une « villete » (un hameau) dont les mesnils (les
maisonnettes) étaient épars. Ils s'approcha prudemment d'un de ces mesnils, isolé au milieu des champs,
clos d'une vieille haie d'épine et d'un fossé; il entra
« par le pont » et heurta la porte fermée tant qu'une
femme vint ouvrir :

> 728   « Frere, fait elle, que puet ce estre ?
> Qui es ? Ou vas ? Et tu dont viens ? »
> — « Encui* avrez de moy grans biens,
> Ce dist Galet, se Dieu me voye.
> Mais or souffrez tant que je soye

Aujourd'hui.

Ung pou, dame, cy reposez. »....
Quant celle l'oit ainsi parler
Hors nel voulst mie faire aller,
Ainz li a dit : « Descendez dons ;
Vo biau parler plus que vo dons
Vous donra bon houstel encui. »

Après s'être réconforté aux dépens de la bonne veuve,
mangé un chapon de sa basse-cour et ses gâteaux, et bu
de son vin au tonneau qu'elle avait en dépense, Galet,
quittant les routes et les champs où il aurait pu être
reconnu, s'enfonça dans la « grande forêt antique ».
Sept jours de marche le conduisirent dans une vallée
plantureuse qu'il n'avait jamais vue et où s'élevait,
entre les vignes, les vergers, les bois et les eaux, une
abbaye de dames nobles. C'était la riche abbaye de
Beauséjour, en la marche de Bretagne. Galet attacha
le berceau aux cornes d'ivoire dorées, qui contenait
l'enfant, à la fourche d'un gros frêne, près des portes
de l'abbaye, et s'en alla.

Le lendemain, l'abbesse Ermine, sœur de la comtesse de Bretagne, devait aller à la cour de son beau-
frère pour assister aux fêtes qui s'y préparaient à l'occasion de la naissance d'un fils, Galeran, l'héritier
présomptif de la Bretagne. Elle s'était levée de bon
matin et s'installait dans un char encourtiné d'un tapis
de Reims, avec cinq de ses nonnains. Les bagages
(draps, livrées, joyaux, harnais) étaient bouclés sur
des sommiers*. Plusieurs écuyers formaient l'escorte,
avec le chapelain Lohier, homme excellent, que l'abbesse aimait beaucoup :

* Chevaux de charge.

914   Oncques homs de li ouÿ n'a
       Qu'il feïst de son corps folie.
       La maison ot toute en baillie
       Car l'abba[e]sse moult le crut...
       Il ot la bouche bien apperte
       A bien chanter et a bien lire.
       N'estoit de li meilleur eslire
       Pour conseillier un desvoié...
       Si se savoit bien entremectre
       De trover layz et nouviaux chans.
       Moult fu de biaux deduiz trouvans
       Et en françoys et en latin.
       N'est oultrageux de boire vin,
       Ne a jeun n'avoit mate chiere *.
       Il savoit toute la maniere
       De herpe, d'autres instrumens.
       Si savoit tous les jugemens
       D'eschiés **, de tables, d'autres jeuz.
       Hauz hons estoit, doulz et piteuz.

C'est le chapelain Lohier qui, s'étant arrêté sous le frêne pour « dire primes » à voix basse, découvrit le berceau. Il fut le parrain de l'enfant, dont la prieure fut marraine, et qui reçut le nom de Fresne, de l'arbre où Galet l'avait mise. On choisit, pour Fresne, une nourrice, femme « de gentil parage » dont le mari était mort à la guerre et qui fut habillée de neuf (pelisse grise, surcot et cotte d'écarlate). En même temps, l'abbesse priait sa sœur de lui confier Galeran, son neveu, pour l'élever à l'abbaye : il avait, lui aussi, une nourrice de sang noble, car il n'aurait pas été convenable qu'un enfant bien né fût allaité par « mal enseignée ou vilaine ». — Les deux enfants, Fresne et Galeran, grandirent donc côte à côte.

* triste mine. — ** échecs.

Tous deux devinrent accomplis. Fresne apprit à travailler avec la navette et l'aiguille : elle sut faire des aumônières, des draps ouvrés de soie et d'or ; on voit par la suite (v. 7221) qu'elle savait aussi lire, écrire et parler latin ; elle jouait de la harpe et chantait :

> 1168   Si lui aprint ses bons parreins
> Laiz et sons, et baler des mains,
> Toutes notes sarrasinoises,
> Chansons gascoignes et françoises,
> Lo[e]rraines et laiz bretons...

De son côté, Galeran apprit, du même Lohier, qui fut son maître, ce qui convenait à son état : à quinze ans, il savait comment on doit nourrir un oiseau — gerfaut, autour, épervier, faucon gentil ou lanier, — donner le vol ou rappeler ; il se connaissait en chiens de chasse ; il savait tirer de l'arbalète et fabriquer un boujon (trait d'arbalète) avec son couteau ; il savait jouer aux tables et aux échecs... Il montait à cheval comme il faut et parlait bien.

Les deux jeunes gens s'aimèrent, naturellement ; mais en prenant garde de ne pas prêter à la médisance, qui est toujours aux aguets. Toutefois la vigilance de Lohier s'inquiéta. Un jour le digne chapelain, ayant remarqué que sa filleule dépérissait et « changeait de couleur », la prit par là main et la fit asseoir devant lui, pour la voir « en my le visaige ». Et il lui laissa entendre, assez brusquement, qu'il la croyait enceinte. Elle fondit en larmes : « Hélas, dit-elle, comment avez-vous pu croire cela ? Je suis ma-

lade, malade d'amour, il est vrai, mais pas comme
vous pensez. » Là-dessus, Lohier, attendri, la pressa
de lui confier le nom de son ami : il s'emploierait
pour faciliter le mariage ; il donnerait au besoin à sa
filleule tout son avoir, plus de cent marcs d'esterlins
blancs. « Mais est-il digne de vous ? Et est-ce quelqu'un d'ici, sergent, valet ou écuyer ? » Fresne se
redresse à ces mots :

> 1577   « Sire, promesse ne loyers,
> Ne rien qu'on me feïst entendre
> Ne me feroit ou cuer descendre
> Voulenté que tel gent amasse.
> Ne suis mie de cuer si basse
> Com vous cuidez, ne si villaine.
> Plus que Paris n'aima Helaine
> M'aime Galeren, bien le sçay. »

« Y pensez-vous ? répond le chapelain. Un homme
de sa naissance peut bien vous « tenir à amie », mais
il ne vous épousera pas, et j'ai peur qu'il ne vous
mente. » — Il va trouver Galeran : « Vous avez l'air
triste, dit-il ; quelles nouvelles de la forêt ? est-ce ainsi
que vous avez profité de mes leçons ? Le monde n'ad-
met pas la mélancolie chez un seigneur de votre
rang ; on dira que vous avez été élevé sous les
peliçons des nonnains :

> 1677   Tout le monde blasme et reprent
> Jeune varlet et riche et hault
> Qu'en ne voit envoisié et baut*...
> S'en vous voy faire chiere mate**
> En vo pays repris serez... »

* Que l'on ne voit gai et hardi. — ** Si l'on vous voit faire
triste mine...

Si vous êtes amoureux, avouez-le : jeune valet qui
n'est pas amoureux perd son temps, c'est mon avis... »
— La conversation ne s'achève pas sans que Galeran
ait confessé ses chastes sentiments. — Le chapelain,
rassuré, mais embarrassé, conte la chose à sa sœur,
prieure du monastère et marraine de l'héroïne. Qu'en
pense-t-elle? Elle est enchantée, pour sa part, de cette
innocente intrigue, car elle aimait Fresne de tout
son cœur et elle avait sa théorie au sujet des mésal-
liances :

> 1910   « Li homs de riens ne s'amonte
>   Qui prent parage, avoir et honte...
>   Mais femme sage, c'est li voirs,
>   Vault mieulx que parage n'avoirs... »

Désormais les deux amants ne furent plus obligés
de dissimuler pour s'entretenir ensemble. Car Lohier
leur servit de chaperon, comme ce jour de printemps
où, après leur avoir fait entendre une messe mati-
nale, il les mena promener, avec la permission de
l'abbesse, dans le verger, planté de beaux arbres, sur
les bords de la rivière. Fresne, sans guimpe, ses
tresses sur les épaules, avait sa harpe au col ; Galeran, magnifiquement vêtu d'une cotte et d'un surcot
de diaspre doré, fourrés d'hermine, avait sur la
tête un chapeau de violettes et de roses et tenait,
sur son poing ganté, un épervier. Les jeunes gens
s'assirent à l'ombre épaisse d'un chêne. Discrétion
du bon Lohier :

> 2109   Lohier ne les veult approcher,
>   Ainz est d'eulx assez trait arriere.

> Si va regardant la riviere,
> Et les chans des oyseaux escoute.
> Bien veult qu'ilz parolent sanbz doubte
> Que nulz nes puit grever ne nuyre.

Ce jour-là, ils échangèrent de doux propos. et
Galeran s'engagea à n'avoir jamais d'autre femme que
Fresne ; il commençait à lui apprendre un « lai
nouvel » qu'il avait composé pour elle et qu'elle
accompagnait sur sa harpe, lorsque Lohier reparut :

> 2330   « Or tost, fait il, sans plus targier
> Levez vous, sy irons mengier.
> Je ne lo* plus le demourer. »

Ils vivaient ainsi tous en paix quand arriva de Bretagne à Beauséjour un grand seigneur de la cour
bretonne, cousin germain de l'abbesse, qui venait
« querre le damoisel ». Galeran s'attendait depuis
longtemps à être obligé de quitter son amie, car,
comme il l'avait dit à Lohier lors de ses premières
confidences, il se sentait « le cuir et les os plus
durs », et il n'ignorait pas que le temps approchait
où il aurait besoin de savoir ce qu'on apprend « à la
cour des hauts hommes » (v. 1839). Mais le cousin
de l'abbesse apportait de tristes nouvelles : le comte
et la comtesse, père et mère de Galeran, étaient morts.
Deuil général. Séparation inévitable. Galeran recom-
mande sa fiancée au chapelain et à la prieure, et
part.

* loue, conseille.

Arrivé dans ses domaines, il est reçu honorablement par ses hommes, et, de là, passe en Angleterre pour « requérir ses fiefs et ses droits » et rendre
son hommage au roi. Mais, quoique maître de sept
villes et de cent châteaux « bons et forts », il ne songe
qu'à ses amours. Sous prétexte de voir l'abbesse, sa
tante, il revient à Beauséjour. Il y retourne sans cesse.
Et les gens jasent, car on s'aperçoit bientôt que c'est
pour Fresne qu'il y va :

2927   « Li cuens Galeren l'a honnie, »
        Fait li uns. — « El l'a plus honny, »
        Fait li autres...
        « Ce puet nostre païs grever
        Et ses parens et ses amys,
        Quant il a si tout son cuer mis
        En une garce povre estrange. »

A la fin l'abbesse, qui ne soupçonnait rien, est mise
au courant : son neveu renonce à « valoir » ; il
« séjourne » ; il a refusé les offres du roi d'Angleterre, qui voulait le retenir à sa cour jusqu'à ce qu'il
fût chevalier ; il ne fréquente pas les « bons » ; et
c'est la faute de Fresne. Elle se répand en reproches
dont le premier effet est d'éloigner définitivement le
jeune comte de Beauséjour. Mais, à Nantes, ses conseillers l'entreprennent derechef : « Est-il possible
qu'il se conduise d'une manière si peu conforme à son
rang et à ce que tout le monde attend de lui ? Faites-
vous faire chevalier :

3077   Faictes mander dix damoiseaux
        Fieus a haulx hommes de vo terre.

> Si les menez por armes querre
> A court ou de conté ou de roi,
> Et allez a si hault conroy
> Qu'on en parle jusque outre mer.
> Haulx homs joyeux qui veut amer
> Se doit atourner a proesce... »

Galeran est bien forcé de reconnaître la sagesse de ces avis. Il s'y conforme ; mais il emporte une « manche » où Fresne a brodé sa propre image, la harpe au col (« Ainsi tient elle son bliaut, quant elle harpe... ») : ce sera son talisman dans les tournois.

Après avoir recommandé sa terre à Brun de Clarent, son cousin, qui est aussi son homme, le jeune comte s'éloigne en magnifique équipage. D'abord, de l'argent monnayé, car c'est très utile hors de chez soi :

> 3284   Estranges homs est mal venuz
> Qui d'avoir est povres tenuz
> Et li riches est a honneur ;
> Si le tiennent tous a seigneur.

Trente sommiers blancs, chargés de draps, de robes, d'armes, d'écuelles, de hanaps, de cuillers et de pots d'argent ; et dix destriers d'Espagne. — Il arrive à Metz, en Lorraine, où le maître de la Lorraine, du Brabant, des Ardennes, de la Hollande et de la Bourgogne jusqu'à Lausanne, le duc Helymans, tient sa cour. Les rues de la ville, jonchées de menthe, de jonc et de glaïeul, sont pleines de destriers, de chevaliers, de valets qui portent des présents aux pucelles et aux dames, de damoiseaux qui « font gorge » à leurs oiseaux. Aux fenêtres, des bannières et des écus coloriés. Les murs sont tendus d'étoffes. Le marché est très animé : venaison, volaille, poisson (que l'on vend à l'ombre), cire, épices (poivre et cumin). Voici maintenant les changeurs, qui «ont leur monnaie devant eux » et qui braillent en discutant :

> 3375   Cil change, cil conte, cil noie,
>   Cil dit : « C'est voirs », cil : « C'est mençonge. »

Ils « changent », mais ils tiennent aussi des pierres précieuses, des images d'or et d'argent, et de la vaisselle de luxe. Innombrables sont, aux carrefours, les montreurs de lions, de léopards, d'ours et de sangliers, les vielleurs, les chanteurs, les acrobates, les faiseurs de tours ;

> 3390   Cy orriez cors et bousines*,
>   Et les cousteaux par ces cuisines
>   Dont cil queu ** les viandes couppent...
>   Cy a grant noise des mortiers
>   Et des cloches de ces moustiers
>   Qu'en sonne par la ville ensemble... [1]

A l'hôtel que Galeran a choisi, l'hôte et l'hôtesse, qui savent très bien mettre en sûreté ce qu'on leur confie et accommoder les chevaux, l'introduisent, lui et sa suite, dans une grande salle tendue de draps et jonchée d'herbe fraîche. Il distribue des robes à ses

---

* trompettes. — ** cuisiniers.

1. Comparer la fête donnée à La Roche-Guyon lors des noces projetées de Galeran avec Fleurie (v. 6808 et suiv.).

compagnons. Il va entendre la messe. Puis l'heure du
dîner sonne, et on entend de tous côtés « crier l'eau »
pour les ablutions.

Le Breton se décide alors à se présenter au duc,
avant qu'il ait pris place à table, car on peut mieux
juger du vouloir des gens « avant qu'ils boivent ». Il
se fait désigner le duc par son hôte, et, s'agenouil-
lant devant lui, avec ses damoiseaux, il présente sa
requête : « Sire, j'ai quitté mon pays pour vous servir, s'il vous plaît. » Il se nomme. Le duc se dresse
aussitôt, le relève et l'embrasse « en my la face », suivant l'usage du temps (« La costume estoit lors a ce »
v. 3534 ; cf. 2843) ; il se dit ravi de retenir à son
service le fils d'un comte de Bretagne, d'autant plus
que ledit comte l'avait, jadis, aidé de ses conseils à
la cour du roi de France dans une affaire difficile
dont il n'était sorti que « malgré les royaux ». « Sans
plus », chevaliers et dames s'asseoient ; Galeran et ses
damoiseaux entrent immédiatement en fonctions,
« servent » et « taillent » comme il faut.

Dans ces fonctions domestiques d'aspirant à la
chevalerie, qui ne durèrent pas moins de deux ans,
le jeune comte de Bretagne se fit, à la cour de Lorraine, la meilleure réputation. Il « servait » très bien,
non seulement à table, mais « à rivière », en bois, en
tournoi, en estour. Il était très généreux pour les
sergents du duc et les « povres chevaliers honteux »
qui, « par mesaise », séjournent dans les hôtels. Et,
à force de donner, il désarmait l'envie.

Cependant, il n'oubliait pas Fresne. Il avait d'abord correspondu avec elle par des messagers secrets ; mais l'abbesse en fut avertie, et elle en trembla de colère. Ayant pris Fresne en flagrant délit de correspondance interdite, elle l'accabla d'injures :

> 3669 Si li a dit : « Orde* truande,
>   Com tu m'as ou cuer grant duel mis,
>   Quant Galeren est tes amys
>   Qui sires est de ceste marche !... »

Cet incident mit fin nécessairement aux rapports épistolaires. Galeran, pour éviter le « trop penser », qui « assote » tant de gens, chercha des distractions dans le monde. Mais, pour Fresne, à Beauséjour, tout alla de mal en pis. On l'insultait. Le bon Lohier, son protecteur, était mort en la faisant son héritière. Elle avait beau lire le psautier, elle pâlissait, s'assombrissait. L'abbesse, qui la haïssait, la railla un jour sur sa mine. Fresne répondit vivement que ce n'était pas aux nonnains, qui devraient se plomber le teint au service de Dieu, à parler de ces choses-là à une « femme du siècle ». Alors l'abbesse :

> 3839   ... « Je vous feroye
>   Moult volentiers ceans nonnain. »

Mais elle ne connaissait pas l'indomptable énergie de Fresne, ni « de quel pied elle clochait » :

> 3841 « Par saint Denis, ja de Fresnein »
>   Dit Fresne, « ne ferez rendue**.

* sale. — ** religieuse, sœur converse.

> J'ay si aprise et entendue
> Vie¹ qu'en seust mener en cloistre
> Que je n'y puis m'onneur accroistre.
> Nuls n'y fait euvre qui Dieu pleise.
> Chascun se rent pour vivre a aise.
> Pour ce encore ne me vueil rendre.
> Si je vueil a rendage entendre
> Je m'en istray * de Biausejour,
> S'entreray en plus dur sejour
> Pour eschever ** aise et delit. »

Cette attitude lui attira de nouvelles aménités :
« Garce baude et lécheresse***, s'écria l'abbesse, vous
ne serez pas « femme à comte » ; plutôt gagnerez-
vous votre pain, si vous vivez longtemps, à peigner
et à laver les déchets de laine. »

> 3869 — « A Dieu ne plaise qu'ainsi aille
> Ce dit Fresne a Madame Ermine...
> Si je suis povre et foible et lasse
> Je ne suis mie de cuer basse...
> Mon cuer, Madame, si m'aprent
> Que je ne face aultre mestier
> Le jour fors lire mon saultier****
> Et faire euvre d'or ou de soie,
> Oÿr de Thebes ou de Troye,
> Et en ma herpe lays noter,
> Et aus eschez autruy mater
> Ou mon oisel sur mon poign pestre.
> Souvent ouÿ dire a mon maistre
> Que tel us vient de gentillesse. »

Ses instincts aristocratiques ne l'empêchent pas, du

---

* je sortirai. — ** éviter. — *** fille hardie et libertine. —
****psautier.

1. Éd. : Joie.

reste, de proclamer que la naissance n'est pas tout et qu'il y a des hauts et des bas dans tous les rangs de la société :

3901   « En a veü maint povre prestre
        Que l'en sçavoit bien entechié*,
        Venir a grant arceveschié...
        Avoir ne nest** mie avec l'omme.
        Telz est riches qui en la somme
        Vient de richesse a povreté.
        Tel a povres au nestre esté
        C'on voit puis mourir en richesse. »

Mais c'en était trop pour Madame Ermine : après lui avoir révélé le secret de sa naissance, elle mit l'enfant trouvée à la porte, avec les différents objets qui avaient été jadis recueillis dans son berceau. Fresne ne laissa que le berceau : « Je le laisse, dit-elle à l'abbesse ; s'il est céans nonnain ou femme qui en ait besoin pour un enfant, il pourra être encore utile. » Là-dessus, elle fit affectueusement ses adieux à la prieure, sa marraine, et s'en alla, toute seule, vêtue de drap pers de Flandre, avec une malle troussée à la selle de sa mule, et sa harpe.

Elle s'en alla en chantant. Dans les hôtels où elle logeait, sa harpe lui servait à se rendre agréable aux gens et, quelquefois, à payer son écot[1]. A Rouen, elle avisa, dans la rue, une bourgeoise de bonne appa-

---

* pourvu de bonnes dispositions. — ** naît.

1. L'auteur observe incidemment, à ce propos (v. 4157) : « Elle n'est englesce n'escote » (elle n'est ni anglaise ni écossaise). Mais on ne voit pas bien ce qu'il veut dire par là.

rence qui était devant sa porte avec une petite fille,
et la salua :

4207   « Si vous me vouliez louer
           Vostre oustel, je le loueroye... »

Mais la bourgeoise, méfiante :

4223   ... « Amye,
           Herbegeresse ne suis mie.
           Damedieu* vous puist herbergier ! »

Toutefois la petite fille ayant insisté pour que l'étran-
gère fût accueillie, sa mère y consentit. Fresne, qui
se faisait appeler Mahaut, s'installa dans la maison
et commença à travailler de son métier de brodeuse.
Avec le plus grand succès, car elle était très habile.
D'ailleurs, elle était si simple, si sage, si belle, que
les prétendants ne tardèrent pas à affluer. Mais elle
les découragea par son extrême modestie : elle ne sortait jamais que pour aller à l'église.

Le premier soin de la prieure, après le départ de
Fresne, avait été de faire avertir Galeran de ce qui
venait de se passer. Le désespoir du fidèle amant fut
immense. Il fit chercher la jeune fille partout, jusqu'en Espagne, en Sicile et en Frise, pendant un an,
mais sans résultat. Alors il la crut morte et se livra
à d'abondantes lamentations. Lui aussi, il eut mauvaise mine. On en conclut immédiatement, à Metz,
qu'il était tombé amoureux. Mais de qui? Les langues

_____

* Le Seigneur Dieu.

allèrent leur train. Sans doute il s'agissait d'Esmerée,
fille du duc de Lorraine. Le duc d'Autriche, qui servait à la cour de Lorraine, « pour avoir armes »,
comme Galeran, languissait, de notoriété publique,
pour ladite Esmerée. Mais Esmerée n'en voulait pas ;
c'était donc qu'elle préférait le Breton... Cette dernière
supposition était juste : Esmerée aimait Galeran, en
effet, et elle le lui fit comprendre un jour qu'il était
venu « esbanoyer » dans la chambre des dames.
Galeran s'était assis, tout pensif, à son ordinaire ;
elle ôta un chapel [de fleurs]qu'elle avait et le lui
mit gentiment sur la tête, ce qui lui allait fort bien :

> 4559   « Galeren, frere, il m'est avis,
>   Fait privéement la pucelle,
>   Que vous estes dessouz l'esselle
>   D'une plaie bleciez oscure,
>   Ou il ne pert point d'ouverture...
>   Vous la devez mout bien ouvrir...
>   Dictes moy si je vous dy voir. »

Galeran comprit, mais se tut, tout au souvenir de
Fresne. D'où, pour Esmerée, la nécessité de s'expliquer plus clairement :

> 4581   Le Breton, qui se tait, acolle.
>   Si li a dist : « Galeren, frere...
>   Ne me tenés pas a estoute.
>   Si je suis en vo commant toute,
>   Pour vous oster de ce mahaign*. »

Mais c'est en vain qu'elle lui fit une déclaration

* « Ne me tenez pas pour folle si je suis toute à vous pour vous
débarrasser de cette plaie. »

formelle; il persista à demeurer insensible, quoique
courtois.

Cependant, le temps était venu de conférer la chevalerie aux damoiseaux de Bretagne et d'Autriche. —
Le bon duc fit proclamer « un jour » à cet effet, au
printemps. Ce jour-là, Metz s'emplit d'une telle foule
de dames et de seigneurs qu'on dut en loger le tiers
hors les murs, dans des pavillons, en plein champ.

Galeran s'arme : haubert, chausses de fer lacées,
heaume cerclé d'or; sur le dos un samit d'Inde, brodé
par devant et par derrière de l'aigle d'or qui est
aussi sur sa bannière. Le duc lui fait l'honneur, suivant l'usage, de lui chausser l'éperon droit, et lui baille
une épée orientale, choisie dans son trésor, « claire
et lettrée, à pommeau d'or ». Le vaillant chevalier
Brundoré était là, comme par hasard : Galeran, qui
l'avise, lui demande courtoisement qu'il « lui fasse
honneur de l'épée ». Brundoré la lui ceint au côté
gauche, puis lui donne, de la main droite,

> 4740   La collée * qui signifie
> L'ordre de chevalerie ;
> Et si li a dit au donner :
> « Chevalier, Dieux te puit tourner
> A si grand honneur en la somme
> Qu'il face de ton corps proudomme
> En penser, en dit et en fait... »

La duchesse, femme du duc, lui met au cou l'écu
à l'aigle d'or et en fait autant aux autres damoiseaux

---

* tape sur le cou.

pour honorer Galeran, leur maître. Puis, on va entendre la messe, où la foule est immense. Les gens regardent

> 4759 Ceulx qui messe oïent tout armé
>   Hyaulmes es chiez et fer vestu *,
>   Espées ceintes ; car tel fu
>   Anciennement la coustume...

Esmerée allume le cierge du Breton, et l'Autrichien est sur le point de s'en évanouir de rage. Le prêtre, après le service, fait communier les adoubés. Puis on s'en va dîner. Les chevaliers se désarment et revêtent de ces robes de soie dorée « qui sont faites en la terre aux Maures », fourrées d'hermine. On se lave les mains ; les manches de Galeran sont « tenues », pendant cette opération, par un duc et une duchesse. On mange, on boit, on raconte des chansons et des histoires, vraies ou fausses, tandis que les ménestrels viellent ou jouent de la cornemuse. Les exercices militaires sont remis au lendemain.

Le lendemain, quarante adoubés de la veille paraissent dans le champ clos, hors des murs de la cité. Galeran, monté sur un cheval d'Espagne, dont le bon duc lui a fait don, reçoit les derniers conseils de Brundoré, son parrain chevaleresque : comment il faut tenir la lance, ramener l'écu devant la poitrine au moment du choc, tirer l'épée, etc. Après un galop d'essai, Guinant d'Autriche se présente pour jouter. Combat. Guinant est désarçonné. Mêlée. A la fin le

---

* Heaumes en tête et vêtus de fer.

duc et les autres hauts hommes séparent en riant les
combattants. On rentre à Metz ; on se lave, on mange.
Le duc distribue des cadeaux, armes, chevaux, etc.
Galeran se montre aussi très large, et Brundoré est
tout fier de son filleul.

Sur ces entrefaites, un messager entre en ville,
dépenaillé, sur un cheval fourbu. Il annonce au duc
que le roi de Danemark a envahi ses États et ravage
la Hollande. Les barons de la cour ducale sont aussitôt rassemblés pour donner aide et conseil. Leur
avis est de se mettre en marche le lendemain, au
point du jour. — Il va de soi que Galeran contribua
largement à la défaite des Danois.

La narration des exploits de Galeran en Hollande
aurait pu durer longtemps ; elle est très courte. De
même, les épisodes qui suivent sont à peine esquis-
sés : querelle entre Galeran et Guinant, à propos
d'un coup aux échecs, départ des Bretons, désespoir
d'Esmerée. — Lorsque reprend le cours normal du
récit, Galeran est l'hôte de Brundoré au château de
La Roche-Guyon, en Normandie. Madame Gente, la
femme de Brundoré, dont les années n'ont pas altéré
la grâce, est là, ainsi que sa fille unique, Fleurie,
aux cheveux blonds. Galeran, à l'aspect de Fleurie,
reste ébahi, car il croit revoir Fresne, tant la ressem-
blance est parfaite entre l'héritière de La Roche et
l'enfant trouvée de Beauséjour. Il la saisit dans ses
bras et la baise. Stupéfaction de Fleurie :

> 5243   ... « Comment advient,
> Biau sire, de si vaillant homme.

Com vous estes, qui si s'asomme
De grant folie et de grant rage ?
Quant une fame en vostre aage
N'avez veüe, n'ele vous,
Si vourrez jouer comme espoux
Joue a espouse ? C'est laide euvre... »

Galeran, confus de son erreur, s'excuse et s'asseoit
en pleurant à une fenêtre de marbre d'où l'on aperçoit
un verger (qui lui rappelle aussitôt le verger de Beauséjour), et gémit. Il gémit longtemps. Huit jours se
passent, et Brundoré, plus attaché que jamais à la
fortune du jeune comte, se décide à l'accompagner
en Bretagne. Des fêtes magnifiques ont lieu pour célébrer le retour du seigneur dans ses domaines.

Ici s'intercale la suite de la querelle entre Galeran
et Guinant. Lors de cette partie d'échecs qui s'était
terminée par des paroles injurieuses, il avait été convenu que les deux nouveaux chevaliers se mesure-
raient, eux et leurs gens, dans un tournoi régulier,
entre Châlons et Reims, aux octaves de la Saint-Jean,
pour voir lesquels valaient le mieux, des Bretons ou
des Allemands. En prévision de cette lutte, Brundoré
s'était préoccupé de rassembler dans toute la France
les champions les plus solides parmi les chevaliers,
errants ou non, qui « aiment mieux les cembiaus et les
estours* que nul avoir ». — Au temps fixé, Guinant
était à Châlons, et Galeran à Reims, avec 1 500 chevaliers chacun. Les deux bandes se rencontrèrent sur

* les joutes et les mêlées.

4

la « pièce de terre » qui était le lieu du rendez-vous.
Les Allemands étaient, comme d'ordinaire, fort orgueilleux en leur langage. Du côté des Bretons et des
Français, c'est Brundoré qui « devisa » le tournoi. La
journée commença par un duel entre Guinant et Galeran. Celui-ci fut pris par les Allemands, accourus à
l'appel de leur seigneur, mais délivré par ses Bretons, et une mêlée s'engagea[1]. Au soir, tout n'était
pas fini. Les vallets passèrent la nuit à raccommoder
les hauberts et les chausses. Le lendemain, dès l'au-
rore, après la messe et le manger, on en revint aux
mains de plus belle :

> 5927   Chascun de soy armer se peine
> D'armeures neufves et fresches.
> Li un y porte unes bretesches *
> En son escu reluisant cler,
> Cil un lyon, cil un cengler **,
> Cil un liepart, cil un poisson.
> Cil porte son heaulme en son ***
> Boste ou oisel ou flour aucune.
> Cil porte une baniere brune
> Cil blanche, cil ynde ****, cil vert.
> L'autre y poez veoir couvert
> D'armes vermeilles foillollées †...
> S'a chascuns une tainte lance
> Ou li penons de soye pent...

Galeran, qui avait fait attacher à sa lance la man-

---

* tourelle. — ** sanglier. — *** au sommet de son heaume.
**** bleue. — † ornées de feuilles (sens littéral).

1. Ici sont désignés pour leurs noms les dix chevaliers que
Galeran avait emmenés à la cour de Lorraine en qualité de
damoiseaux. Ces noms, à notre connaissance, n'ont pas encore
été étudiés.

che, présent de Fresne, défia de nouveau l'Autrichien, en ces termes énigmatiques :

5954 « S'amours le cuer point et avive,
Vieigne a moy jouster pour la vive
Et je jousteroy pour la morte. »

Guinant, qui n'avait jamais entendu parler de
Fresne, ne comprit rien, et pour cause, à cette
histoire de vive et de morte. Il n'en répondit pas
moins au défi et fut battu. Nouvelle mêlée. Beaucoup
de dents et de membres cassés. Mais, à la fin, les
Allemands faiblirent ; les Bretons et leurs alliés
(Français, Normands, Champenois, etc.), firent quantité de prisonniers. Il ne resta plus qu'à liquider
les rançons. On apprit alors aux Allemands « comment prison fait bourse plate » ; on les saigna sans
lancette. Les chefs se rachetèrent pour des sommes
variant entre 400 et 700 marcs d'argent. La nuit
suivante, les vainqueurs firent la fête, et dépensèrent
largement, car « d'autrui cuir large courroie », et,
d'ailleurs,

6256 Telz est de tournoi la coustume.

* *
*

Le temps passe. Galeran revient chez Brundoré
et ne déplaît pas à Fleurie, quoiqu'il ne cherche pas
à lui plaire. Il engourdit son ennui par des exploits
dans de nouveaux tournois en Bourgogne, en France
et autres marches. Mais il ne se marie pas, quoiqu'il

soit d'âge. C'est ce dont son cousin Brun de Clarent
saisit un jour l'occasion de le reprendre : « Beau
doux sire, lui dit-il, la terre de Bretagne ne peut pas
rester sans hoir, par votre faute. Mieux vaudrait être
esclave au Caire qu'être amoureux d'une ombre,
comme vous êtes :

> 6381   Voulez vous en perdre le rire
> Et le deduit d'une autre amer ?...
> Si prenez fame qui vous siece * ;
> Ne demourra mie grant piece
> Que vos n'obliez vo doleur...
> Et s'en serez moult plus doubtez **. »

Cet avis était très sage, et Galeran dut se l'avouer.
Il se laissa enfin persuader d'épouser la fille de Brundoré, parce qu'elle ressemblait à Fresne. Il la fit donc
demander, par deux évêques, à son père, qui consentit. La nouvelle du prochain mariage ne tarda pas à
se répandre depuis Nantes jusqu'à Metz.

Fresne l'apprend, cette nouvelle, dans sa retraite
de Rouen, et elle en a le cœur percé. Elle reconnaît
du reste, — et non sans raison — que c'est sa faute,
car pourquoi s'est-elle cachée depuis que Galeran,
maître de ses actions, la fait chercher en tous lieux?
Elle se résout donc, un peu tard, à reparaître devant
lui. Elle partira avec Rose, la fille de son hôtesse, sous
prétexte de s'acquitter d'un pèlerinage à Saint-Denis
et d'offrir en vente, sur la route, une broderie qu'elle
a faite à la demoiselle de La Roche, dont on annonce
les noces. Fresne et Rose s'habillent en pèlerines :

* convienne. — ** craint.

écharpe, chape perse et bourdon. Elles arrivent à La
Roche, sur leurs mules, au moment des derniers préparatifs. Fresne fixe sur sa tête une ample guimpe
blanche, son chaperon par-dessus, pour n'être pas
reconnue et descend dans une humble maison du
bourg, dont la logeuse se charge de lui acheter à
manger. Là, elle se taille en toute hâte un habille-
ment somptueux dans l'étoffe qu'elle a emportée,
celle que l'on avait trouvée, jadis, dans son berceau,
tandis que le pays s'emplit d'invités et de provisions.
— En même temps, au château, Madame Gente prési-
dait à la toilette de Fleurie : robe de clair samit vermeil,
brodé de fleurs d'or ; sur la tête un cercle d'or, orné
de pierres précieuses ; et, ceinture à boucle d'or.

C'est le matin du dimanche où la cérémonie
doit avoir lieu. Fleurie est installée dans un fauteuil.
Chevaliers, dames et pucelles, tant « privés » qu' « es-
tranges », ont envahi le château ; assis sur des tapis
et sur des bancs, ils se content les nouvelles, ou bien
écoutent les ménestrels qui viennent, harpent et chal-
lemellent en attendant l'heure de la messe. Galeran
est au milieu de tous ces gens ; il n'a pas l'air de
s'amuser ; Brundoré, qui s'en aperçoit, fait ce qu'il
peut pour le distraire, mais sans succès.

Cependant Fresne a revêtu, de son côté, la robe
magnifique qu'elle a faite de ses propres mains ; elle
emporte sa harpe et, à tout hasard, l'oreiller brodé
qu'on avait mis sous sa tête le jour où on l'exposa.
Elle entre au château, en « promenant ses doigts sur
sa harpe » et en chantant un lai improvisé :

6987   *Je voiz aux noces mon amy*
          Plus dolente de moy n'i va ! [1]

Dès les premières notes, tous les ménestrels se taisent, « mettent leurs instruments arrière », car la harpe de Fresne a des sons délicieux. Silence général. Elle en profite pour interpeller le fiancé, visiblement mal à son aise, et bientôt suffoqué :

7022   « Quens Galerens, com faictes chiere !...
          Est ce cops qui vous a nercy *
          D'espée ou de lance de FRESNE ? »

L'attitude de Galeran est, ici, singulièrement piteuse. Tandis que Fresne passe dans la chambre de Fleurie pour lui offrir ses compliments, il se couvre la tête de son manteau, parce que « veoir la joie lui est grief », et se retire. Du reste il n'a pas reconnu Fresne, pour autant. A Brun de Clarent, qui l'interroge, il se contente de signifier que, décidément, il ne pourra pas épouser la fille de Brundoré. A quoi Brun voit « fort à reprendre », mais, toutefois, ne sait que dire. Il finit par conseiller à Galeran de se faire porter malade, pour gagner au moins vingt-quatre heures.

Pendant ce temps le succès de Fresne, comme musicienne, était grand dans les appartements des dames. Madame Gente chantait des chansons que Fresne accompagnait sur la harpe. Mais, tout à coup, elle

---

* Est ce coup qui vous a noirci...

1. Pastourelle publiée dans Bartsch, *Romances et pastourelles,* p. 214.

s'arrêta ; elle venait d'apercevoir, sur la robe de la ménestrelle, en quartiers, les broderies qu'elle-même avait jadis faites et laissées, comme signe de reconnaissance, dans le berceau de sa fille abandonnée. — Elle se pâme ; elle appelle Fresne dans une chambre privée ; elle lui fait raconter sa vie. Puis, elle l'embrasse « en vraie mère » :

> 7290   « Belle Fresne, douceur de cuer,
>   Ma fille es, et celle est ta suer
>   Qui la hors siet a grant hounour... »

Après les premières effusions, Gente envoye chercher Brundoré ; elle se jette à ses pieds et lui raconte tout, en détail : les deux jumelles, l'abandon. Le bon sire pardonne aussitôt. Il lève le menton de Fresne ; il est convaincu :

> 7487   « Par foy, fait il, ceans voit on
>   Le voir de quanque j'ay oÿ *. »

Plus de vingt fois il baise Fresne sur la bouche. Mais il apprend d'elle qu'elle est « plevie » (fiancée) depuis cinq ans à Galeran. C'est donc elle, cette « femme estrange », dont il avait si souvent entendu dire que le jeune comte de Bretagne était féru, au point que beaucoup l'en blâmaient !

Brundoré se rend sans désemparer dans la chambre où Galeran, qui ne se doutait de rien, mais qui craignait par-dessus tout qu'on vînt le chercher

---

* la vérité de tout ce que j'ai entendu.

pour la messe, se plaignait, bâillait, soupirait, comme
s'il eût été malade :

7563   Premiers parolle Galerens :
    « Sire, fait il, je n'ay mestier
    D'uy mais oïr messe en moustier,
    Car maulx m'a tout le cuer soupris
    Si soit li jour a demain pris
    De ce que nous devons huy faire... »

Brundoré cligne de l'œil. car il voit de quoi il
retourne :

7573   « Je ne autre ne vous aproche,
    Respont Brundorez, biaux doulx sire,
    A ce dont vous oy esconduire*.
    Ce ne vous vueil je dire mie ;
    Ainz vous dy : « Fresne, vostre amie,
    « Ma belle fille au corps seant
    « Vous mande, s'il vous va grevant,
    « Qu'a li vicignés a chiere clerc**,
    « La ou elle est avec sa mere. »
    Mais vous n'avez mie loisir,
    Pour le mal qui vous fait gesir,
    Et maladie est droite escuse ! »

Suit une scène touchante entre Galeran, qui n'a
pas tardé à reprendre ses esprits, et Fresne, devant
les parents attendris. Brundoré offre en dot une forêt,
mille marcs et trois châteaux. Mais Galeran n'accepte
pas ; ce sera lui qui constituera à Fresne, en douaire,
la moitié de ce qu'il tient en Bretagne. — Les sentiments de Fleurie, si attristée de son mariage rompu
qu'elle est prête à se tuer et qu'elle finit par « se

---

* Pour ce dont vous vous excusez. — ** que vous veniez vers elle
    d'un air joyeux.

rendre », c'est-à-dire par prononcer ses vœux dans une
maison religieuse, ne sont pas pris en considération ;
on la fait, tout simplement, « traire arrière ». — Les
noces ont lieu tout de suite, et les ménestrels sont
comblés. — Par la suite, la jeune comtesse de Bretagne pardonna sa malveillance à l'abbesse de Beauséjour et maria Rose, la jeune fille de son hôtesse de
Rouen, en bon lieu :

7805   Puis que belle Fresne est vuarie
        Du mal dont elle se siut plaindre,
        Et li Brez ne puet plus ataindre,
        Si com lui semble, greigneur aise,
        Raisons est que RENAUS se taise
        Et que il mette a fin son conte.
        Bien ait qui l'ot et qui le conte.

JOUFROI

Le roman de *Joufroi* est connu par un seul manuscrit (commencement du xive siècle), conservé à la Bibliothèque royale de Copenhague, dont la graphie paraît être du Bourbonnais ou du Poitou. — L'œuvre elle-même a été probablement composée au temps de Philippe-Auguste, dans la même région, peut-être un peu plus à l'Est (Duché ou Comté de Bourgogne). — L'auteur anonyme était sans doute un homme du monde, et non pas un jongleur de profession ; il a écrit pour plaire à sa dame, sans apprentissage, et non sans peine. Il interrompt périodiquement le cours de son récit pour exprimer des réflexions et faire des confidences personnelles ; mais ce procédé ne lui est pas particulier : il a été employé dans d'autres romans, notamment dans *Partenopeus de Blois*.

L'auteur dit (v. 2324) qu'il a traduit les aventures de Joufroi d'un livre en latin trouvé « à Saint-Pierre de Maguelonne ». Cette indication, qui a été prise au sérieux (*Revue des langues romanes*, 3e série, t. V, p. 90), est, sans doute, de fantaisie. Et il semble inutile, au premier abord, de chercher quoi que ce soit d'historique dans une œuvre comme celle-ci, que l'on croit volontiers, quand on l'a lue, de pure imagination[1]. Cependant

---

1. Le premier des trois épisodes qui, mis bout à bout, for-

plusieurs des noms propres qui figurent dans le roman ont été portés, au XIIe siècle, par des personnages réels : Henri Ier, Henri II et Alis, rois et reine d'Angleterre, Aliénor de Poitiers, Alfonse de Saint-Gilles (c'est-à-dire de Toulouse), sans compter le troubadour Marcabrun, qui est mis expressément en scène. M. Chabaneau a émis l'hypothèse (ibidem) que *Joufroi* est une adaptation française d'un poème perdu en provençal dont le héros aurait été l'avant-dernier comte de Poitiers, Guillaume, fils d'un Gui *Geoffroi*, connu pour ses galanteries, qui épousa la fille d'un comte de Toulouse[1] et guerroya ensuite contre un autre, *Alfonse* Jourdain. L'auteur du roman n'aurait fait que broder sur des historiettes traditionnelles.

Plusieurs critiques se sont rencontrés pour déclarer que la manière de *Joufroi* leur faisait penser à celle de *Flamenca* (Chabaneau, *l. c.*, p. 90; A. Tobler, *Deutsche Litteraturzeitung*, 1881, col. 127). D'ailleurs, les uns ont trouvé que l'auteur avait de l'esprit, de la grâce, de l'agrément et qu'il maniait fort bien la langue (G. Paris, dans la *Romania*, 1881, p. 412); et d'autres se sont félicités qu'il n'ait pas écrit davantage (A. Tobler, *l. c.*).

L'édition de MM. K. Hofmann et Fr. Muncker (*Joufrois, Altfranzösisches Rittergedicht*. Halle a. S., 1880, in-8) est très médiocre. Cf. la collation du ms. par K. Vollmöller (*Romanische Forschungen*, I, 1883, p. 138) et les corrections de G. Paris (*Romania*, X, 1881, p. 411-419).

---

ment le roman de *Joufroi*, est le motif, célèbre au moyen âge, de la femme calomniée dont l'innocence est prouvée en combat judiciaire. Voir à ce sujet G. Paris, *Le roman du comte de Toulouse*, dans les *Annales du Midi*, XII (1900), p. 23, note.

1. La fille du comte de Toulouse porte, dans le roman, le

Le roman de *Joufroi* commence par une préface
où l'auteur confie qu'il est amoureux et fait l'éloge
de l'amour. C'est par amour pour une dame qui ne
l'appelle encore que : « Sire », et non pas « Beaus
douz amis », qu'il a rimé l'histoire suivante. Rimer
n'était pas son métier :

> 86   ... Oncques n'i oi martel ne lime
>   Ne nul maistre fors que s'amor...

Joufroi était le fils de Richier, comte de Poitiers
et de sa femme Aliénor. Il était beau, sage et brave,
et il aimait, il savait « honorer » les chevaliers comme
il convient. Il vint un jour prier son père de l'envoyer
à la cour du roi Henri d'Angleterre, pour qu'il s'y
fît adouber. « J'y avais déjà pensé », répondit le
comte, qui l'autorisa à se faire accompagner par dix
jeunes gentilshommes, et lui donna mille marcs d'argent et cinq cents d'or, pour ses dépenses. Les onze
traversèrent la mer, de Dieppe à Sozantone (Southamp-
ton). De là, ils se rendirent à la cour où le roi les
retint de très bonne grâce comme apprentis chevaliers, après avoir fait « mettre leurs noms en escrit »
par un chambellan. Joufroi gagna bientôt l'affectueuse
estime non seulement du roi et de la reine, mais des
Anglais en général, car il dépensait largement : il
distribuait des joyaux, des cottes, des manteaux, des

nom peu commun d'Amauberge ; or, le comte Guillaume de
Poitiers enleva au vicomte de Châtellerault une femme qui s'appelait ainsi (*Revue des langues romanes*, 3e série, t. VIII, p. 49)

armes, des robes, des destriers aux « povres chevaliers » ; il passait pour courtois et large ; et quoi de
mieux ?

Cependant il y avait, à la cour d'Angleterre, un
sénéchal très déloyal ; pour se venger de la reine
Alis, laquelle avait dédaigné son amour, il s'avisa de
conter au roi que la reine le trompait avec un garçon
de cuisine. C'était faux. La reine Alis « la preux, la
sage, la courtoise, la franche, la belle au clair visage »
avait le cœur trop bien placé pour se commettre de
la sorte. Mais le roi crut son sénéchal, fit arrêter sa
femme et jura Dieu qu'il la ferait pendre ou brûler.
Joufroi, indigné, dit au roi : « Votre sénéchal est un
traître, un menteur, et je le lui prouverai les armes
à la main dès que vous m'aurez fait chevalier. » Le
sénéchal, ainsi « appelé » publiquement de trahison
suivant les règles, ne pouvait pas ne pas s'en défendre.
Il se lève donc, et, après avoir ôté son manteau, tend
son gant, gage de bataille. Otages sont pris des deux
parts, et le jour de la rencontre est fixé. Beaucoup
de gens, voyant un jeune homme s'attaquer à ce
chevalier éprouvé qu'était le sénéchal félon, ne laissaient pas de craindre que la reine « perdît son droit »
par la faute d'un champion insuffisant.

Lorsque Joufroi et ses damoiseaux eurent été faits
chevaliers, le champ du duel fut assigné à Guincestre
(Winchester). La nuit qui précéda la bataille, le
jeune homme veilla devant l'autel du crucifix dans
l'église tout illuminée de cierges ; cinq cents chevaliers, « déchaux, nus pieds et en chemise », en firent

autant « pour l'amour de lui » ; la reine Alis et ses
dames prièrent, en semblable appareil, devant l'autel
de Notre-Dame. Pendant ce temps, le sénéchal,
confiant en sa force, dormait paisiblement chez lui.

La journée commença au son des cloches, par la
messe que Joufroi entendit à l'autel principal ; sur
cet autel, il posa deux hanaps d'argent fin, pleins de
besans d'or et de pierres précieuses. — Puis il s'arme ;
on lui lace les chausses de fer, il revêt le haubert de
mailles et se coiffe du heaume ; il ceint une épée de
Cologne ; il monte un destrier gascon, couvert de fer.
Le voilà l'écu au col, le branc au côté, la lance droite.
Il avait ainsi très bon air.

Avant que le combat commence, les deux champions mettent pied à terre, pour prêter serment.

> 433   Lors fist l'en les seinz* aporter.
>   Li seneschaus ala jurer
>   Qui la reïne ot encusée :
>   Sor li sainz mist la main armée,
>   Voianz toz ; tel sairement fit
>   Que c'estoit voir que il ot dit.
>   Et li vaslet apres lui jure
>   Et dit qu'il lo tint por parjure...

Ils s'élancent ensuite l'un contre l'autre, la lance
« en fautre » (en arrêt)**. Tous deux tombent, sous
la violence du choc. On les croit morts ; et un brouhaha s'élève ; mais le roi fait crier son ban que quiconque parlera sera pendu, et le silence se rétablit.
Les champions se relèvent et le combat continue à

_____

* reliques. — ** Cf. plus bas, p. 78.

l'épée. Enfin Joufroi, désarmé, casse le bras de son adversaire avec un tronçon de lance qu'il a ramassé par terre, prend le dessus, et comme le vaincu refuse de se reconnaître pour tel, lui tranche la tête. — Le triste sort du sénéchal inspire à l'auteur du roman d'assez longues réflexions. Puisse-t-il en arriver autant à tous les « tricheurs » qui cherchent à brouiller les dames et les maris, les amis et les amies. Ces gens-là, trop nombreux, sont les véritables « vilains » ; réservons-leur ce nom, en donnant celui de « gaaigneòr » à ceux qui travaillent pour vivre. Si l'auteur était roi de France ou empereur de Rome, ce sont ces vilains-là, les vrais, les contrevenants aux lois de l'amour, qu'il taillerait sans merci. Amour serait maître du monde ; Tricherie n'en mènerait pas large.

Le soir du combat, Joufroi apprit, par un messager venu de France, que son père était mort. Il en fut fort attristé et s'appuya sur une coute ; mais il n'en voulut pas faire « trop grand dueil »,

> 652 Car n'avient pas a nul baron
> Qu'il face dueil outre raison.

Il revint, naturellement, dans son pays de Poitiers, pour recevoir « ses hommages ». Son premier soin fut de « faire garnir ses châteaux » pour les mettre en défense. Après quoi, il choisit vingt-cinq chevaliers, qu'il s'attacha comme compagnons. Avec cette « maisnie », il s'en alla tournoyer, c'est-à-dire qu'il n'y eut pas de tournoi, de la Bretagne à la Champagne, où

il ne parut. On dit bientôt qu'il n'y avait point de
meilleur écu que lui et qu'il était « de tournois sire ».
Ce fut une « belle vie », et honorable. — L'auteur en
profite pour déclarer qu'il est lui-même de tempérament
amoureux, comme son héros ; et il repense à sa
dame, qui parle si bien :

754   Molt est fous mis cuers, bien lo voi...
        Mais por ce li doi pardoner
        Qu'or me fait la meillor amer
        Que l'on sache en tot le mont...
        Si n'est pas de parler vilaine ;
        Bel parole sor tote rien...

Un jour, le comte de Poitiers appela un de ses
principaux ménestrels, un certain Gui de Niele
(Nesle), qui savait très bien faire les retroenches, lui
passa le bras droit autour du cou, et, s'asseyant à
côté de lui dans l'embrasure d'une fenêtre, il lui dit :

800   ... « Or me di, freire,
        Foi que tu doiz l'ame ton pere...
        Qui est or la plus bele dame
        Que tu saches decha la mer ? »

Gui de Niele n'hésite pas. La plus belle dame du
monde, c'est assurément « Madame Agnès de Tonnerre », que son mari a enfermée, par jalousie, dans
une tour de son château. Ladite tour a une fenêtre qui
donne sur la grande place du bourg. Au milieu de cette
place se trouve un poirier magnifique, qui l'ombrage.
C'est le rendez-vous favori de la société tonnerroise :

841   « Iluec joent li chevalier
        As dez et autres jous divers.

Enqui est tot an li josters*
Et les dances et les caroeles.
Enqui vienent et fous et folcs
Et menestreil et jugleor.
Iqui veirriez chascun jor
Et granz solaz et grant deport.
Iqui prent un pou de confort
La dame, qui tot voit d'amont
Quanque ** cil en la place font. »

Il se trouvait justement qu'à l'octave de la Pentecôte prochaine, un tournoi devait avoir lieu dans les
environs de Tonnerre. Le comte, ravi de ces bonnes
nouvelles, se retient à peine de baiser les yeux de
son ménestrel : il ne laissera pas échapper une occasion si favorable. Il fait donc ses préparatifs, mais en
ayant soin de se ménager l'incognito : à cet effet il
commande un écu peint de sinople sur argent, qua-
tre-vingts lances et panonceaux de samit vermeil, et
deux robes, l'une d'écarlate et de soie, l'autre de
pourpre couleur de sang et d'hermine ; toutes ses
armes, ses couvertures et ses connaissances sont également vermeilles ; il emmène trois destriers et une
centaine de serviteurs, écuyers, valets et sergents,
mais pas d'autre ménestrel que Gui et pas un seul chevalier. Au moment d'entrer dans Tonnerre, il ordonne
à ses sergents de ne pas retenir d'hôtel, mais d'impro-
viser une installation, pour lui et sa suite, sous le gros
poirier de la place. L'endroit est bientôt, par leurs
soins, jonché de verdure, tendu d'étoffes et clos au

* Là, toute l'année, sont les joutes. — ** qui voit d'en haut
tout ce que.

5

moyen de lances fichées en terre (v. 1168). Le comte, complètement « descoñeü » (déguisé) — car il s'était teint le visage avec de certaines herbes — se fait appeler « sire de Cocagne » ; et *Cocagne* est le cri qu'il adopte dès le commencement du tournoi.

Le sire de Cocagne accomplit pendant ce tournoi des exploits considérables ; il abattit notamment le roi de France par terre, et, le soir, ses écuyers conduisirent sous le poirier quatre destriers qu'il avait conquis à la pointe de sa lance. Le même soir, il ordonna de faire crier par la ville qu'il tiendrait table ouverte, et d'inviter les jongleurs et les ménestrels qui voudraient avoir du sien[1]. Le poirier fut illuminé de chandelles. Les tables, couvertes de nappes, l'étaient aussi d'une vaisselle somptueuse. Les valets présentaient à laver aux arrivants dans des bassins d'argent « enchaînés » :

> 1138   En la vile n'ot chevalier
> Flamenc, Franceis ne Beruier
> Qui non alast veoir la nuit
> L'ostel le conte et son desduit
> Por la merveille regarder.

Description de la fête, qui fut superbe. Des jongleurs dansent la danse des éperons ; d'autres sautent à travers des cerceaux ; d'autres font des exercices d'équilibre ou d'adresse avec des épées ou des couteaux ; d'autres des tours de passe-passe. D'autres chantent en s'accompagnant :

1. Cf. v. 2800 et suiv., la même scène, à Nicole.

1161   Si sonent muses et estives,
         Harpes, sauters, guigues et rotes *...

Là dame du château regardait tout cela de sa fenêtre. Dame qui « entend à honneur » voit très volontiers « faire joie ». — Nouvelle occasion pour l'auteur de faire un retour sur lui-même : il y a plusieurs espèces de dames, des bonnes et des mauvaises ; c'est comme les chevaliers, qui n'aiment pas tous l'honneur. L'auteur exprime son admiration pour celle dont les beaux yeux l'ont guéri du mal où l'avait plongé la conduite d'une traîtresse dont Dieu, du reste, l'a bien vengé.

Le lendemain, second et dernier jour du tournoi, le chevalier « desconeü » emmena cinq destriers « couverts de soie jusques aux pieds », et célébra ses succès de la même façon que la veille. Le surlendemain, il partit, non sans avoir donné l'ordre à son sénéchal d'attacher les neuf chevaux conquis aux basses branches du poirier qui lui avait servi d'hôtel. Le mari de Madame Agnès, sire du château, fit mettre aussitôt dans sa « maréchaussée », c'est-à-dire dans son écurie, les bêtes abandonnées : « C'est la première fois, observa-t-il, que ce poirier me rapporte quelque chose. »

Cependant, la dame de la tour n'avait rien perdu de ces événements. Par un de ses garçons, elle avait même découvert le vrai nom du prétendu sire de Cocagne. Et elle maudissait sa prison, qui l'empêchait de s'entretenir de plus près avec le comte de

* Instruments de musique.

Poitiers. Certes, si le comte eût été là, elle serait tombée dans ses bras. — L'auteur l'en loue, car c'était, dit-il, faire preuve de clairvoyance, et tant de chevaliers sont aujourd'hui découragés d'aimer les dames, parce qu'elles ne savent pas apprécier le vrai mérite ! Ces chevaliers ont tort, du reste :

> 1467   S'en ont tort, quar tant est de fames
> Que ne puet estre, ce m'est vis,
> Que, si tant est de tricheris,
> Assez ne ressoit des leiaus*.

L'auteur se remémore à ce propos la dame de ses pensées, qui est « la meilleure » du monde, et il exprime l'espoir de fléchir un jour sa rigueur.

C'est alors que le comte Joufroi s'avisa d'un artifice. Il se fit faire un froc blanc, à cagoule, et tailler les cheveux comme un prêtre. Avec un de ses sergents, pareillement accoutré, il prit le chemin de Tonnerre, en tapinois. On aurait dit des ermites. A peine arrivé, il demande aux passants :

> 1548   « O est li sire de la vile ? »
> Et un borjois li dist : « Alez
> Soz cel perier¹ que vos veez ;
> Illoques joe a eschas **. »

Le faux ermite prend à part le sire de Tonnerre et lui dit, d'un air papelard, que, dégoûté du siècle, il

---

* Qué, si tant est de traîtresses, ne soient assez de loyales. —
** Il est là à jouer aux échecs.

1. Éd. : ces periers.

cherche un lieu retiré, loin des siens, pour y faire
pénitence. Il obtient sans difficulté l'autorisation de
bâtir un ermitage à son gré. Aussitôt il embauche
des charpentiers, achète du terrain et se fait bâtir un
ermitage, comportant plusieurs chambres et un four-
nil, dans un bois assez voisin du château. — Il s'installa et passa pour un saint homme, car il déterrait
avec ostentation des racines dont il prétendait se
nourrir, tandis qu'il envoyait en secret son compagnon acheter des victuailles, la nuit. Le sire de Tonnerre vint le voir. Il en profita pour conseiller à ce
jaloux de donner plus de liberté à sa femme et de
l'envoyer à l'ermitage : elle y recevrait de bons conseils. Le bon sire n'y manqua pas. Le lendemain
Madame Agnès fut autorisée à quitter la tour ; elle et
« les dames du chastel » s'en allèrent à cheval,
« gabant, riant », à la maison du saint ermite, qui
leur fit avec componction les honneurs de son chez lui :

1871   ... « Dame, li filz Marie
          Vos saut * et vostre coupagnie,
          Et si vos mete en bon corage ! »

Mais il propose bientôt à Madame Agnès un entretien
particulier : faut-il pas qu'elle se confesse ? Il l'intro-
duit dans une arrière-chambre très jolie, soigneusement jonchée de jonc et de laiche. On voyait là un
lit bien différent des durs grabats étalés avec ostentation dans la pièce principale. Ce lit était très confor-
table :

* Vous sauve.

1930   Or molt par estoit beaus et buens,
      Ne sembloit pas lit d'hermetain*.
      Assez i ot, fuerre et estrain
      Et cotes moles et blans dras,
      Covert d'un paile de Baudas.
      Ot sus un covertor hermin,
      Orlé entor de cebelin
      Et d'une blanc diaspre molt chier**.
      Si ot au chief un oreillier
      Et sus l'oreillier ot floretes,
      Roses freches et violetes.

Le comte jette son froc, apparaît en costume de chevalier, met sur sa tête une coiffe, et, par-dessus, un chapeau de roses et de fleurs, se nomme et fait sa déclaration, qui est très bien accueillie :

2015   « Sire, fait ele, tort auroie
      Si vers vos cointe*** me faisoie... »

Ici encore, l'auteur du roman est d'avis que Madame Agnès eut raison : il ne faut pas faire languir ceux qu'on aime, crainte que les feux ne s'éteignent ou ne soient contrariés.

Or, il s'ensuit ce qui doit s'ensuivre :

2117   Mielz afferoit a cel mestier
      Li cuens que a lire sautier ****
      Ne a doner confession.

Le sire de Tonnerre se félicita hautement de cette

---

* ermite. — ** Assez y eut paille, foin, coutes molles et draps blancs. Il y avait dessus une étoffe en soie de Baudas (Bagdad) et une couverture de peau d'hermine bordée de fourrures et de diaspre blanc. — *** coquette, minaudière. — **** Le comte s'entendait mieux à ce métier qu'à lire le psautier.

pieuse visite, et il engagea son épouse à la renouveler souvent.

Elle la renouvela si souvent que le comte de Poitiers, lui, ne tarda pas à songer que le moment était venu de « s'en raler en son pays ». Il prit congé, sommairement, de son amie, en protestant qu'il reviendrait, et retourna dans ses domaines ; on ne voit pas qu'il soit jamais revenu. — Telle est la fin, assez abrupte, de la première des trois aventures galantes qui sont le sujet du roman.

Un jour que le comte Joufroi tenait sa cour à Poitiers, un sergent superbement vêtu, qui « savait bien parler français », se présenta devant lui et lui remit, de la part de sa dame (sans la nommer), un grand écrin d'ivoire, avec des ferrures d'or, en disant que c'était un cadeau d'amour. L'écrin était plein de joyaux qui valaient plus de mille livres.

Le bon comte les accepta et les distribua incontinent à ses chevaliers, ne gardant pour lui qu'un petit anneau. Ce n'est que le lendemain qu'il pensa à interroger privément le mystérieux sergent. Mais celui-ci était parti, avec toute sa compagnie (dix personnes, son cuisinier, son bouteillier, etc.), après avoir fait cadeau à son hôtelier, stupéfait d'une telle générosité, de la coupe d'argent où il avait bu le vin claré ou giroflé du souper. Le comte se mit à sa poursuite. — Mais en vain. — L'auteur du roman se félicite d'avoir su dépister, lui aussi, les médisants, qui lui avaient fait tant de tort lors d'une première aventure ; main-

tenant, il ne laissera pas deviner l'objet de ses pensers
et rira des conjectures que fera la malveillance.

Le comte Joufroi résolut de courir le monde pour
découvrir la dame anonyme qui l'avait ainsi provoqué.
Les préparatifs qu'il fit à cette occasion ressemblent
beaucoup — beaucoup trop — à ceux qu'il avait
faits naguère pour aller aux fêtes de Tonnerre. Mais,
cette fois, il emmena un de ses chevaliers, « messire
Robert », qui naguère lui avait dit, en riant : « Vous
êtes plus riche que moi, mais non pas si bon chevalier ». Joufroi, voulant éclaircir ce point, le fait
venir tout nu devant lui et lui donne un équipage
exactement pareil au sien. Ils iront dans un pays où
le comte n'est pas connu, et rivaliseront comme des
égaux, dans les mêmes conditions ; on verra quel
est le meilleur. Mais dans quel pays ? Le comte est
connu en France, en Bretagne, en Flandre, en Allemagne, en Normandie, où il a maintes fois tournoyé.
Messire Robert propose d'aller en Angleterre, où le
roi Henri, qui fait la guerre contre ceux d'Écosse et
d'Irlande, a besoin de soudoyers. Mais, dit très justement le comte, c'est le roi Henri qui m'a adoubé ;
nul ne me connaît mieux que lui. Toutefois, il se
laisse persuader. La traversée se fait, encore une fois,
par Dieppe, et les voilà à Nicole (Lincoln). Le comte
et messire Robert sont engagés, comme ils s'y attendaient, en qualité de soudoyers, par le roi. Personne ne reconnaît le comte sous le faux nom
qu'il a pris.

Quelque temps après, les rois d'Écosse et d'Irlande

amenèrent une armée, « grant ost banie », devant
Lincoln. Les deux soudoyers de France firent des
exploits extraordinaires. Le roi Henri leur dut la
victoire. Il les récompensa largement ; mais les deux
vassaux étaient si généreux que l'argent leur coulait
entre les doigts. Ils furent bientôt obligés de s'adresser aux usuriers de Londres. Cette ressource même
manqua, lorsqu'ils n'eurent plus quoi que ce fût,
hauberts, chevaux, joyaux ou robes, à mettre en
gage. — C'est à cette occasion que le comte Joufroi
s'engagea dans la seconde de ses aventures. Il était
logé, sous le nom de Giraut, chez un gros bourgeois
de Londres, dont la fille unique était à marier. Il prit
le bourgeois à part et lui dit :

3423   « Beaus hostes gentis et corteis,
       De Borges sui filz d'un borgeis.
       Mais de chevaliers fu ma mere ;
       Por ce loé fu a mon pere
       Que il me feïst adober.
       Chevaliers sui, nel puis ncier.
       Mais dehait [ait] chevalerie,
       Que trop m'a costé la folie.
       Molt en ai despendu et mis
       S'ariers estoie en mon païs
       Jamais n'iroie en lou estrange ;
       Enz me metroie ariers el change
       Tant que eüsse tot recovré
       Lo grant avoir que j'ai doné...* »

Il lui demande sa fille. « Volontiers, dit le bourgeois,

* « Maudite soit la chevalerie ; la folie m'a trop coûté... Si j'étais
de retour dans mon pays, je n'irais plus jamais à l'étranger :
je me mettrais de nouveau dans la banque jusqu'à ce que
j'eusse recouvré le grand avoir que j'ai donné ».

mais à condition que vous ne « donnerez » plus. » —
« J'aimerais mieux aujourd'hui mourir sans confes-
sion, répond le comte, car, je le vois maintenant, on
n'est servi et honoré qu'en proportion de l'argent
qu'on a. »

> 3473   — « Vos, fait li ostes, dites voir
> Que mal fu nez qui n'a avoir.
> Sire, ge m'en voil conseillier
> De ceste afaire a ma moillier.
> Et s'ele loer nel voloit,
> Ja por ice non remandroit
> Que je ne face heir de vos*... »

On convient d'une dot de mille marcs d'argent (le
comte avait précédemment dissipé, en moins d'un
mois, une somme de sept cents marcs, présent du
roi Henri). Et le mariage a lieu, en l'église Saint-
Nicolas, pour de bon. Pendant la cérémonie, le comte
et messire Robert ne pouvaient se tenir de rire. Ils
partagèrent, du reste, la dot, et la dépensèrent en un
clin d'œil.

La dot dépensée, le prétendu Giraut répond froi-
dement aux reproches du beau-père que la largesse
est et sera toujours dans son caractère :

> 3574   « Beaus peres, bien sachiez sans gas **
> Qu'a ma vie toz jorn donrai
> Et toz jorn riches reserai. »
> — « Riches serez ? fait li borgeis.

---

* « Je m'en vais consulter ma femme, et, si elle ne voulait pas,
je ne vous en accepterais pas moins ». — ** sans blague.

Iche sera quant Deus li reis
Non amera foi ne creanche
Et Provenceil conquerront[1] Franche
Par armes sanz negun content *,
Et or[s] sera plus vil[s] d'argent
Et Judas iert de pechiez quites... »

Les choses en étaient là quand la nouvelle parvint
à Londres que le comte Alfonse de Saint-Gilles avait
assailli des châteaux du comte de Poitiers et ravagé
ses terres. Ce fut un troubadour célèbre, Marcabrun,
qui apporta cette nouvelle. Le roi Henri le connaissait
bien, pour l'avoir vu à sa cour. Il l'interrogea et lui
dit :

3628   « Que fait donc li buens cuens Jofrois
        Quant voit ensi ses chasteus prendre
        Et sa terre, c'on li confont ? »

« Il y a plus d'un an, répond Marcabrun, que le
comte Joufroi est parti ; on ne sait pas où il est, et je
suis à sa recherche. » — Sur ces entrefaites entre le
prétendu Giraut, un faucon montais** sur le poing.
« Sire, dit Marcabrun, le voici :

3649   .... Veez le lai,
        Le truan, qui en tel esmai ***
        Laisse toz cels de son païs ».
        — « Gabes tu ? **** » fait li rois Henris.

* « Cela sera quand Dieu le roi n'aimera plus foi ni créance,
et Provençaux conquerront France par armes sans opposition ».
** de montagne. — *** embarras. — **** Plaisantes-tu ?

1. Ms. et éd. : conquerra.

> — « Sire, ge non, se Deus me vaille... »
> Quant li rois l'ot, joie en ot grant.
> Vers lo conte corrut riant ;
> Si li a ses braz au col mis ;
> Puis li a dit : « Vos estes bris*,
> Sire truant, si vos donreis
> L'avoir vostre pere au borgeis. »

L'indignation de Marcabrun allait s'épancher ; mais le comte l'arrêta : « Nous referons, dit-il avec désinvolture, nos beaux châteaux ; nous avons assez de pierres, de sable, d'argent ; et sire Alfonse nous le paiera. »

Cependant, lorsqu'ils apprirent la véritable identité de Joufroi, sa femme anglaise, son beau-père et sa belle-mère pleurèrent amèrement ; car ils se doutèrent bien que « le bon comte, qui tant valoit, » ne daignerait pas garder à ses côtés la fille d'un « vilain renouvier [1]** ». En quoi ils ne se trompaient pas. Cependant le comte était galant homme : en prenant congé du roi, il le pria de trouver pour Blanchefleur, l'abandonnée, un mari de distinction :

> 3741   « Et pri ancor par grant merci
> Qu'a ma feme doniez mari
> Et haut ome de grant afaire ;
> Car mout me vendroit a contraire
> Se vilains la prendroit a feme ;
> Ainz voil que soit toz jorn mais dame ;
> Quar molt par est preuz et senée. »

Le roi la donna effectivement à un comte, dont il

---

* sot, malavisé. — ** usurier.

1. Ms. et éd. : revevier.

avait confisqué les domaines et qu'il rétablit à cette
occasion dans toutes ses prérogatives.

Mais le comte Joufroi n'était pas homme à quitter
l'Angleterre sans avoir salué la reine Alis, qui était la
première des dames comme « li apostoiles de Rome »,
le pape, est « le plus aut home » du monde. Elle
était à Bevrelé (Beverley). Elle le salua joyeusement,
en ces termes :

3812   « Sire truant, n'avez vos onte
        Qui plus d'un an tot a devis
        Avez esté en cest païs
        Ne encor ne m'avez veüe …?
        Coment vos prist iceste envie
        D'ensi venir en cest païs
        Que fuissiez truans et faidiz ?* »

Le comte expose qu'il est venu à la recherche de la
dame qui lui avait envoyé naguère, à Poitiers, une
cassette de bijoux en guise de déclaration. Mais il
reconnaît justement, dans un des chambellans de la
reine, le sergent porteur de la cassette. La dame
anonyme n'était donc autre que la reine reconnais-
sante du service qui lui avait été jadis rendu. Elle
l'avoue. Encouragé, Joufroi s'empresse de demander
ses faveurs :

3963   « Et por Deu, dame, amez moi,
        Ge le vo lo** par bone foi.
        Quar je ne sai home vivant
        Qui tant vos sache bonement
        Servir ne amer d'amor fine
        Com ge ferai, franche reïne.

*comme si vous étiez mendiant et exilé. — **Je vous le conseille.

> Liges et sers tote ma vie
> M'otroi en vostre segnorie
> De cuer leial senz repantir
> Por feire tot vostre plaisir. »
> — « Et ge, fait ele, vos reçoi
> A ami, et par bone foi
> Vos doing et mon cuer et m'amor.
> Certes, si vos faiz grant honor...
> Mais vos doin ge faire et dire
> Tot vostre plaisir, biaus douz sire.
> Que par vos sui ge honorée
> Del grant lait don m'avoit blasmée
> Li seneschaus fel de put aire
> Que je vos vi recreant faire *.
> Et des lors en cha que che fu
> Si avez puis mon cor eü. »

L'auteur du roman revient à ce propos sur les dames qui, « par délai et tricherie, » font de la peine à leurs amis. Non plus que la châtelaine de Tonnerre, la reine Alis n'était de celles-là. Pour le soir même, elle donna rendez-vous au comte, dans sa chambre à lui. — Comment messire Robert eut vent de ce rendez-vous, se coucha dans le lit destiné au comte, l'envoya coucher dans le sien et reçut la reine dans ses bras, c'est ce qu'il est inutile de raconter en détail. L'auteur insiste plaisamment sur les hésitations du vassal, au moment décisif. Ira-t-il jusqu'au bout de la plaisanterie? Mais c'est se brouiller mortellement avec son seigneur. N'ira-t-il pas? Mais l'occasion est bien tentante.

---

* Du grand outrage dont m'avait blâmée le senechal félon et malhonnête que vous forçâtes à s'avouer vaincu.

4209   E vos, qu'en feïssiez, seignor ?
       A toz vos pri, par grant amor,
       Que chascuns son penser en die...
       Des or, seignors, avez vos dit ?
       Or me rescoutez un petit...
       Si ge eüsse des seignors mil
       Si ne tornasse pas un fil
       En lor corroz contre tel rien*...

Messire Robert, lui, n'osa pas ; et il prévint à temps
la reine de son erreur. L'erreur fut réparée ; on en
rit ; et tout se passa à merveille. — Ici se place une
explosion lyrique, aussi violente qu'inattendue. Explosion de douleur. L'auteur ne sait plus où il en est.
« Ne sais si je suis homme ou bête. » Une amour,
qu'il a « servie », lui a « bestourné le courage ».
Quand il commença son roman, il croyait avoir une
loyale amie, qui l'aimait sincèrement. Maintenant, il
n'en est plus sûr. Il finira pourtant son œuvre, mais
il n'en fera jamais d'autre, car « trop i ai travail et
paine » (v. 4397).

Les amours de la reine Alis et du comte de Poitiers durèrent trois jours. Après quoi, le comte alla
défendre sa terre contre Alfonse de Saint-Gilles. Il
convoqua ses hommes, ses amis et réunit mille chevaliers, trois mille sergents à pied. Il y eut des combats sanglants ·.

---

* « Et vous, seigneurs, qu'auriez-vous fait ?... Eh bien, seigneurs, avez-vous dit ? Or écoutez-moi un peu. Si j'avais,
moi, mille seigneurs, je me moquerais joliment de leur cour-
roux en pareil cas. »

4473   Si estoit tot li camps jonchiez
        De testes d'omes et de piez.

La guerre se termina par la captivité d'Alfonse et
la rentrée triomphale des Poitevins dans Poitiers.
Joufroi épousa la belle Amauberge, fille d'Alfonse, et
reçut en dot l'exspectative de Toulouse, sans compter
trois châteaux forts et cinq mille marcs d'argent.

La fin manque.

GUILLAUME DE DÔLE

ou

LA ROSE

L'auteur de ce roman l'avait intitulé *la Rose* ; le premier érudit qui s'en soit occupé, le président Claude Fauchet, l'appela, au XVIᵉ siècle, *Guillaume de Dôle*, pour éviter toute confusion avec le poème postérieur de Guillaume de Lorris. Ce dernier titre est aujourd'hui consacré, quoique, comme on l'a déjà remarqué (Éd. Servois, p. ɪɪ), il soit assez mal choisi. En effet, Guillaume de Dôle n'est pas le principal personnage du roman, et il ne semble même pas, quoi qu'on en ait dit (*ib.*, p. ɪɪɪ), qu'il soit celui « auquel on a particulièrement voulu nous intéresser » : les derniers vers du poème, allégués à l'appui de cette opinion, ne désignent pas clairement Guillaume comme le « prudhomme » dont l'exemple est proposé « aux rois et aux comtes ». Il semble que ces vers désignent aussi bien l'empereur Conrad. Le véritable titre du roman, si l'on tient à effacer celui de l'auteur, serait *Corras et Lienor*.

On ne connaît qu'un seul exemplaire du premier roman de « la Rose » : à la Bibliothèque du Vatican (Fonds de Christine de Suède, nᵒ 1725) ; il est du XIIIᵉ siècle.

L'œuvre est anonyme, et, au sentiment du dernier éditeur, on ne sait rien de l'auteur « sinon qu'il a com-

6

posé ou du moins achevé son œuvre dans un couvent »
(*ib.*, p. xxviii). Cette affirmation unique se fonde sur
les trois vers suivants, qui se lisent à la fin, avant
l'explicit : *Et cil se veut reposer ore — Qui le jour perdi
son sornon — Qu'il entra en religion.* Elle est peut-être de
trop, car il est fort douteux que ces trois vers soient de
l'auteur du poème, surtout si l'on considère que, dans
le ms. du Vatican, qui contient plusieurs romans, l'explicit
de *Meraugis de Portlesguez*, par Raoul de Houdan, où
Raoul de Houdan se nomme, a été allongé par un inconnu
de plusieurs vers qui sont aussi relatifs à la question du
« sornon » : *Et ge lo bien que il s'en taise. — Por ce que
cil contes miex plaise — I deüst il autre non metre, — Car
li sornons, ce dit la letre, — Est si vers le mont entechiez.
— Se ce ne fust vilains pechiez, — Je blasmasse lui et son
livre, — Que hom qui d'ausmones doit vivre — Doit toz jors
ses pechiez plorer — Et por ses bienfetors orer.* — Il est
fort probable que ces dix vers, à la fin de *Meraugis*, et
les trois vers placés à la fin du roman de *la Rose*, sont
d'un lecteur, et de la même main [1]. Dès lors, ils ne
prouvent rien, si ce n'est qu'un inconnu du xiii° siècle,
qui blâmait Raoul de Houdan, entré en religion, d'avoir
placé son surnom dans l'explicit de *Meraugis*, approuvait
l'auteur de *la Rose*, qu'il croyait dans le même cas que
Raoul, de n'en avoir pas fait autant. Avait-il des raisons de croire que l'auteur de *la Rose* était en effet dans
le même cas que Raoul? c'est ce que nous n'avons,
du reste, aucun moyen de savoir. Quoi qu'il en soit, *la
Rose* a été sûrement écrite par un jongleur de profession :
d'un jongleur, l'anonyme a toutes les allures, les pré-
jugés et l'érudition spéciale.

1. Peu importe que, dans le ms. de Vatican, ils soient de la
main du copiste ; car le copiste a pu avoir sous les yeux, comme
modèle, un manuscrit qui contenait déjà *Meraugis* et *la Rose*, et
sur lequel l'addition avait été faite.

Le roman est dédié au « beau Miles de Nanteuil »,
qui habite le Rencien (le Rémois), en Champagne, « un
des preux du royaume »: Miles de Nanteuil est sans
doute le personnage de ce nom qui fut élu évêque de
Beauvais en 1217 et soutint en 1232 un célèbre différend avec la couronne de France. Comme Miles était déjà
entré (peut-être depuis plusieurs années) dans la carrière ecclésiastique en juin 1204, et puisque l'histoire
chevaleresque et assez libre de « Corras et Lienor » n'a
pas dû, vraisemblement, être écrite pour un clerc, il
faut supposer, a-t-on dit, que l'auteur a rédigé sa dédi-
cace « pendant le temps où Milon put vivre de la vie d'un
chevalier au milieu des jeunes seigneurs de son âge »,
c'est-à-dire vers 1200.

Beaucoup de noms propres sont cités dans le roman
de *la Rose*. Il va de soi que l'empereur Conrad, amant
de Liénor, n'a de commun que le nom avec Conrad III
(† 1152). L'allusion (ci-dessous, p. 81) à Bouchart le
Veautre, ce parfait courtisan, favori de Louis VII (« au
tens le bon roi Loeïs » [v. 3129]), établirait, s'il en était
besoin, que l'auteur n'écrivait pas sous Louis VII. Il connaissait, d'ailleurs, au moins de nom, quantité de contemporains de Philippe-Auguste : le comte Renaut de
Boulogne, Gaucher de Châtillon, Guillaume des Barres,
Alain de Rouci, Eudes de Ronquerolles, Michel de
Harnes, Savaric de Mauléon, etc. L'examen attentif de
tous ces noms a conduit M. Servois à placer, par con-
jecture, la composition de l'œuvre « entre le mois d'octobre 1199 et le mois de mai 1201 ».

Il est certain, d'autre part, que l'historien de l'empereur Corras et de Guillaume de Dôle avait des relations
dans les pays qui forment, de nos jours, le département
de l'Oise[1] et qu'il avait voyagé.

1. Voir ce qu'il dit du sire Eudes de Ronquerolles (p. 66) et
du jeu sous l'ormeau de Trumilli (p. 83). A propos des armoiries

L'auteur est très fier d'avoir intercalé dans son roman
des chansons de divers chansonniers à la mode en son
temps, « de sorte qu'on peut, comme on veut, le lire ou
le chanter ». « De même qu'on teint les draps pour avoir
los et prix », il a mis des chants et des sons dans ce roman
de la Rose, « *ce qui est chose nouvelle* ». Ces chants, dit-il,
sont si bien en situation qu'ils ont l'air, en vérité, de
faire corps avec le récit (v. 26-28). — Il semble, en
effet, que cet ingénieux procédé (l'intercalation de pièces
lyriques, mises dans la bouche des personnages, au cours
d'un récit) n'eût pas été antérieurement employé ; mais,
depuis, il l'a été souvent, en particulier dans le roman
de *la Violette*, par Gerbert de Montreuil, qui traite le
même sujet que *la Rose,* dans le roman de *la Poire* et
dans le *Chastelain de Couci* (cf. p. 204). — Mais l'auteur se flattait en estimant qu'il en avait usé avec la
plus grande habileté. Beaucoup des chansons qu'il insère
sont fort peu en situation. Voici comme il les amène :
l'Empereur, chevauchant avec Guillaume de Dôle, à
travers champs, daigne lui chanter un « vers » ; il
lui dit tout bonnement (v. 3097) : « Savez vos cest
vers ? » et s'empresse de l'entonner, sans attendre la
réponse. M. G. Paris a écrit (*ib.*, p. xc) : « L'auteur
de cette invention raffinée [l'intercalation] est aussi celui
qui a su le mieux la mettre en œuvre » ; et (p. cxii) :
« La plupart d'entre ces chansons ne conviennent guère
à celui dans la bouche duquel elles sont mises et n'expri-
ment pas du tout les sentiments qu'il doit avoir. »
Malgré l'apparence, ces deux affirmations ne sont pas
contradictoires.

Il est à noter que plusieurs des rimeurs dont l'ano-

de l'Empereur, il fait cette réflexion (v. 68) : « Et si portoit
l'escu demi — Au gentil comte de Clermont — Au lion rampant
contremont... » ; il n'est pas impossible, quoi qu'en dise l'éditeur, qu'il s'agisse ici du comté de Clermont en Beauvaisis.

nyme a inséré des chansons étaient encore vivants au
milieu du règne de Philippe-Auguste (Gace Brûlé, Gui
de Couci, etc.), et que, selon toute probabilité, l'anonyme citait de mémoire.

Ce roman a été favorablement jugé par M. Servois
qui en a donné une édition aussi bonne que le permettait l'extrême incorrection du manuscrit unique (*Le
Roman de la Rose ou de Guillaume de Dôle*. Paris, 1893,
in-8. « Société des Anciens Textes Français »). — Le sujet est banal : c'est l'histoire de la femme dont la vertu a
été odieusement calomniée et qui réussit à faire reconnaître son innocence, l'anecdote qui fait le fond des
romans du *Comte de Poitiers*, de *la Violette*, d'une nouvelle
de Boccace, de la *Cymbeline* de Shakespeare, et de beaucoup d'autres productions similaires. Mais, selon l'éditeur,
la Rose est « un des romans d'aventure les plus attachants,
sans épisodes inutiles ni longueurs fatigantes... ; l'auteur
a su mêler à la fiction le souvenir des spectacles dont il
avait été témoin et des entretiens qu'il avait entendus »
(p. xiv). Ce jugement est très correct.

À l'époque où M. Servois a publié son édition,
M. Todd préparait sur la langue du poème une étude
(p. xli) qui, à notre connaissance, n'a pas encore vu
le jour.

———

Il y avait une fois dans l'Empire, en Allemagne,
un Empereur nommé Corras (Conrad), qui valait un
muid des rois qui lui ont succédé. Il haïssait de
manger en été auprès du feu. On ne lui entendait
jamais faire « grant serement » ni « lait reproche » ;
il était sage et courtois ; il ne devait ses victoires

qu'à la lance et à l'écu et n'avait que du mépris pour les arbalétriers ;

> 60   Ja arbalestiers n'i fust mis
> Por sa guerre en auctorité ;
> Par averté*, par mauvesté
> Les tienent ore li haut home.

Il n'avait d'autres mangonneaux ni d'autres pier-rières que les lances des bons chevaliers qu'il retenait. Accueillant pour tous les gentilshommes, riches et pauvres, il avait toujours la main ouverte en faveur des vieux vavasseurs et des veuves de la noblesse. Il distribuait sans compter aux chevaliers de sa cour joyaux, chevaux et draps de soie, et, à ceux qui le servaient, terres ou châteaux, selon leur mérite.

Il n'était pas marié, et les barons en parlaient sou-vent l'un à l'autre, et à lui-même. Mais il ne s'en laissait pas émouvoir. Il aimait trop à courir les prés et les bois, pendant la belle saison, en compagnie des chevaliers et des dames de la contrée.

> 154   De biaus gieus et sanz vilonie
> Se joe ovoec ses compaignons.
> Il porpense les ochesons**
> Comment chascuns fera amie...
> Li bons rois, li frans debonere !
> Il savoit toz les tors*** d'amors.

Par exemple il emmenait dans les bois, à la pre-mière heure, les « vieux chenus croupoiers **** », les jaloux et les envieux ; aux uns, il confiait le déduit

---

*avarice. — ** occasions. — *** tous les tours. — **** paresseux.

de « boissoner », c'est-à-dire de battre les bois avec les archers ; aux autres, de suivre les limiers. Dès qu'ils étaient enfoncés dans les profondeurs de la forêt, il revenait par la vieille route, en riant, lui troisième de chevaliers, du côté où étaient les dames. Les dames, en chainses plissés, sans manteaux, gantées de blanc, avec, sur leurs longs cheveux ondoyants, des chapeaux « entrelardés » de fleurettes et d'oiseaux,

> 210 Tot chantant es tentes jonchiées
> Vont as chevaliers quis atendent,
> Qui les braz et les mains lor tendent...
> Mout lor est poi se cil demorent
> Qui estoient alé en bos...
> Il ne pensent pas a lor ames.
> Si n'i ont cloches ne moustiers
> (Qu'il n'en est mie granz mestiers);
> Ne chapelains fors les oiseaux...
> Dex ! tant beaus chans et tant beaus diz,
> Sor riches coutes, sor beaus liz
> I ot dit ainçois qu'il fust prime !

Après quoi chacun se parait de beaux habits parfumés, en samit, en draps d'outre-mer, en « baudequins d'or à oiseaux », garnis de fourrures. Conrad donnait sa ceinture, ornée d'or et d'émeraudes, à la pucelle qui lui attachait les lacets de son vêtement de dessous :

> 258 Benoiez soit tex empereres !

Vers tierce* on va jouer dans les bois, « toz deschaus, manches descousues ». L'endroit n'était pas vilain, vert comme en été, avec des fleurs bleues et

*Entre neuf et dix heures du matin.

blanches. On se baigne les mains, les yeux, le visage,
aux fraîches sources voisines ; « en lieu de touaille »*,
on emprunte, pour s'essuyer, les « blanches che-
mises des dames ». Puis, les pucelles recousent les
manches avec le fil qu'elles ont dans leurs aumônières.
Cependant, le dîner et la viande sont apprêtés, les
nappes mises. Dames et chevaliers s'en retournent,
en chantant dès « chansonnettes », vers les tentes.
Là, les lits et les tapis ont été ôtés, afin que l'on soit
plus au large ; le sol est jonché d'herbe fraîche ; les
valets donnent à laver ; on s'asseoit, et l'empereur
cède la place d'honneur au vieux duc de Genevois.
L'évêque de Chartres aimerait mieux être en ces lieux
qu'en synode, pour se rincer l'œil des merveilles et
des beautés qu'on y voit :

>   356   Or cuit que li vesques de Chartres [1]
>   S'amast miex iloec qu'en .i. sane** ;
>   Que chascuns i garist et sane
>   Ses oils d'esgarder les merveilles.
>   Tantes faces cleres, vermeilles,
>   Et ces douz vis lons et traitiz***...
>   Et cez blons chiez**** et cez biaus cors.

Le menu se compose de tout ce que l'on peut avoir
en été, pâtés de chevreuil, fromages gras de la rivière
de Clermont, vin clair et froid de la Moselle. Puis

---

* serviette. — ** Or crois que l'évêque de Chartres se fût mieux
plu là qu'en synode. — *** gracieux. — **** ces têtes blondes

1. L'évêque de Chartres était alors ce Renaut de Bar (1186-
1217), sur lequel un certain « Jordains li viex bordons » avait
composé une chanson dont les premiers vers sont rapportés,
plus loin, dans le roman (v. 2389).

les sergents ôtent les nappes. On se lave. Plusieurs
se précipitent pour tenir au bon roi ses manches
pendant cette opération. Les dames mettent leurs
manteaux, et la musique commence.

Alors rentrent les chasseurs qui toute la journée
ont couru le cerf, le lièvre et le renard au derrière
de leurs chiens, harassés, sales, mourants de faim :

> 426   Cil veneour mal atirié
>   Cil qui avoient buisiné *,
>   S'en reviendrent mout hericié,
>   Es ledes chapes de grisan
>   Qui ne furent noeves oan,
>   Et heuses viez, rouges et dures **...

Ils racontent des histoires extraordinaires sur ce
qui leur est arrivé, des histoires de chasseur. Mais
personne n'en croit un mot. L'empereur tout le premier :

> 458   Il se rit de ce qu'il mentoient;
>   Mès c'est coustume de tiex genz.

Quand l'heure de souper arrive, après none ***,
tout le monde se remet à table, mais les chasseurs tous
d'un côté, car ils ont plus d'appétit que les autres :
ils engloutissent sans honte, commé entrée, un bœuf
à l'ail et au verjus, des oisons, des mortreux ****, leur
venaison; ils boivent aussi à leur soif, et non pas de
ce « rouge vin qu'on prend avec des rôties ».

---

* sonné du cor. — ** En laides chapes de drap gris, qui n'étaient
pas neuves de l'année, et bottes vieilles, rouges et dures... —
*** midi. — **** soupes au pain et au lait très épaisses.

Après souper, on joue aux tables, aux échecs, aux dés, à la mine. Les vielleurs viellent. L'Empereur et ses compagnons vont caroler avec les dames, en un pré vert, devant le tref*, jusqu'à l'heure du coucher.

Des hommes comme celui-là, il n'y en a plus aujourd'hui :

> 55o   Se sire Oedes de Ronqueroles[1]
> Trovast tel roi, ce fust barnez ;
> Mès li tens est si atornez
> Qu'on ne trueve mès qui bien face.
> Por ce s'enledist et efface
> Chevalerie, hui est li jors.

Un tel roi est bien digne de régner, qui sait se faire aimer de la sorte. Conrad n'était pas de ces princes qui donnent à leurs valets rentes et prévôtés à ferme, et leur or, ce qui a pour résultat de ruiner leurs terres et de les déshonorer. Baron qui met les « prud-hommes » arrière et préfère les « mauvais » a tort, car vilain sera toujours vilain, même si on en fait un seigneur. L'Empereur, lui, se plaisait à assembler ses barons en parlement, pour les voir ensemble; il ne confiait qu'à des vavasseurs les fonctions de bailli. Et il n'était pas moins populaire parmi les

---

* pavillon.

1. Eudes de Ronquerolles, qui reparaît plus loin dans le roman (au tournoi de Saint-Trond) est indiqué dans les cartulaires de Philippe-Auguste comme un des feudataires du roi dans le comté de Beaumont-sur-Oise. L'auteur semble dire ici que cet Eudes n'avait pas trouvé, auprès d'un roi — celui de France, sans doute, — l'estime qui lui était due. Mais l'allusion est obscure.

vilains et les bourgeois que dans la noblesse, car il
ne les pressurait pas : il savait bien qu'en cas de
besoin tout ce qu'ils auraient gagné serait à lui. Les
marchands, qu'il ne taillait pas et qu'il protégeait
contre les pillards (on était aussi en sûreté dans ses
domaines que dans un moutier), n'allaient pas à la
foire sans lui en rapporter un beau cheval ou quelque
autre présent. — Telle était la sagesse de ce bon prince.

Un jour qu'il chevauchait avec un de ses ménestrels, nommé Jouglet, celui-ci lui fit le plus grand
éloge d'une dame dont il avait entendu parler, la plus
belle du monde, qui vivait en la marche de Perthois,
et dont le frère était, de son côté, un chevalier
accompli. Conrad, ravi, veut savoir si ce chevalier est
riche. « Il n'est pas riche », dit Jouglet :

762   Fet Jouglès : « Onques ne pot pestre[*]
    De sa terre .vi. escuiers,
    Puis qu'il fu primes chevaliers ;
    Et s'est et a gris et a ver
    Toz tenz et esté et iver,
    Et a soi tiers de compegnons ;
    Car ses granz pris et ses renons
    Et ses granz cuers et sa proece
    Le porvoit si bien et adrece
    Qu'il a terre et avoir assez. »

Il s'appelle Guillaume de Dôle. Non pas que Dôle
soit à lui. Mais il s'avoue de Dôle parce que son
plessié ou « manoir », est voisin de cette ville. Sa

[*] nourrir.

sœur s'appelle Liénor. Ce nom suffit, avec la description que Jouglet a faite de la personne, pour ins-
pirer à l'empereur un amour incoercible.

Le soir même, l'Empereur, en sa garde-robe,
devisa à un clerc une lettre qu'il fit sceller d'un sceau
en or et porter, par un de ses valets, à monseigneur
Guillaume de Dôle.

Le valet arrive à Dôle. A l'hôtel où il est descendu,
son premier soin est de déchausser ses heuses et de
mettre d'autres chaussures. La fille de la maison lui
donne un chapel de fleurs et de menthe. Il se rend,
en cet équipage, au plessié, les lettres de l'empereur
à la main. Guillaume, qui revenait d'un grand
tournoi à Rougemont, était dans la salle du plessié,
entouré de chevaliers et d'autres gens [1]. Le valet se
le fait désigner, dégrafe son manteau conformément
à l'étiquette et remet son message. Il y en avait là plus
d'un qui n'avaient jamais vu de sceau impérial.
Guillaume, avec son couteau, fait sauter la bulle d'or,
qu'il donne à la belle Liénor, sa sœur, pour qu'elle
s'en fasse un fermail. Quand elle vit l'empreinte du
sceau, « un beau cheval, avec un roi armé dessus »,
elle dit à madame sa mère :

---

1. C'était l'usage de Guillaume d'avoir toujours autour de lui
une nombreuse compagnie, comme s'il avait été très riche :

> 1432   Si tient adès trop riche hostel :
>   S'uns bien hauz homs le tenoit tel,
>   Si i avroit il parlement ;
>   Tant i a chevaliers et gent
>   Que l'en n'i puet son pié torner.

1006   « Ha ! dame, se Dex me sekeure,
           Fet ele, or doi mout estre lie
           Quant j'ai .i. roi de ma mesnie. »
           Messire Guillames s'en rit :
           « Se Deu plest et saint Esperit,
           C'est tote honor qui vos vendra. »
           Fet la mere : « Ja n'i faudra ;
           Li cuers le m'a toz jors bien dit. »

Un chevalier de Guillaume lui lit la lettre: c'est une invitation de l'empereur à venir, le plus tôt possible, à sa cour.

1022   « Filz, vos irez, ce dit la mere ;
           Grant honor vos fet l'enperere
           Quant il si beloment vos mande. »
           — « Dame, ainz irons a la viande,
           Et puis après si ferons el » *.

Le valet de l'empereur est, naturellement, invité à dîner, car il était « de bonne part ». Guillaume de Dôle l'interpelle, en plaisantant :

1037   — « Biaus amis, or avez esté
           Fet il, maintes foiz miex serviz :
           Mout mengissiez or a enviz
           Ceste viande a vavassor**
           En la meson l'empereor. »
           — « Sire, dit il[1], ce n'est pas doute ;
           Mès venison qui flere toute,
           De senglers, de cers sanz seson,
           De ce avons a grant foison

* « Allons d'abord manger ; après nous ferons autre chose. » —
** « Vous ne mangeriez pas de bon gré ce repas de vavasseur... »

1. Le valet, qui riposte sur le même ton.

> Et de pastez viez et moussiz :
> Quant il ne sont preuz as souriz,
> Lors sont il bon as escuiers*. »

Cependant Guillaume se prépare : il n'emmènera que deux compagnons, mais bien portants, de trente ans passés, et de bonne apparence. Le valet de l'Empereur est invité à faire une visite aux dames du plessié, avant le départ. Salutations. On s'asseoit. Madame mère, sur une grande « coute pointe », travaillait à une étole. La conversation s'engage par l'éloge que fait Guillaume de l'adresse de sa mère et de sa sœur, « merveilleuses ouvrières » :

> 1133   « Fanons, garnemenz de moustier**,
> Chasubles et aubes parées
> Ont amdeus*** maintes foiz ouvrées. »

Ces dames savaient aussi chanter ; la plus âgée le reconnaît de bonne grâce : c'était la mode autrefois de travailler au métier en chantant « des chansons d'histoire » ; mais cette mode est passée.

> 1147   « Biaus filz, ce fu ça en arriers
> Que les dames et les roïnes
> Soloient fere lor cortines
> Et chanter les chançons d'istoire. »
> — « Ha ! ma [trés] douce dame, voire,
> Dites nos en, se vos volez... »

La vieille dame s'exécute.

> 1166   Quant ele ot sa chanson chantée :
> « Certes, mout s'est bien aquitée
> Fet cil, madame vostre mere. »

---

* Et de pâtés vieux et moussus ; quand les souris n'en veulent plus, ils sont bons pour les écuyers. — ** manipules, ornements d'église. — *** l'une et l'autre.

« Mais, dit Guillaume, c'est ma sœur qu'il faut entendre maintenant. » Celle-ci, plus droite qu'une ente et plus fraîche qu'une rose, avec ses tresses blondes sur son bliaut blanc, sourit, car elle devine bien qu'elle ne pourra « échapper » :

1177 — « Ma bele fille, fet la mere,
    Il vos estuet* feste et honor
    Fere au valet l'empereor. »
    — « Ma dame, bon voiel** le ferons. »

Le jour qui précède le départ se passe ainsi en déduits, jusqu'à l'heure du souper. Enfin on prend congé. Le valet de l'empereur reçoit des présents et pense qu'il ne vit jamais de si beaux enfants de telle mère. Dernier souper, très copieux, où paraissent des flans au lait, des cochons de lait farcis, des lapins, des poulets lardés, des poires et de vieux fromages. L'hôte s'excuse en souriant, encore une fois, de cette trop modeste chère :

1246 « Nos n'avomes autres daintiez,
    Frere, fet il, ce poise moi*** ;
    Voz, genz de la meson le roi,
    Ne cognoissiez cez mès de vile****. »
    Font li compegnon : « Il vos guile. »
    Fet li vallez : « N'en verrez el,
    Si me honist en son ostel. »
    Einsi se joent et envoisent ;
    De biauz moz le souper aoisent
    De chevalerie et d'amors...

---

* faut. — ** volontiers. — *** « Nous n'avons d'autres friandises, frère, dit-il, je le regrette. » — **** « Vous ne connaissez pas ces mets de la campagne. »

Pendant ce temps-là, l'Empereur dépérissait d'impatience. Il se faisait chanter des vers de *Girbert*, pour passer le temps. Enfin, lorsque le messager eut installé sire Guillaume et ses deux compagnons dans le meilleur hôtel de l'endroit « au grand pignon, plein de fenestres », il vint rendre compte de sa mission. Interrogé, il porta aux nues et Liénor et son frère, à la grande joie de Conrad. — Jouglet se hâte d'aller chercher sire Guillaume à son hôtel. Dès qu'il l'aperçoit, après avoir gravi les marches du perron, avant d'entrer dans l'hôtel :

1468   « Dole ! Chevalier ! A Guillame !
        Ou est li deduiz dou roiaume
        Li solaz et la grant procce ? »

Guillaume l'embrasse. Jouglet expose pourquoi et comment l'empereur a résolu de faire sa connaissance. « Vos estes tot au dessus, lui dit-il, et tresloz mestres de la cort. » Guillaume remercie avec effusion. Avant de se rendre au palais, il invite son hôte, sa femme, leur fille à partager le dîner qu'il prend « pour attendre plus à son aise le grand manger jusqu'à la nuit ». Puis il revêt une magnifique robe d'écarlate « noire comme mûre ». « Ha, dit Jouglet, cette robe-là a été taillée en France ; cela se voit à la coupe. » Sur leurs têtes, les trois chevaliers, Guillaume et ses deux compagnons, mettent des chapels de fleurs bleues. Un chambellan leur apporte des ceintures neuves et des gants blancs. On leur amène leurs chevaux, de grands destriers d'Espagne, avec

des freins de Limoges. Guillaume était superbe en
selle, le manteau « en chantel » sur le bras gauche[1],
et toute la rue était là pour contempler ce spectacle.
Les bourgeois se levaient sur son passage, et lui sou-
haitaient « bonne aventure » : « Ce ne sont pas gens
à gabois (des gens de rien) », se chuchotaient-ils l'un
à l'autre.

La première entrevue de l'Empereur et de Guillaume
fut empreinte de la plus exquise politesse. L'Empereur prit Guillaume par la main et le pria de s'asseoir
à côté de lui ; mais Guillaume déclina cet honneur,
afin qu'on ne pût pas l'accuser d'un manque de courtoisie. A brûle-pourpoint, l'Empereur — on ne voit
pas bien pourquoi — demanda à son hôte s'il n'était
point « privez dou roi d'Engleterre » ; l'auteur remarque, à ce propos, que ledit roi d'Angleterre a été
longtemps en guerre avec « notre roi de France ».
Le bon Conrad aurait bien voulu parler d'autre chose,
non pas certes de couvrir des églises ou de faire des
chaussées, mais de la belle, de la débonnaire, dont il
avait « le feu au corps ». Là-dessus Jouglet changea
le cours de la conversation, en annonçant qu'il y
aurait, de lundi en quinze, un tournoi à Sainteron
(Saint-Trond)[2]. « Au nom de Dieu, Jouglet, nous
irons, dit Guillaume ; j'ai tout ce qu'il faut pour
cela, excepté un heaume, car j'ai perdu le mien

1. Cf. plus loin, v. 5266 :

> Il a bouté parmi les laz
> De son mantel son braz senestro.

2. Saint-Trond (Luxembourg belge).

l'autre jour quand je fus pris à Rougemont »[1].
L'Empereur ordonna aussitôt d'apporter un heaume,
fabriqué à Senlis, orné d'or et de pierreries « au nasal
et au cercle autour »[2]. Dès que le chambellan l'eut
sorti du heaumier, et essuyé d'une touaille, tout le
monde s'extasia ; on se serait miré dedans. A dîner, le
prochain tournoi fut de nouveau mis sur le tapis ; à ce
propos, plus d'un convive en dit plus qu'il n'en devait
faire, ce qui ne convient guère à un prud'homme.
Messire Guillaume ne dit rien, mais n'en pensait pas
moins comment il s'y prendrait pour honorer son
heaume neuf. Après dîner, la foule importune des
serviteurs, la « piétaille », l' « escuieraille menue »
s'étant retirée, les ménestrels, Jouglet entre autres,
vinrent chanter des chansons et des fabliaux, jusqu'à
l'heure du coucher. Mais on ne se couche pas sans
boire :

1773   Il fait bon boivre après chançons.

Guillaume de Dôle, ses deux compagnons, et le
chambellan de l'Empereur — un certain Boidin, ou
Baudoin Flamenc, — qui portait le heaume impérial, et Jouglet, rentrent ensemble au logis où le
héros avait ses quartiers. Une collation de vins et de
fruits les attendait ; on alluma les flambeaux. Nou-

1. Cf. plus haut, p. 68. Il y a un Rougemont dans le département du Doubs, non loin de Dôle. Un autre Rougemont (Côte
d'Or) fut, à la fin du XII⁰ siècle, le théâtre de plusieurs tournois.

2. Ce heaume lui avait été apporté naguère, à lui-même,
« avec le haubert de Chambli » (v. 1666). — Chambli = Cham-
bly, cᵒⁿ de Neuilly-en-Thelle (Oise).

velles chansons, avec les dames de la maison, jusque
vers minuit. Lorsque Boidin prit congé, Guillaume
lui bailla un surcot d'été si neuf qu'il sentait encore
la teinture. Il fit aussi un cadeau à Jouglet et donna
à la femme de l'hôtelier un bon fermail à tunique :

1826   « Gardez le bien, fet il, bel oste,
       Qu'il vaut encore .XIII. livres.
       Ja nul qui l'ait au col n'iert ivres
       S'il bevoit tot le vin d'Orliens. »
       — Dit li hostes : « Car fust il miens !
       Ausi boi je trop tote jor. »

Ces largesses ne pouvaient manquer de faire le
meilleur effet. « Boidin, dit l'empereur Conrad, qui
vous a donné ce surcot? » — « Ce gentilhomme, dit
Boidin, qui a déjà distribué plus de cent livres en
robes et en joyaux. »

1871   — « Einsi sera par tens delivres
       De son avoir, s'il ne se garde »,
       Fet l'empereres. — « N'aiez garde,
       Sire, qu'il en avra assez :
       Mout est as borjois bel et sez *
       Quant il vient emprunter le lor... »

Le lendemain, l'Empereur, qui savait très bien
l'état des finances de Guillaume, lui envoya cinq
cents livres de colognois, en argent comptant. Et
messire Guillaume, qui n'était prodigue qu'à bon
escient, fit faire aussitôt à un clerc trois paires de
lettres. Une à sa mère et à sa sœur, pour leur annoncer qu'il était « toz sires de l'empereor », avec
trois cents livres pour payer ses dettes à la « menue

* C'est très agréable aux bourgeois...

gent » et faire ensemencer les linières ; la bonne
dame, du reste, avait bien besoin de cette aubaine :
nul ne sait, s'il ne s'en mêle, ce qu'il en coûte de
maintenir un train de maison convenable. Une à ses
« compagnons » de Dôle, pour leur donner rendez-
vous à Sainteron. La troisième à un bourgeois de
Liège, son correspondant : il le chargeait de faire
peindre cent vingt lances, ornées de panonceaux à
ses armes, et trois écus à courroies de soie ; ce qui
fut fait dans la quinzaine.

Cependant, Sainteron ne tarda pas à être envahi
par les fourriers des seigneurs qui devaient paraître au
tournoi. Guillaume sut se réserver, pour lui et pour
sa compagnie, le meilleur emplacement, en plein
carrefour. Un jour avant l'ouverture du tournoi, il
quitta la cour impériale, installée à Tref-sur-Meuse
(Maëstricht), pour veiller personnellement aux derniers préparatifs.

L'affluence fut énorme. Le comte de Champagne,
le sire de Ronquerolles, Alain de Rouci, Gaucher de
Châtillon, le comte Renaut de Boulogne, le Barrois
(Guillaume des Barres), le sire de Couci, etc., étaient
là ou étaient attendus. Les écus de tous ces seigneurs
pendaient aux pignons du marché et aux « goutières »
des maisons pour servir de ralliement à leurs compagnons, qui se promenaient dans le bourg, en criant,
suivant leur pays : « Boidin, Boidin ! » ou « Wautre,
Wautre ! [1] ». Les Allemands chantaient comme des

---

1. L'éditeur n'a pas expliqué ce cri : « *Wautre,* écrit-il, nom

diables. — Cette nuit-là, on fit bien des folies. Les
hôtels retentissaient du vacarme des ménestrels et des
hérauts. Jouglet, qui n'était pas venu d'avance avec
Guillaume, alla droit chez celui-ci, dès qu'il fut
arrivé à son tour. Mais Guillaume, fort à l'aise dans
un surcot galonné d'orfrois d'Angleterre, doublé de
cendal vermeil et garni de boutons dorés, l'accueillit
en plaisantant

2195   « Avoi ! fet il, Jouglet, Jouglet,
       Bele compagnie est la vostre ! »

Et montrant du doigt son beau surcot ·

2197   « Or deïssiez ja : « Cist est nostre »,
       Se fussiez venuz ovoec moi...
       Qui vint ovoec toi ? » — « Une route *
       D'Alemanz qui m'ont mort d'anui.
       Je muir de faim : ne menjai hui.
       Çaienz qui me donra a boire ? »
       — « Voire, deable, Jouglet, voire,
       Alez ovoec vos Alemanz. »

On lui fit servir pourtant un pâté de paons de
basse-cour. Mais l'heure des vêpres pressait. C'était
dimanche, et bien des gens, dont Guillaume, avaient
fait vœu de ne pas porter les armes ce jour-là. Le
soir, la place du marché fut tout illuminée des clar-

* bande.

d'homme » (p. 200). Si l'on considère que Boidin, dont les
uns criaient le nom, était chambellan de l'Empereur, et que
Bouchart le Veautre avait exercé naguère de pareilles fonctions
à la cour du roi de France, on se demande si *Wautre* n'est
pas le surnom de Bouchart, qui servait de ralliement aux Français.

tés que projetaient les fenêtres de la maison du carrefour; à dessein : car Guillaume tenait à ce que tout
le monde vît bien « le barnage en son hostel » et « la
joie qu'on y menait ». On y but, on y dansa et on y
chanta (des chansons pour accompagner les rondes),
entre hommes, fort avant dans la nuit, jusqu'à ce
qu'un Allemand demandât, pour prendre congé, avec
la délicatesse de son pays : « Faudra mès ce jusqu'à
demain ? »

Le lundi, ouverture du tournoi. Guillaume alla
d'abord entendre, avec beaucoup d'autres chevaliers,
une messe en l'honneur de « saint Esperite » (le Saint-
Esprit). Sa mesnie était nombreuse : cent quarante
valets seulement pour porter les lances. Au départ,
elle présentait un aspect fort imposant :

> 2463   Il s'atirierent belement,
> .II. et .II., tuit li .I. lez l'autre.
> La lance painte sor le fautre *.
> Et ses banieres sont derriere,
> Et .III. destriers d'une maniere...
> Après vindrent si bel escu...

Trois barons de l'Empereur avaient été comman-
dés pour porter ces écus, « comme si ç'avait été des
corps saints ». Guillaume montait un cheval blanc
dont la sambue (ou la housse) de samit vermeil tail-
ladée pendait jusques à terre. Lui-même n'avait revêtu
qu'un pourpoint, avec sa cote à armer, et un chapelet de fleurs.

* La lance peinte sur le feutre (le feutre qui garnissait l'arçon et
qui servait à appuyer la lance lorsqu'on chargeait).

Arrivés sur le terrain, les compagnons de Guillaume descendent dans une pièce de blé en herbe, fichent leurs lances dans le sol et s'habillent pour le combat. Vous eussiez vu détrousser les sommiers, vider les coffres, étaler les hauberts et les chausses, parler de sangles, de sursangles et de lacs à heaumes, apporter du fil à coudre les manches et rattacher les épaulières. Tandis que les valets s'empressent, leurs maîtres se disent bonjour, chacun dans sa langue :

> 2585 Vos i oïssiez dire tant :
> *Wilecome !* et *Godchere !*

Les exploits de Guillaume de Dôle au tournoi de Sainteron, qu'il est inutile de rapporter, ne lui firent pas plus d'honneur que la façon dont il sut user de de ses avantages. Il échangea de grands coups avec les plus vaillants hommes, car c'est un « dur métier » de tournoyer :

> 2795 Qui i fust mout bien li semblast
> Que ce fust gieus de charpentiers ;
> Il ne se lessent pas entiers
> Les escuz ne les gamboisons.

Il en désarçonna huit en combats singuliers, sans compter ceux qu'il abattit dans la mêlée finale, et il aurait pu gagner beaucoup :

> 2803 Tant peüst iloec gaaignier
> Qui s'en seüst apenser, Diex !

Mais le brave Michel de Harnes, qu'il avait pris, il le relàcha sans rançon. Il revint chez lui désarmé, en gamboison, ayant tout donné aux hérauts. Ses prisonniers et ceux de ses compagnons, il les traita parfaitement : dans son hôtel, ils trouvèrent à manger, à boire, et de l'eau chaude pour laver les « camois » que laissait sur la peau en sueur le contact prolongé de l'armure. Tous ceux qui lui firent demander leur liberté par un « prudhomme », il les relâcha gratis :

> 2909   Tote nuit i sont sorvenant
> Chevalier, baron d'autre terre,
> Qui lor compegnons vienent querre
> Por raiempre ou por ostagier *.
> Sachiez, li prodoms a plus chier
> De ceuz qu'il a en sa main pris
> Que s'onor i soit et son pris
> Ce sachiez, qu'il les raensist **.
> Onques prodom riens ne l'en quist
> De ses prisons qu'il n'en feïst.

L'Empereur, de son côté, fit une chose qui augmenta grandement sa réputation en France : il racheta à ses frais les gages laissés par les vaincus et paya leurs frais d'hôtel.

Le tournoi de Sainteron mit le comble à la faveur de Guillaume auprès de Conrad, qui se résolut enfin à lui parler de sa sœur. « Comment s'appelle-t-elle ? » dit-il, quoiqu'il eût le nom de Liénor profondément gravé dans son cœur. Et quand Guillaume l'a dit : « Voilà un nom que je n'ai jamais entendu ! » « Ha ! dit Guillaume, il y en a assez dans mon pays qui s'appellent de la sorte. » Mais Conrad ajoute sans transition : « J'ai ouï dire d'elle tant de bien que,

---

* Pour racheter ou pour donner des otages. — ** mît à rançon.

s'il plaît à Dieu, j'en voudrais faire mon amie et ma
femme. » D'abord, Guillaume croit à une plaisanterie :
la chose est impossible ; c'est la fille du roi de France
que l'Empereur devrait épouser ; les barons ne voudraient pas d'une pareille alliance. Mais Conrad
répond qu'il mandera ses barons en parlement, à
Mayence, et qu'il les priera de lui accorder « un don »
à sa discrétion ; ils l'accorderont ; après quoi il noti-
fiera ses intentions au sujet de Liénor, et ils ne pour-
ront pas se dédire[1]. — Les scrupules de Guillaume
ainsi calmés, les convocations au « parlement » furent
lancées, en effet, dès l'arrivée à Cologne : le rendez-
vous général fut fixé au premier mai.

C'est ici qu'un sénéchal félon vint se mettre à la
traverse de l'aventure. Ce personnage n'avait pas
paru à la cour depuis que Guillaume y était. L'Empereur le lui reprocha, en riant, quand il le vit à Cologne :

3126   « Seneschal, fet il, a tel heure
Einsi vienent a cort li autre.
En France ot .i. Brocart Viautre[2],
Au tens le bon roi Loeïs,
Qui plus ama, ce m'est avis,
Venir a cort que vos ne fetes. »

Le sénéchal conçut de l'envie en constatant la faveur de Guillaume. Il en chercha la cause et la dé-

1. Comparez la conduite, exactement semblable, d'un autre
Empereur, en pareil cas, dans le roman de *l'Escoufle* (ci-
dessous, p. 102).

2. Brocart Viautre est Bouchart le Veautre, conseiller et favori
de Louis VII.

couvrit. « C'est pour sa sœur, se dit-il, que l'Empereur
porte tant d'amitié à cet homme. » En possession de
ce secret, il n'hésita pas à aller, de sa personne, au
plessié, près de Dôle, pour se rendre compte des
choses. — La dame du plessié était « devant la salle »,
en train d'appeler ses paonets, lorsqu'un valet vint
lui annoncer la visite du sénéchal de l'Empire. Elle
se hâta de faire jeter sur les lits des tapis et des
coutes pointes armoriées, et d'enfiler « un grand manteau gris à bordure ». Le sénéchal la salue, de la part
de son maître. Elle « ne lui offre pas à boire », car elle
entend qu'il soit hébergé chez elle, et le mène par la
main s'asseoir sur un coffre, devant un lit. Mais il
s'excuse : il faut qu'il aille présider un plaid, où les
baillis et les maîtres de la terre de Besançon sont con-
voqués à l'occasion d'un grand procès ; il est venu en
passant, comme compagnon d'armes du fils de la
maison. Il voudrait bien présenter ses devoirs à
Liénor ; mais celle-ci est élevée si sévèrement que
« nul homme ne la peut voir en l'absence de son
frère ». Le sénéchal est forcé de se résigner à cette
règle ; mais il achève de gagner le cœur de la bonne
dame en lui donnant une bague d'or, ornée de rubis,
et avant de la quitter, il l'a confessée du haut en bas
sur ses affaires de famille ; elle lui a confié notamment
que sa fille a sur la cuisse un signe naturel, une rose.
Elle ne se doutait pas, la malheureuse, « chétive vieille
hors du sens », de l'usage que le sénéchal ferait de
cette singulière et très inutile confidence.

Pendant ce temps-là l'Empereur prenait plaisir à

entendre, à son coucher, les ménestrels; surtout l'un
d'eux, tout petit, mais très habile, qui s'appelait
Cupelin. Hue de Braieselve-vers-Ognon étant venu à
la cour, il le pria de lui chanter sur la vielle

> 3402   ... une dance
>   Que firent puceles de France

sur la belle Marguerite, « celle d'Oisseri », qui avait
embelli de sa présence « le jeu sous l'ormeau » de
Trumilli. Lui non plus, il ne se doutait guère,
lorsque le sénéchal revint, qu'une trahison comme on
n'en avait pas vu depuis le temps de Robert Macié
se brassait dans l'ombre, près de lui[1].

Conrad, sans méfiance, confie donc à son sénéchal
qu'au parlement de Mayence, c'est son intention de
soumettre à ses barons des projets de mariage. « De
qui s'agit-il ? » fait l'autre, comme s'il ne s'en doutait
pas :

> 3505   « Dont est ele dame de France,
>   Ou fille le roi, ou sa suer ?
>   Prendrez vos i terre ou avoir
>   Ou amis, ice i prent on ? »
>   — « Bien prent terre et avoir li hom
>   Qui la prent bone et sage et bele
>   Et de bon lignage et pucele. »
>   — « De tex n'en est il ore gaires. »

Le nom de Liénor est enfin prononcé. Dès qu'il
l'entend, le sénéchal feint la consternation. Pressé de

---

1. On ne sait rien de ce Robert Macié ni de sa trahison. — Trumilli est un village près de Senlis, et Oisseri un village près de

s'expliquer, il se fait arracher la confidence qu'il a couché avec elle et, comme preuve de son dire, il donne le signalement de la rose. Tristesse du prince. Il s'en explique avec Guillaume. « Votre sœur, dit-il, a folé. » « Comment ! réplique Guillaume, elle n'est pas folle ; on ne l'a jamais liée ni tondue ! » Conrad précise. Alors Guillaume, convaincu, se couvre le visage de son manteau :

> 3758   « Ha ! la mort que ne me prist ains,
>   Fet il, que ce fust avenu. »

Il est plongé à son tour dans un désespoir si profond que les gens disent :

> 3774   « Dex, il se meurt. Vez come il bée
>   La bouche come marvoiez ! * »

Un sien neveu, persuadé qu'un tel prudhomme ne peut s'abandonner ainsi « ni pour perte ni pour avoir », et qu'il s'agit, par conséquent, « d'ami ou d'amie », se permet de l'interroger. Guillaume lui dit tout, en accablant Liénor des plus vigoureuses épithètes (« jaianz », « bordeliere », etc.). Le neveu,

---

* « Voyez-le, la bouche ouverte et tordue comme un toqué. »

Meaux ; on ne sait rien de Marguerite d'Oisseri ni du jongleur Hue de Braieselve (voir *Histoire littéraire de la France*, XXIII, p. 618). — Il est question ailleurs (v. 2093) du « bon Gautier de Joigni, qui dut estre morz por s'amie » ; cette allusion ne se comprend pas davantage. — Cf. ci-dessus, pp. 64 et 66, note 1. — Le roman de *la Rose* contient ainsi un assez grand nombre d'allusions à des personnes et à des faits qui n'ont pas laissé d'autres traces.

convaincu et indigné à son tour, déclare qu'il fait son
affaire du châtiment de la coupable.

Il chevauche, en effet, tout d'un trait, jusqu'au
plessié, près de Dôle ; et, comme exorde, il pénètre
l'épée au poing, dans la salle. Les serviteurs le désarment, tandis qu'il donne à ses tantes, la mère et la
fille, tous les noms (« jaianz », « mautriz », « ri-
baude », etc.). Alors la vieille dame comprend ce
qui s'est passé et se pâme du dommage qu'elle a
causé : elle avoue son indiscrétion. Mais Liénor n'en
est pas abattue : elle annonce qu'elle ira, pour venger
son honneur, à l'assemblée de Mayence. Deux vavasseurs l'accompagneront, elle et son bagage, lequel
est considérable, car, en personne entendue, elle avait
déjà préparé tout son trousseau pour le brillant
mariage qu'elle espérait.

Le 1er mai est venu, jour de la fête du printemps
et du rendez-vous à Mayence. Les « citoyens » de
Mayence, ville qui jouissait de la réputation d'être
gaie (v. 4143), passèrent la nuit précédente dans
les bois, suivant l'ancien usage :

4145   Au matin, quant li jorz fu granz
        Et il aporterent lor mai,
        Tuit chargié de flors et de glai*
        Et de rainsiaus verz et foilluz...
        Onc si biaus mais ne fu veüz
        De glai[1], de flors et de verdure.

Ils portent le « mai » à travers la ville, en chan-

* glaïeul.

1. Ms. et éd. : gieus.

tant ; puis, ils le hissent aux étages supérieurs des maisons et l'accrochent aux fenêtres. Tous les pignons étaient pourtendus de courtines magnifiques.

> 4163   Et getent partot herbe et flor
>   Sor le pavement, por l'onor
>   Dou haut jor et dou haut concire*.

Liénor a imaginé une ruse : elle envoie au sénéchal, par un valet, un anneau, une agrafe, une aumônière et une ceinture où sont brodés des oiseaux et des poissons. Le valet est chargé de dire que ce sont gages d'amour « de la part de la châtelaine de Dijon » (il était de notoriété publique que le sénéchal avait « longuement prié » cette dame sans résultat) et que, si le sénéchal veut plaire à ladite châtelaine, il ceigne la ceinture brodée sur sa chair, « sous sa chemise ».

Cette précaution prise, Liénor et ses chevaliers montent à cheval pour aller voir le parlement des barons de l'Empire, où il y avait, lui dit-on, « beaucoup d'Allemands, longs et courts ». Son cheval, à elle, un gris-pommelé, était revêtu d'une superbe sambue en écarlate d'Angleterre, avec des crevés de soie jaune. L'arçon de sa selle était d'ivoire émaillé. Elle avait le visage découvert : sa beauté fit, naturellement, sensation. On aurait pu couper les bourses de ceux qui musaient à la regarder. Les riches bourgeois du Change se levèrent à son approche :

> 4533   Font il : « Ou roiaume de France
>   Ne trouveroit ceste sa per. »

* assemblée.

Quand elle fit son entrée « en la court », on se la montra du doigt, et tous disaient : « Voilà Mai, voilà Mai, que ces deux chevaliers amènent. » — Dès qu'il fut informé de la venue d'une si belle personne, l'Empereur s'empressa de lever, pour aller la voir, la séance du parlement où, du reste, il s'ennuyait fort à entendre ses barons « tiescher », c'est-à-dire parler allemand, sans oser « sonner un mot » de ce qu'il leur aurait voulu dire.

Dès qu'elle aperçut l'Empereur, Liénor le reconnut, quoiqu'elle ne l'eût jamais vu, et se leva pour parler. Conformément à l'étiquette en pareil cas, elle voulut laisser tomber son manteau, mais l'agrafe s'embarrassa dans son voile et sa chevelure blonde se répandit sur ses épaules. Ses cheveux n'étaient pas tressés : elle avait simplement fait sa raie, le matin, avec une « branche de porc-épic », en se coiffant à la heaumière. Elle avait aussi un chapelet (de fleurs) « à la manière des pucelles de son pays ». C'est ainsi qu'elle se laissa tomber aux pieds du roi. Puis, elle exposa son affaire aussi bien que si elle avait passé des années à étudier les lois : « Votre sénéchal, dit-elle, m'a fait violence ; après quoi, il m'a enlevé ma ceinture, mon aumônière, mon fermail ; et j'en demande justice. » Le sénéchal, stupéfait, nie, sans même prendre conseil, quoique l'Empereur l'y invite. Mais Liénor décrit la ceinture, brodée d'oiseaux et de poissons, qu'il doit porter sous sa chemise. L'archevêque de Cologne propose de vérifier. Le sénéchal est confondu. La preuve est

faite. C'est en vain que les barons s'interposent pour
qu'il ne soit pas traîné sur la claie et brûlé :

> 4880   « N'est pas reson qu'en le defface,
> Font il, por itel achoison. »

Cependant, l'Empereur est inflexible : « Ce n'est
pas pour cela, dit-il, que je l'avais fait sénéchal. »
Alors l'accusé prend conseil ; il voit bien que son
seul espoir est dans le jugement de Dieu, puisqu'on
ne veut pas le laisser établir, au moyen de « jureurs »,
que tout cela est arrivé par magie :

> 4892   « Mal de la cort ou l'en ne le
> Fet il, .I. home parjurer* !
> Je li feroie ja jurer,
> S'il voloit, a .c. chevaliers
> Que ciz mauz et ciz encombriers
> M'est venuz par enchantement.
> Mès por Dieu et por norreture,
> Por ma deserte et por m'amor
> Me face encore tant d'onor
> Que de ce que je mis en ni...
> Qu'il m'en let purger par juïse
> En guerredon de mon servise**. »

A la demande de Liénor, Conrad consent enfin au
jugement de Dieu. Tout est préparé, dans l'église,
pour cette cérémonie. Le sénéchal, précipité dans une
cuve d'eau bénite, va au fond, « comme une cognée ».
C'est donc qu'il n'est pas coupable, puisqu'il n'a pas

---

* « Maudite soit la cour où l'on ne laisse, dit-il, un homme se
justifier par serment ». — ** « Au nom des services rendus,
qu'il me fasse encore tant d'honneur que, de ce que j'ai nié,
il me laisse purger par le jugement de Dieu. »

surnagé. Le voilà justifié. Mais c'est cela précisément que Liénor avait voulu : « Écoutez, dit-elle, la
conclusion : je suis LA PUCELLE A LA ROSE, la sœur de
Guillaume de Dôle ; vous voyez bien que le sénéchal
a menti quand il a prétendu ce dont il s'est vanté
sur mon compte : il n'a jamais couché avec moi. »
L'Empereur, persuadé et saisi, l'embrasse, et la présente à ses barons comme celle qu'il a choisie :

> 5125 « Par verité vos di, c'est cele
> Cui j'ai destiné ceste honor,
> Se vos por moi et por m'amor
> Volez soufrir qu'ele soit dame
> Et roïne de mon roiaume.
> Vos estes mi seignor, mi mestre.
> Si ne voel pas ne ne doit estre,
> Encor i soit ma volentez,
> Que, se vos ne la creantez,
> Qu'il aviegne n'a tort n'a droit. »

Ces habiletés oratoires gagnent à Conrad tous les
cœurs :

> 5139 Sanz plus parler et sanz conseil
> S'i acorda li communs toz.

Guillaume de Dôle, réconforté, vient payer à sa
sœur les respects qu'il lui doit désormais. Les noces
ont lieu sans désemparer, pour profiter de l'assemblée. Liénor revêt une robe où toute la guerre de
Troie est brodée en images, à l'aiguille. — Les grands
seigneurs héréditaires servirent au banquet qui
suivit, à l'exception du sénéchal, chargé de fers dans
une tour. Description du menu : sangliers, ours,
cerfs, grues, oies sauvages, paons rôtis, purée de

8

mouton (qui est de saison en mai), bœuf gras, etc.
Mais l'auteur sent qu'il amplifie :

> 5376   Je ne sai pas porqoi j'acrois
> La matiere de moz oisiaus.

Le lendemain de la nuit de noces, la cour se sépara
et l'Empereur fit des cadeaux honorables à chacun.
Mais, comme on lui demandait de nouveau la grâce
du sénéchal, il refusa, en ces termes :

> 5513   « Por tant d'or com il a d'archal
> A Hui, ou l'en fet les chaudieres...
> Ne remaindroit que n'en fust fete
> La justice... »

Toutefois il consentit à ce que l'impératrice décidât
sur ce chapitre. Sollicitée par les amis du coupable,
celle-ci fit juges du cas ses solliciteurs eux-mêmes.
« Exilez-le, dirent-ils, de l'Allemagne et de la France;
qu'il s'en aille outre-mer. » Le sénéchal entra, en
effet, dans l'Ordre des Templiers, et il n'en fut plus
question.

C'est l'archevêque de Mayence qui a fait « mettre
en écrit » cette histoire pour l'édification des rois et
des comtes qui devraient avoir autant envie de bien
faire que le héros dont on vient de leur conter les
aventures :

> 5631   Bien le devroient en memoire
> Avoir et li roi et li conte,
> Cel prodome dont on lor conte,
> Por avoir de bien fere envie,
> Ausi com cil fist en sa vie.

———

L'ESCOUFLE

Le roman de *l'Escoufle* ne s'est, jusqu'ici, rencontré en entier que dans le manuscrit n° 6565 de la Bibliothèque de l'Arsenal, à Paris, qui est de la fin du xiii⁰ siècle et dont il semble que le copiste ait été originaire de la France centrale (éd. P. Meyer, p. LIII). On conserve à la Bibliothèque royale de Bruxelles un fragment (160 vers, correspondant aux vers 1273-1426 de l'édition) d'un second manuscrit qui « peut être attribué au milieu ou à la seconde moitié du xiii⁰ siècle » (*Bull. de la Soc. des anciens textes français*, XXIV, 1898, p. 85).

L'éditeur de *l'Escoufle*, M. P. Meyer, « ne croit pas s'aventurer beaucoup en supposant que l'auteur était Normand » (p. xxxiii), et même de la partie de la Normandie qui confine à la région picarde. Le fait est que le héros du roman est normand ; que l'auteur connaissait un certain nombre de seigneuries normandes (Montivilliers, Bellencombre, Varenne, etc.) ; et que, bien qu'il ait écrit en français de France « comme c'était l'usage, dès la fin du xii⁰ siècle, parmi les poètes qui fréquentaient les cours », il n'a pas laissé de trahir son origine normande par l'emploi de quelques formes dialectales, notamment dans les rimes. — On n'a relevé, dans toute la littérature du moyen âge, qu'une seule allusion à *l'Escoufle* : dans le *Lai de l'Ombre*, du trouvère Jean Renart. Comme cette allusion est amenée de très loin et comme il y a quelques ressemblances de langue, de style et de pensée, entre *l'Escoufle* et le *Lai de l'Ombre*, on s'est

demandé si Jean Renart n'aurait pas écrit le premier
comme le second de ces contes. Mais M. P. Meyer, qui
a, mieux que personne, constaté les analogies certaines,
ne les a pas considérées comme suffisantes pour établir
l'affirmative. D'ailleurs, il y a aussi des analogies assez
frappantes entre *l'Escoufle* et *Guillaume de Dôle*. La question reste ouverte.

L'auteur, quel qu'il ait été, a dédié son ouvrage à un
comte de Hainaut, qu'il ne connaissait pas personnellement, mais dont il avait entendu parler comme d'un
amateur éclairé (v. ci-dessous, p. 128). Il semble que ce
comte de Hainaut ne puisse être que Baudouin V, mort
en 1195, ou Baudouin VI, son fils, qui devint empereur de Constantinople en 1204, tous deux connus pour
leurs goûts littéraires. Ainsi *l'Escoufle* aurait été composé avant 1204. On ne peut rien dire de plus [1].

Le sujet de *l'Escoufle* est le thème classique du rapt
d'un anneau par un oiseau, qui entraîne toutes sortes
de quiproquos et d'aventures. Voir les malheurs de la
princesse Bouldour dans les *Mille et une Nuits*. L'anonyme
dit lui-même que c'est un vieux conte (v. 37) ; il le déclare très peu connu (v. 41-42) ; en le « mettant par
écrit » (v. 45), il en a respecté jusqu'au titre bizarre
au risque d'effaroucher les délicats (v. 9074) [2]. — Ce
qui lui a plu surtout dans l'histoire de l'Escoufle, c'est
qu'elle est vraie, raisonnable :

1. On lit dans l'édition J. Bédier du *Lai de l'Ombre* (Frib.
Helv., 1890), p. 10, note 1, que M. P. Meyer a montré à M.
G. Paris « un passage de *L'Escoufle* d'où il résulte avec certi-
tude que ce poème a été composé peu après la mort de Louis VIII,
entre 1230 et 1240 ». M. P. Meyer, à qui nous avons soumis
cette note, déclare qu'il n'en faut tenir aucun compte.

2. Ce titre a effectivement effarouché encore, au XIX° siècle,
M. Littré (*Histoire littéraire*, XXII, p. 807). Cf. l'édition
P. Meyer, p. XXIII.

8   C'est une chose ki doit plaire
    A tos ciaus ki raison entendent.
    Car mout voi conteors ki tendent
    A bien dire et a recorder
    Contes ou ne puis acorder
    Mon cuer, car raisons ne me laisse.
    Car ki verté trespasse et laisse
    Et fait venir son conte a fable,
    Ce ne doit estre chose estable
    Ne recitée en nule court.

Il n'aimait pas le merveilleux, et il était observateur
autant qu'homme de son temps. De là l'agrément excep-
tionnel de son roman pour ceux qui s'intéressent à
l'histoire des mœurs et de la vie privée au moyen âge.

L'auteur de *l'Escoufle* n'était pas très bon écrivain : il
est souvent long, plat et banal, comme la plupart de ses
confrères ; mais il en avait du moins le sentiment ; il dit
souvent : « A quoi bon amplifier davantage ? ça n'en
finirait pas » [1] : il abrège, en particulier, les narrations de
batailles et de tournois, où tant d'autres se sont complus.
Il excelle, par contre, dans les monologues psychologi-
ques, dans les conversations familières, et surtout dans
la description des scènes d'intérieur, un peu libres. La
soirée chez le comte de Saint-Gilles est un des tableaux
les plus vivants de notre ancienne littérature.

L'édition de MM. H. Michelant et P. Meyer (*L'Escoufle*. Paris, 1894, in-8. Publication de la « Société des
anciens textes français ») est excellente.

---

1. Les rimeurs du moyen âge font très souvent des réflexions
sur la nécessité d'être bref et en abusent pour être plus longs
(*Romania*, 1891, p. 154, note 6); mais c'est une justice à rendre
à l'auteur de *l'Escoufle* qu'il abrège, parfois, pour de bon.

Le comte Richard de Montivilliers en Normandie
était fort riche ; Rouen était de son domaine ; chaque
jour cent hommes le servaient en sa cour ; il y avait
bien trois cents chevaliers dans le pays de Caux qui
tenaient terres de lui et qui lui étaient tout dévoués.
Il avait conquis tout le pays jusqu'à Pont-de-l'Arche ;
après quoi il l'avait, très sagement, distribué à sa
maisnie. Par ses dons et « par mariage », il avait en-
richi une foule de vavasseurs ; il envoyait à leurs
femmes des peliçons et des manteaux ; en revanche,
il disposait, au besoin, de leurs biens comme des
siens propres. C'était, du reste, un bon chevalier,
beau, franc, large, courtois, habile à la chasse en forêt
et à celle de rivière, aux échecs et aux tables. Il était
toujours amoureux, ce qui le rendait hardi. Il y avait
quinze ans qu'il était ainsi l'exemplaire de toutes les
vertus chevaleresques lorsqu'il résolut d'aller outre-
mer, pour sauver son âme, quoiqu'il n'eût enfant ni
femme à qui confier ses domaines en son absence.

Il se croisa, au grand déplaisir de ses sergents et
de ses chevaliers, qui, pourtant, se croisèrent aussi,
à son exemple (et à ses frais), en grand nombre. A
la veille du départ il manda tout son barnage au château de Montivilliers. Ce fut une grande assemblée :
chevaliers, clercs, bourgeois et dames, l'évêque de
Lisieux, les comtes d'Eu et de Varenne, le châtelain
de Bellencombre, etc. Au matin, on alla entendre la
messe à l'abbaye des nonnains. Le comte offrit au
maître-autel un riche drap de Bénévent. L'archevêque

(de Rouen, sans doute) se revêtit dans la sacristie de ce qu'il avait de plus beau en fait d'ornements pontificaux ; l'évêque de Lisieux l'affubla, de ses propres mains, d'une chasuble de samit pourpre, et le curé lui imposa une mitre toute brodée, « faite a ymages ». — A travers l'église, pleine de gens, le prélat s'avance processionnellement

216   O encensiers, o crois d'argent,
      O textes * et o luminaire,

la crosse dans sa dextre et la main gauche dans celle de son suffragant. La messe était déjà commencée. L'abbesse avait commandé à deux « demoiselles », celles qui chantaient le mieux, de « tenir le chœur » pour embellir la fête. A l'offrande, le comte offrit un marc d'or, le premier, et les assistants donnèrent aussi, largement, pour l'amour de lui. Les pauvres, les estropiés furent comblés. Puis on procéda à la bénédiction des bourdons et des écharpes. Après la messe, visite à l'abbesse, en chapitre, pour prendre congé des dames ; à cette occasion, le comte donna encore une rente à l'abbaye pour être reçu « au bénéfice des prières de la maison ». — C'est à l'archevêque que Richard confia la garde de sa terre, tandis qu'il ne serait pas là. On se sépara enfin avec les plus vifs témoignages d'affection réciproque : embrassades, larmes, évanouissements, bénédictions :

324   Mout fait bien qui se fait amer.
      Quant ses gens l'en virent aler,
      « A Deu, a Deu ! », font il, « biau sire ».

* « tissus d'or ou d'argent qu'on étendait sur l'autel. »

Pourquoi raconter le voyage? l'auteur ne veut pas s'en mettre en peine. Les chevaliers normands passèrent, dit-il, par Montjoux (les Alpes), qui n'est pas un endroit gai, en Lombardie, puis à Brindes. Là, les gens du comte se rendirent sur le port, à la première heure, louer des navires et les faire garnir des provisions d'usage : viandes, biscuits, eau douce, vins cuits. On part :

> 403   En son le mast lievent les voiles,
>   Siglent* et courent as estoiles...

Ils abordent à Saint-Jean-d'Acre. Le premier soin du comte est de s'adresser à son hôte pour savoir où son maréchal trouvera des palefrois et des roncins à acheter. Tous les « cochons » ou « cossons » (c'est-à-dire les maquignons) de la ville sont aussitôt rassemblés. Marché est fait. Un peu reposé des fatigues de la mer, la compagnie de Richard de Montivilliers chevauche gaiement jusqu'à la Montjoie de la Mahommerie, d'où l'on aperçoit Jérusalem. Les pèlerins pleurent de joie. Le roi chrétien de la Ville Sainte vient souhaiter la bienvenue aux Normands, hors des portes. Les rues étaient tendues d'étoffes et jonchées d'herbe, et les dames aux fenêtres, car pareil contingent n'était pas arrivé depuis longtemps. Première visite au Saint-Sépulcre, où le comte offrit une coupe d'or émaillée, magnifiquement ouvrée des aventures de Tristan et d'Iseut, pour garder, sur le

* Au haut du mat hissent les voiles, cinglent...

maître-autel, la réserve eucharistique. Le soir, le
comte tint table ouverte :

684 Li senescal, li boutillier
    Font aporter le vin as tines *
    Et font corner a .ii. buisines **
    Le laver, si com faire soelent,
    A trestous ceus qui manger voelent
    Ki sans seignor sont en la terre...
    En la vile n'ot escuier,
    Chevalier, garçon ou serjant
    N'i alast mangier tot errant.

Après le repas, le comte fit viéller des lais et des
sons et distribua des hanaps d'or et d'argent aux chevaliers qui n'étaient pas de sa suite, — non pas
bourdes et belles paroles, comme on fait présentement.
Lorsque les étrangers eurent pris congé, le comte fit
une partie d'échecs avec son hôte, et on alla se
coucher.

Cependant les rois de l'Inde et de Mossoul assié-
géaient, avec une immense armée de « Turcs », un
château des marches chrétiennes. Le comte Richard
conseilla au roi de semoncer au plus tôt ses hommes
par écrit et de recruter partout des soudoyers ; il
s'offrit à combattre à l'avant-garde avec ses Normands.
— L'armée chrétienne campe bientôt en vue de la
fumière (des feux) de ses « ennemis mortels ». Le
comte organise une surprise : il marche aux païens
tout droit, ses chevaliers rangés en bataille, sans bruit.
A deux portées de flèche, ceux qui portent les écus

* baquets. — ** trompettes.

les tendent, par les guiches, à leurs maîtres, qui se
les passent au col, et poussent des cris de guerre. —
Le butin fut considérable : or, argent, chevaux, cha-
meaux, prisonniers. Pertes nulles. Les plus hauts
barons de l'ost chrétien s'empressent à délacer la
ventaille du comte victorieux, qui est tout confus de
se voir ainsi servi par de pareils personnages. On le
compare à Artur, à Gauvain, à César. Mais les païens
vont revenir à la charge pour venger leur échec noc-
turne. Richard de Montivilliers, « maître de l'ost »,
groupe les gens du roi derrière et devant l'étendard ;
d'autre part, les Templiers ; entre les routes (c'est-
à-dire les escadrons) de chevaliers, il range des sergents et de la vilainaille ; les Normands à l'avant-garde :

> 1080   Ki lors veïst as archons pendre
>   Les bons brans, les misericordes !
>   Li serjant metent doubles cordes
>   A lor ars por ce qu'il ne faillent.

Le combat, précédé d'un duel entre Richard et un
Turc somptueusement armé, se termina par la com-
plète déconfiture des païens et la prise du roi de
Mossoul. Une trêve de trois ans s'ensuivit. Alors le
moment parut venu de reprendre le chemin de Montivilliers ; le retour se fit par Brindisi, comme l'aller.

Lorsque les pélerins passèrent par Bénévent, la
cour impériale y était. L'Empereur voulut absolument
héberger le comte Richard pendant quinze jours e
lui fit des présents superbes : draps de soie « estrae
lis » (et non pas « soie à deux envers »), destriers, au-
tours de sept ou de huit mues, etc. Mais il avait une

arrière-pensée. Au moment où les Normands allaient
se séparer de lui, il fit confidence à leur chef de la
pénible situation où son imprudence l'avait jeté. Dans
les premiers temps de son règne, il avait « mis ses
serfs au dessus »[1], et « maté » ses barons. Or,
qu'était-il arrivé? Ce qui était facile à prévoir :

1488 Fait il : « Or est si revelés
   Li grans orguels de ma servaille
   Que je n'iere tex que je aille
   De vile a autre sans conduit.
   Il ont mes forès, mon deduit,
   Mes chastiax, mes riches cités ;
   Et cil que j'ai por eus matés
   M'ont laissié tot si a .i. fais*.
   Que honis soit princes qui laist
   Por ses vilains ses gentix homes.
   Li besoins que j'ai de preudomes
   Me ramentoit** ma vilounie... »

Le comte, reconnaissant du bon accueil qu'il a reçu,
et touché d'un sort si triste (quoique mérité), n'hésite pas à promettre qu'il aidera l'Empereur à se
venger de ses serfs. Celui-ci, transporté de joie, le
fait sur-le-champ connétable. Le premier soin du
nouveau connétable est de faire recruter des chevaliers
en France : certes, ce n'est pas « par vilains ni par
communes » qu'il veut conduire cette guerre ; mais
quand il voit un chevalier sans armes, ni cheval, ni

---

* en masse. — ** rappelle.

1. Ms. et éd. : de desus. Cf. plus haut, p. 72, et E. Lemaire,
Archives anciennes de la ville de Saint-Quentin (Saint-Quentin,
1888), p. 121 : « Li clergiés en la court le roy est au desseure
et vous i estes au dessous. »

harnais, il l'équipe et le retient. Et voilà comme il
faut faire. Au bout d'un an et demi, tout était rentré
dans l'ordre, grâce à cette politique ; les « bouchers »
et les « cordonniers » qui avaient usurpé des châteaux étaient congrûment punis. Cela fait, il demanda
la permission de s'en aller : « Vous savez maintenant,
dit-il, la manière de s'y prendre :

1626   Que jamais a vo cort ne viegne
         Nus sers por estre vos baillius *.
         Car haus hom est honis et vix
         Qui de soi fait nul vilain mestre.
         Vilain ! et conment porroit estre
         Que vilains fust gentix ne frans?..
         Se grans avoirs vos vient as mains
         S'en departez as gentix homes.
         Cil porteront por vos les sommes **
         Es batailles et es estors... »

Mais l'Empereur et l'Impératrice insistèrent pour
qu'il restât, et il renonça à partir. On le maria avec
la dame de Gênes. Neuf mois après, la comtesse
accoucha d'un fils, qui fut appelé Guillaume, dans
un château près de Venise, le jour même où une fille,
qui reçut le nom d'Aelis, naissait de l'impératrice.

Le jeune Guillaume eut aussitôt trois nourrices à
son service, toutes trois dames de l'hôtel : une pour
l'allaiter, l'autre pour faire son berceau, la troisième
pour le porter, le coucher et le baigner. A trois ans,
on le sevra. Les chevaliers avaient plaisir à le tenir
dans leurs bras. Il était si joli, avec sa tête blonde,
et promettait d'être si accompli que l'Empereur pria

---

* bailli, gouverneur. — ** coups.

le comte Richard de le lui confier pour être élevé à la
cour impériale. Ce qui fut fait. — Le jour que le
jeune Guillaume, escorté de son « maître » (son pré-
cepteur) et de cinq damoiseaux, arriva à la cour, la
petite Aelis alla au-devant de lui, avec ses pucelles,
et fit le beau salut qu'on lui avait appris. Elle avait
une robe couleur de rose. L'empereur et l'impératrice voulurent que désormais les deux enfants prissent
leurs repas ensemble.

Guillaume et Aelis s'aimèrent bientôt de tout leur
cœur. Aelis appelait Guillaume *ami* et *frère*, *frère*
pour couvrir l'autre nom dont, fort avancée pour son
âge, elle connut bientôt la douceur. Ils grandirent.
Guillaume apprit d'abord l'escrime, mais non pas tant
pour se battre que pour se développer les poumons :

2020   Por combatre nel fait il mie,
        Mais por avoir grignor alaine ;
        Et c'est une chose certaine
        Que hom va plus bel et plus droit
        Et si en est on mout plus droit :
        Tos cis biens vient de l'escremie.

Il apprit aussi à monter à cheval et à manier lance
et écu. A dix ans, il était de très bonnes manières :
il ne disait jamais de mal de personne, ni à personne,
et ne jurait pas. S'il voyait un vassal à pied, sans
roncin, il lui donnait de l'argent, dût-il s'en procurer
subrepticement. Il savait déjà se faire des amis « par
beau parler et par largesse ». Belle Aelis, de son
côté, savait très bien chanter chansons et conter
contes d'aventures ; elle faisait de beaux ouvrages,

notamment des lacets de heaume, et les donnait très
volontiers.

Un jour que l'Empereur était sous la tente, dans
son verger, et que ses gens et ses chevaliers cueillaient
des fruits pour s'amuser, il vit Guillaume et Aelis
jouer ensemble si gentiment qu'il proposa au comte
Richard de marier les deux enfants. Le comte déclina
cet honneur, car il savait bien qu'Aelis pouvait pré-
tendre plus haut : elle aurait pu épouser le roi de
France ; et que diraient d'une mésalliance tous les
barons de l'Empire ? Mais l'Empereur avait son plan.
Il convoqua une cour plénière. Il fit un beau discours,
très humble, pour amadouer ses barons et finit par
leur demander, non pas comme sire, mais « par
amour », quelque chose, sans dire quoi, à sa discrétion. Ils l'accordèrent d'avance. Alors il les remercia
et nomma Guillaume comme le fiancé de sa fille et
son héritier présomptif. Plusieurs pensèrent que c'était
fou ; mais ils étaient liés par leur serment. Les deux
enfants, pareillement vêtus de drap d'or à ramages
d'oiseaux, de fleurs et de croissants de lune, furent
amenés devant l'assemblée. Mais ils n'étaient pas
encore d'âge à contracter mariage : l'Empereur se
contenta de jurer en leur présence qu'il leur réservait
sa terre après son décès ; cet engagement fut approuvé
par l'Impératrice et garanti par les barons.

Cette scène marqua le sommet des prospérités du
comte de Montivilliers et de sa famille. Peu de temps
après, il fut saisi d'une grave maladie. Les médecins,
après lui avoir tâté le pouls et la tempe, dirent qu'ils

n'y voyaient guérison, et que c'était grand dommage
qu'un si vaillant homme mourût dans son lit, « comme
une bête ». Il mourut en effet, un mardi, au milieu de
la désolation générale. L'Empereur sanglota « comme
un ours » ; les enfants s'égratignèrent ; les gens se
maudissaient de survivre à ce modèle des chevaliers.
Mais enfin on célébra un superbe service funèbre
(pendant lequel on quêta dans des hanaps d'argent) ;
le cadavre fut enterré dans l'église, entre le chœur et
l'autel ; et on n'en parla plus.

Li mors au mort, li vis as vis (v. 2653) ! Il s'écoula
peu de temps avant que le jeune Guillaume, orphelin,
perdît ses amis à la cour. L'Empereur lui-même re-
tomba sous l'influence des mauvais conseillers dont
jadis le comte Richard l'avait délivré. Ces traîtres lui
représentèrent que l'intimité de Guillaume, qui avait
alors douze ans, avec Aelis n'était pas convenable et
que l'union projetée causerait les plus grands malheurs.
« Avez-vous trop bu ? répondit-il aux premières ou-
vertures ; vous savez bien ce qui s'est passé : il est
trop tard pour se dédire. » Mais on insista. L'Impératrice fut gagnée et, avec ses ruses de femme, arracha
à son mari ce que nul autre n'aurait obtenu de lui :
de manquer à sa parole. Défense fut donc faite aux
jeunes gens de se fréquenter désormais. L'Empereur
crut devoir notifier, en personne, sa volonté à cet
égard. Étant entré dans la chambre de sa fille, il y
trouva, en compagnie d'Aelis et de ses pucelles qui
faisaient des orfrois, des aumônières et des lacets de

heaume, Guillaume et deux damoiseaux qui jouaient
ensemble à la mine. Tout le monde se leva à son
entrée. Il alla s'assoir contre le lit, sur des bottes de
paille recouvertes d'une coute pointe de cendal jaune,
et dit :

> 3016   « Guilliaumes, biax amis,
> Je ne voel mais por riens qui soit
> Que vos la ou ma fille soit
> Venés sans moi puis hui cest jor. »

Guillaume fut très étonné :

> 3022   « Sire, fait il, or en est pais :
> N'i venrai mais dès qu'il vos poise...
> Mais or me dites, s'il vos plaist,
> Por coi vos dessiet ma venue ? »

Car sa conscience était tranquille :

> 3034   « Se je baise ses ex, sa bouche,
> Cui fais je tort de ceste chose ?
> Bien saciés que ma mains ne s'ose
> Muchier sous son bliaut de Sire[1]. »

Il croyait encore que l'Empereur voulait rire. Mais
celui-ci se fâcha. Il y eut beaucoup de paroles échan-
gées sans résultat. Enfin Guillaume partit en pleurant. Les pucelles d'Aelis pleuraient aussi à « chaudes
larmes ». Seule Aelis dissimulait sa douleur, qui était

---

1. Guillaume, ici, ne disait pas la vérité ; il n'avait pas toujours été si réservé, comme il résulte des réflexions qu'Aelis elle-
même se fait, le lendemain matin, en passant, par dessus sa
blanche chemise plissée, à grands pans, son bon bliaut de Sire
(c'est-à-dire d'étoffe fabriquée en Syrie) « tout froid ». V. 3283
et suiv. : « Ahi, Guilliaumes, biax amis, — Tantes foïes avés
mis — Vos beles mains... »

cruelle. Guillaume passa la nuit à se désoler, et Aelis à faire des plans, car elle ne se résignait pas.

Le lendemain, lorsque le jour entra par la fenêtre, beau et clair comme en été, Aelis réveilla les filles qui couchaient devant son lit. Les cloches sonnèrent pour la messe tandis qu'on l'habillait. Elle attendit que tout le monde y fût allé et fit mander, en toute hâte, Guillaume par un valet. — Guillaume et le valet entrèrent dans le jardin, simplement clos d'un palis en bois, en forçant un des portillons, sans bruit. Après les premières effusions : « Savez-vous, demanda Aelis, si jamais votre père fut invité à revenir en Normandie ? » Comment donc ! Dix chevaliers normands étaient venus, peu de temps avant sa mort, pour le prier de « s'en raler » ou d'envoyer son fils là-bas ; Guillaume est persuadé que les Normands seraient ravis de le saluer comme leur comte, s'il allait dans leur pays. « Nous irons donc ensemble, dit Aelis, doux ami ; et il me semble déjà que je suis dame de Rouen. » Tandis que la Cour est à l'église, les amants conviennent des préparatifs à faire pour leur départ, qui est fixé à quinzaine. Il faut d'abord acheter deux belles mules de Lombardie ; la mère de Guillaume, mise dans la confidence, saura bien se les procurer : « Faites faire, pour le voyage, des manteaux de pluie (chapes a aige), des cottes couleur de bure, et des cotereaux, à votre taille, en drap de Flandre foncé. Faites trousser à mon arçon les outres et les besaces... » « Il faut bien, ajouta Aelis en souriant, que j'empêche l'Empereur de manquer à sa parole :

9

> 3610   En cui aroit il donc fiance
>   S'en moi non qui sui de sa char ?* »

Aelis employa toute la quinzaine, jusqu'au jour
marqué pour sa fuite, à « amasser avoir » : vingt marcs
pesants en or, sans compter la plus belle bague de sa
mère, que celle-ci lui avait confiée et qu'elle mit dans
une aumônière en samit vermeil attaché à son cou.
Le soir du jour convenu, on avait beaucoup parlé,
beaucoup dansé ; les suivantes d'Aelis s'endormirent
d'un lourd sommeil. Elles ronflaient lorsque Aelis se
releva sans bruit. — Elle s'habille promptement, vide
tous ses joyaux dans une taie d'oreiller, qui lui sert
de sac ; puis, elle noue bout à bout une grande serviette et des draps, fixe cette corde improvisée à un
pilier et va se lancer dans le vide. Mais la fenêtre était
haute. Elle hésite. Une voix, la voix de la raison, lui
dit :

> 3910   ... « Fole, demeure.
>   Vels tu hounir tot ton lignage ?
>   Se tu t'en vas en soignentage**
>   Tuit ti ami i aront honte. »

Cependant, l'amour est plus fort que la raison et
le sens. Elle se laisse glisser. Guillaume la reçoit
dans ses bras. Elle remplace son bliaut par une cote
de drap flamand et une cape de voyage, et les voilà
partis, au clair de lune, tous deux, « lés a lés », dans
la direction de la France.

---

* « En qui aurait-il donc confiance, sinon en moi, qui suis de sa
chair ? » — ** concubinage.

On se figure la scène qui se passa, le lendemain, au matin, dans la chambre des pucelles. Le coffre ouvert, le lit vide, l'échelle de cordes improvisée ne laissaient pas de place au doute. L'Empereur, désespéré et bientôt repentant, s'empressa de lancer des émissaires bien montés, sur de bonnes mules d'Espagne, à la poursuite des fugitifs, dans toutes les directions. Les uns allèrent à Gênes; d'autres en Sicile et en Pouille, d'autres en Calabre et en Grèce. — Mais les enfants étaient ailleurs. Ils voyageaient, du reste, avec précaution, en prenant soin de ne pas descendre dans des hôtels de premier ordre, donnant sur de grandes rues. Là où ils descendaient, Guillaume faisait d'abord prendre soin des mules; après dîner, il commandait des pâtés pour manger aux champs, le lendemain. Bien peu d'enfants de douze ans ont une aussi bonne éducation que celle dont il donnait la preuve : nulle part il ne mangeait avant que son hôte fût assis; et lorsqu'il fallait régler la note, Aelis rendait toujours trop plutôt que trop peu d'argent. Aussi l'hôte faisait-il toujours leurs lits de ses propres mains. Le soir, Guillaume faisait lier, dans une serviette, le sel et les gâteaux, emplir les outres de bon vin froid ou de « raspé », empiler dans la besace les pâtés, la galette, de la viande froide, un poulet rôti. A l'heure du déjeuner, ils s'installaient au bord d'une fontaine et déballaient les provisions. Voyage délicieux! n'eussent été les indiscrets et la crainte des poursuivants. Aelis, hâlée par le soleil, faisait des chapelets de fleurs à son ami, et, en les mettant sur sa tête, l'em-

brassait passionnément. A leur gré, les journées
étaient trop courtes.

C'est ainsi qu'ils arrivèrent à la Montjoie de Toul
en Lorraine, qui est un fort bel endroit, parmi les
prés et les vignes. Aelis voulut s'y reposer, car il faisait très chaud. On s'arrêta au bord d'un ruisseau,
qui coulait à travers les joncs, à quelque distance du
chemin. Aelis se mit à son aise, ôtant chape, jupe et
ceinture; elle s'assit : sa cote faisait un grand rond,
sur l'herbe, tout autour d'elle. Guillaume mit les
outres dans l'eau courante pour rafraîchir le vin, et
ôta le harnais des mules. Sur l'herbe il étendit sa
chape, en guise de nappe, dit à Aelis de se laver les
mains, et découpa un poulet. Cependant la chemise
d'Aelis était toute trempée de sueur ; en passant sa
main par-dessous, elle sentit l'aumônière où se trouvait la belle bague de sa mère, qu'elle destinait à son
ami et qu'il n'avait pas encore vue. Elle détacha l'aumônière et donna la bague à Guillaume en gage
d'amour. Puis elle s'endormit, vaincue par la chaleur
et la fatigue. Guillaume l'installa à l'ombre, et, sotte-
tement, remit la bague dans l'aumônière, qu'il laissa
traîner par terre. Il eût mieux fait, observe l'auteur,
de la passer à son doigt. Mais il avait perdu la tête.
De là vinrent tous ses malheurs.

Un escoufle, c'est-à-dire un milan, planait dans
l'air au-dessus d'eux. Il aperçut l'aumônière négli-
gemment jetée dans les fleurs. Or, elle était en samit
rouge, ce qui, de loin, lui donnait l'air de viande.

L'oiseau s'y trompa, fondit dessus et l'emporta. Guillaume, honteux de sa maladresse, eut la malheureuse
inspiration de seller sa monture et de poursuivre le
ravisseur, afin de rattraper la bague. Mais l'escoufle,
volant d'arbre en arbre, le fit courir pendant longtemps.
Il était loin lorsque Aelis s'éveilla et, se voyant seule,
se livra à toutes sortes de conjectures. Elle crut d'abord
que les gens de l'Empereur s'étaient emparés de Guillaume et l'avaient laissée là, dédaigneusement, comme
une « folle ménestrelle ». Mais non. Elle n'aurait pas
manqué d'entendre, en ce cas, un bruit de lutte.
C'était donc que son ami l'avait traîtreusement abandonnée. Sa douleur fut inexprimable : elle se pâma
plusieurs fois. Son mulet allait la fouler aux pieds
lorsqu'un « vassal », qui passait par là, l'aperçut. Il
la fit revenir à elle en l'éventant avec un pan de sa
chemise. Il lui demanda son nom et la cause de sa
tristesse ; mais il vit bien qu'elle ne voulait rien dire,
et n'insista pas. Il l'aida à remonter en selle, car elle
n'avait pas l'habitude de s'y mettre toute seule, et la
laissa partir. Elle entra dans le grand vignoble qui
est autour de Toul, en priant saint Julien l'Hospitalier
de lui procurer un bon gîte, quoiqu'elle n'eût envie
de rien, sinon de mourir. Cependant elle rencontra
une jeune fille qui, deux pots à la main, allait tirer
de l'eau au puits, et elle lui demanda de l'héberger,
pour la nuit. L'autre fut très étonnée, car elle avait
reconnu, au premier coup d'œil, la haute condition
d'Aelis : elle s'excusa sur ce que la maison de sa mère
était vieille, pauvre, indigne de recevoir une personne

de qualité ; et elle ajouta, non sans malice : « Il y a ici
des gens très bien, qui vous recevraient à merveille,
et gratis :

> 4933   « Borgois et clers et chevaliers
> Et vallés qui sient au Change.
> N'i a nul qui presist escange
> Por vos, richece ne avoir,
> S'il vos pooit anuit avoir
> A dame, a amie u a oste. »

Mais, dit Aelis, je ne veux rien faire qui déplaise
à Dieu ni qui soit indigne de moi, et si je ne vais pas
à l'hôtel, c'est pour « éviter le hontage ». La fille se
laissa toucher et conduisit l'abandonnée chez sa mère,
une pauvre faiseuse de guimpes, qui vivait misé-
rablement, comme gardienne, dans les dépendances
d'un pressoir-grange appartenant à un bourgeois
de la ville, avec, pour tout mobilier, une huche, un
lit et un métier à guimpes. Pas de chaises, pas de
bancs. La vieille prépara un siège en jetant un drap
blanc sur des bottes de paille, ôta les éperons d'Aelis,
la deffubla de sa chape. Le mulet fut installé dans la
grange. Lorsqu'il s'agit de souper, comme il n'y avait
au logis « ni sou ni maille », la demoiselle donna
de l'argent pour acheter le nécessaire.

Pendant ce temps-là Guillaume pourchassait toujours l'escoufle, en criant de toutes ses forces : « Hua,
leres*, hua, hua ! » (v. 4635). Il fit tant que l'animal,
s'apercevant enfin que l'aumônière de samit rouge

* voleur.

n'était pas un morceau de chair, se décida à la lâcher.
Guillaume, voyant tomber l'objet, s'en empara. Mais
sa joie cessa brusquement lorsque, revenu à l'endroit
où il avait laissé son amie, il ne trouva plus personne.
Dans sa fureur contre lui-même, il se donna un tel
coup de poing près de l'oreille que son visage en
bleuit jusqu'aux yeux. Il s'arracha les cheveux, cria
comme un ours, se roula par terre. Enfin il se mit à
la recherche d'Aelis ; mais, persuadé qu'elle avait été
enlevée par des hommes de l'Empereur, il se lança
sur une fausse piste. Il reprit en sens inverse le chemin qu'il avait déjà fait avec son amie depuis la résidence impériale, s'informant partout sans rien apprendre.

Avec l'argent d'Aelis, la fille de la faiseuse de guimpes
acheta du pain, du vin, de la viande et de la chandelle.
Il n'y avait dans l'appentis qu'un petit hanap en bois
d'aune, qui avait coûté un denier : heureusement que la
demoiselle avait sa coupe d'argent dans son écharpe.
Au coucher, ni coute ni coussins. Rien qu'un sac
plein de menue paille, qui fut placé au chevet d'un
lit de foin nouveau, arastelé de la veille ; heureusement qu'Aelis avait dans sa besace des draps blancs
(ou presque), ceux dans lesquels son ami avait couché la veille, ce qui lui fut une consolation. Elle invita Isabelle (c'était le nom de la fille de la maison) à
partager cette couche, et elle lui raconta, pendant la
nuit, son histoire d'un bout à l'autre. Elle la décida
sans peine à l'accompagner en Normandie, pour retrouver l'infidèle. Elle l'habilla convenablement d'une

cotte, d'une chape et d'un coterel de drap mêlé. Puis,
toutes deux partirent à pied, laissant le mulet à la vieille.
— Comme Aelis avait de l'argent, le voyage fut assez
facile. Elles passèrent à Châlons, à Rouen et arrivèrent à Montivilliers. Mais, là, aucunes nouvelles ; personne ne connaissait Guillaume ; personne ne l'avait
vu. « Cherchons-le donc ailleurs », dit Isabelle ; et
elles se remirent en route, au hasard. Tous les soirs
Isabelle faisait le lit de sa maîtresse et la déchaussait.
Et cela, pendant deux ans.

> 5448   Grans anuis est d'omme chacier
>   Quant on ne set où il repaire *.

Elles résolurent enfin de se fixer quelque part et d'y
gagner leur vie en travaillant. Elles louèrent, à cet
effet, une petite maison à Montpellier, entre cour et
jardin, qu'elles meublèrent et garnirent. Isabelle savait
faire de la lingerie et des guimpes. Aelis excellait
dans l'art de broder en or et en soie. Le bruit se répandit par la ville que la plus jolie femme du royaume
était arrivée de Lorraine.

La maison de la belle Lorraine devint bientôt le
rendez-vous des chevaliers, des damoiseaux, des clercs
et des bourgeois, et la plus agréable de Montpellier. Elle était installée avec goût : il y avait sept ou
huit cages d'oiseaux aux fenêtres ; chaque matin,
toutes les pièces étaient jonchées d'herbe fraîche. Aelis
exécutait à merveille les ouvrages qu'on lui comman-

---

* C'est grand ennui de courir après un homme, quand on ne
sait où il demeure.

dait, et qu'on lui payait largement, pour ses beaux
yeux. Elle gagnait, en outre, beaucoup à laver la tête
aux hauts hommes ; personne ne s'y entendait mieux
qu'elle [1]. Elle faisait parfaitement tout ce qu'une femme
doit faire. Quand elle recevait (et, les jours de fête,
sa maison était toujours pleine), elle divertissait les
gens en racontant des romans et en donnant à jouer.
Elle cherchait à plaire et plaisait à tout le monde ;
mais en tout bien, tout honneur, car elle était fort
pieuse, et on l'honorait en conséquence. — Bref, elle
était si à la mode, comme brodeuse et ceinturière,
qu'il n'y avait pas à Montpellier trois dames de condition dont elle n'eût la pratique. Toutefois la dame
de Montpellier — la dame du château — passait
encore devant elle, à l'église, « le nez dans son manteau », sans la saluer ni rien dire. Aelis en fut piquée,
d'autant plus que ladite dame avait, d'après le bruit
public, un amoureux : elle aurait dû être plus sociable.
Pour triompher de cette réserve, Aelis et Isabelle
firent, à l'intention de Madame de Montpellier, une
aumônière et une ceinture aux armes de son mari, et
une guimpe assortie. Un samedi, elles se parèrent et
apportèrent ces objets au château, enveloppés d'un
linge blanc, dans un écrin. Les damoiseaux qui étaient

1. Les gens du moyen âge aimaient à se faire laver la tête
avec une « lessive » analogue au shampooing (Voir notamment
Gilles de Chin. Éd. de Reiffenberg, Bruxelles, 1847, in-4, v. 4914
et suiv.). Les femmes qui faisaient métier de « laver la tête aux
hommes » ne jouissaient pas, d'ordinaire, de la meilleure réputation.

sur les degrés, devant la salle, se précipitèrent à leur
rencontre, pour les conduire « par la main ». La
dame les reçut très bien :

5623   Fait la dame : « Bien veigniés vos.
         Mout vos liés petit de nos
         Ki or primes m'estes venue
         Veoir... »

Elles produisirent leur ouvrage :

5670   « Dame, por vostre acointement*
         Que nos dès or volons avoir,
         Vos presentons de nostre avoir,
         Fait Aelis, et de nostre oevre. »

La dame fut très contente :

5680   « .I. jor d'esté i esteüst
         Por veoir assés la çainture**. »

Elle promit aux habiles et prévenantes ouvrières
sa protection pour le cas où quelqu'un, fût-il chevalier ou franc homme, viendrait à leur manquer. Elle
les invita à souper. Elle donna à sa « nouvelle amie »
une robe d'écarlate neuve, un hanap d'un marc et
demi, et la fit reconduire honorablement chez elle
« a grant feste et a luminaire ». Ainsi fut scellée
l'amitié de la « pucelle de Toul » et de la dame du
château.

Il était, d'ailleurs, très vrai, comme Aelis l'avait
entendu dire, que la dame de Montpellier, femme du

---

* pour entrer en relations. — ** « Il faudrait un jour d'été
pour voir assez cette ceinture. »

sire de Montpellier, avait un ami en la personne de
Mgr le comte de Saint-Gilles. Or, le comte vit avec
déplaisir, à la ceinture de son amie, l'aumônière, don
d'Aelis, parce qu'elle était ornée de lions, c'est-à-dire
aux armes du mari. Il ne manqua de faire une scène
à ce propos :

5840   Fait il : « Dès quant faites vos faire
     Joiaus des armes vo baron * ?
     Conment ! j'arai d'ami le non
     Et vo sire iert amis et sire ! »

La dame, toute aise que son ami fût jaloux, lui raconta pour le calmer, d'où lui venait l'aumônière.
Elle lui en fit même cadeau. Le comte, tranquillisé,
la mit aussitôt à sa ceinture et s'en retourna chez
lui. Imprudence, car ce fut la première chose qui
frappa les yeux de la comtesse, sa femme. La comtesse de Saint-Gilles reconnut très bien les armes du
mari de sa rivale : « C'est donc vrai, s'écria-t-elle ;
vous l'aimez, puisque vous portez ses armes. »
« Dame, dit brusquement le comte, faites-en autant,
si vous n'êtes pas contente. » « Certes, répondit la
comtesse, je n'ai pas de ceinturière en mon lignage,
et si je souffre votre volonté et ma honte, ce n'est
pas une raison pour m'outrager. » Le comte, reconnaissant la dignité et la modération de cette réponse,
et qu'il était allé trop loin, s'empressa de s'excuser.
En disant : « Faites-en autant », il n'avait voulu
dire que : « Faites-en donc faire autant. » Faites-en

* « Depuis quand vous faites-vous faire des joyaux aux armes
   de votre mari ? »

faire autant par Aelis de Toul, qui a exécuté cet ou-
vrage-ci, et dont tout Montpellier raffole. — Là-dessus, le comte conseille à la comtesse de mander cette
Aelis à Saint-Gilles et de se l'attacher en qualité de
demoiselle. Bonne personne, la comtesse y consent
volontiers. — Dès le lendemain, deux messagers,
avec cent sous de monnaie du Mans pour acquitter
les menues dettes des deux Lorraines, allèrent leur
porter des offres, qui furent aussitôt acceptées. On ne
nous dit pas pourquoi ces offres furent si promptement acceptées. Toujours est-il qu'Aelis et Isabelle
firent leurs visites d'adieu. Isabelle rendit aux voisins
tout ce qu'elle leur avait emprunté : couette, coussins, chaudière, pots, tréteaux, tables, etc. Leur
départ fut triomphal. Les fils des bourgeois, à cheval, les convoyèrent hors de la ville. Le lendemain,
elles arrivèrent à Saint-Gilles, pour le dîner. La
comtesse embrassa Aelis et la mena, « par la main
nue », en ses chambres, pour se mettre à l'aise. A ce
moment-là, le comte était en train de présider un
plaid. Apprenant ce qui se passait, il « laissa » préci-
pitamment le plaid, « pour aller à cette joie[1] ». A son
entrée, Aelis se leva, en personne qui savait observer
les convenances.

> 6138   — « Certes, sire, fait la contesse
> Mout m'avés bien a gré servie. »
> — « Or n'en aiés dont pas envie
> Se jou la bès pour faire feste. »

1. Cf. ci-dessus, p. 87.

Aelis se laissa embrasser « bravement », sans détourner la tête. « Onques n'en ot honte. » Elle savait apparemment que cela aussi faisait partie de ses nouvelles fonctions.

Revenons maintenant à Guillaume. Il avait été, de son côté, très malheureux. D'abord son mulet était mort ; puis, il avait été malade, pendant un an, à Rome. Pourquoi, étant en Italie, n'était-il pas allé se réconforter auprès de la dame de Gênes, sa mère ? On néglige de nous l'apprendre. Il avait cherché son amie pendant sept ans. Il avait été volé dans un bois. Il avait été forcé, lui aussi, de gagner sa vie, et d'autant plus qu'Aelis était partie avec l'argent de la communauté. Il avait été garçon d'hôtel à Saint-Jacques de Compostelle pendant toute une saison, à l'hôtel dont les fenêtres du pignon donnent sur le Change de la ville. Un jour qu'il prenait le frais sur la porte, il aperçut, dans la rue, le mulet de son amie, avec un pèlerin dessus. Il courut après, et le propriétaire de la bête, un bourgeois de Toul, lui apprit qu'il l'avait achetée, il y avait six ans passés, à une vieille qui gardait sa grange, dans les faubourgs de Toul, laquelle vieille la tenait d'une certaine Aelis. A ces mots, Guillaume devint aussi rouge que s'il eût été assis devant un grand feu. Il essuya les yeux de la mule avec un pan de sa chemise, et pleura. Le lendemain il prit congé de son maître, qu'il avait servi pendant neuf mois, pour retourner à Toul. A Toul il alla voir la vieille, et gémit avec elle ; mais elle ne savait rien. Guillaume repartit au hasard, par le grand chemin de France.

Enfin, ayant été inutilement à Rome et à Compostelle, il eut l'idée de faire encore un pèlerinage à Saint-Gilles, pour confier ses douleurs au saint qui n'a jamais trompé la confiance de personne. Dans l'église de Saint-Gilles, il édifia, par sa ferveur, un bourgeois, patron d'hôtel, qui lui demanda s'il voulait entrer en condition. Guillaume accepta : « Je ne crains personne, dit-il, pour ce qui est de faire le pain ou les lits, et de préparer à manger ; je sais aussi de chiens et d'oiseaux. » Le bourgeois retint à son service ce précieux valet aux gages de cinquante sous par an. Avec les pourboires des pèlerins, c'était un gain très sortable, et Guillaume en jugea ainsi. Il fit même des économies.

6606   Il set mout bien bouter ariere *
        Ce c'on li done et ce qu'il a.

Il eut la chance d'acheter, à un pèlerin français, un cheval estropié, qu'il remit en bon état. Cela lui permit, un jour d'hiver que, dans l'équipage de chasse du château, un fauconnier avait fait défaut, de se proposer comme remplaçant. Le maître de fauconnerie admira beaucoup sa prestance : il avait un habit en drap de Ratisbonne, et, sur la tête, un chapeau de fleurs entrelardé de rue et de soucis. Mais, ce jour-là, pas de gibier. Pas d'oiseaux ni de canards en rivière. — Cependant Guillaume, sentant son faucon

* mettre de côté.

s'agiter, quoiqu'il le tînt « plus bas et plus coi, delés sa cuisse », propose de lui donner le vol, en assurant qu'il saura bien le rattraper. « Ôte-lui donc la longe », dit le maître. Le faucon, lancé, vole tout droit à un champ, où, sur un tas de fumier, un escoufle était en train de dévorer un poulet. Combat de l'escoufle et du faucon, que Guillaume a grand'peine à séparer. — L'escoufle mort, Guillaume, au vif étonnement des chasseurs, l'ouvre, lui arrache le cœur avec ses doigts, et mange ce cœur; il fait du feu, brûle le reste et jette les cendres au vent en s'écriant :

6954   « Escoufles, honis soïes tu
        Et tuit li autre qui or sont...
        Ceste dolor dont j'ai tant d'ire
        Fait il, me vient par vo lignage :
        Par ma folie et par l'outrage
        D'un de vous perdi jou m'amie. »

Mais il regrette d'en avoir tant dit devant les fauconniers, et prend congé d'eux à la porte du château, sans accepter le souper qu'ils lui offrent; il est obligé, dit-il, de retourner chez son maître.

Ce soir-là, le comte de Saint-Gilles, comme c'était son habitude tous les jours où il n'y avait pas d'étrangers au château, était allé manger son fruit et se mettre à l'aise, au coin du feu, dans la chambre des pucelles. Belle Aelis savait bien l'égayer. On faisait cercle autour de l'âtre. Et le comte ôtait sa chemise afin de se faire gratter.

7030   Après souper, quant li cuens vint
En la cambre por son deduit,
Que c'on apareilloit son fruit,
Il se despoille por grater,
Et n'i laisse riens a oster
Fors ses braies ; nis* sa chemise
Li a cele fors du dos mise
Ki les autres vaint de biauté :
.i. surcot qui n'est pas d'esté
Li revest por le froit qu'il doute...

La comtesse était présente, avec ses gens, à cette scène de famille. Aelis savait se rendre plus agréable que personne, en ces occasions-là :

7048   Ele estoit toute desliie
En .i. frès vair pliçon sans mances.
Celes erent beles et blances
De la chemise et bien tendans...
Ele a son destre bras geté
Parmi le mingaut** du surcot
Le conte, qui son cief li ot
Mis par chierté en son devant***.

On cause, en attendant que le fruit soit cuit[1] ; et le comte parle de ses fauconniers qui n'ont rien rapporté de la rivière. Il ordonne à un valet qui coupait des poires dans un hanap de bois, d'aller chercher le maître de fauconnerie pour qu'il donne des explica-

---

* même. — ** ouverture ? manche ? — *** qui, par amitié, lui avait mis sa tête sur les genoux.

1. Dans *Gilles de Chin* (Éd. de Reiffenberg, v. 591), la maîtresse de maison fait venir en pareil cas, « en liu de fruit », « por deporter », clous de girofle et noix muguettes, dattes, figues et grenades.

tions. Le maître, d'abord fâché d'être dérangé si tard,
consent pourtant à venir, car la langue lui démange
de raconter l'aventure de l'escoufle, et, en outre, « il
espère avoir du fruit. » « Certes, vous en aurez, dit le
valet, et à boire aussi. » Il comparaît donc dans la
salle. Dès qu'il est entré, le comte procède à l'inter-
rogatoire :

7106   « Maistre, qu'avès vos hui
        Gaaignié ? Nel me celés mie...
        C'est alé ; mais or reparlons
        Quel part vos fustes et comment
        La cose avint si faitement
        Que vos n'avés riens aporté. »
        — « Sire, fait il, j'ai bien esté
        Entor vos .vii. ans et demi
        N'onques mais, par l'ame de mi,
        Ce ne vi que j'ai hui veü,
        Que j'ai bien en riviere eü
        .x. faucons, estre lès terciaus*,
        N'onques ne poi faire de ciaus
        Voler aines **...
        Ains m'en reving al markais querre ***
        .iii. hairons c'on m'ot enseigniés. »
        — Li cuens s'en est .iii. fois seigniés,
        Et puis se dist : « Grant merveille oi ! »

Le comte est encore bien plus surpris quand il
apprend qu'un fauconnier d'occasion a mangé le cœur
d'un escoufle. Il s'en dresse sur son séant. La comtesse et Aelis sont extrêmement intéressées :

7262   « Sire, car li mandés qu'il viengne
        A vos parler ; si le verrés,

* outre les tiercelets. — ** canards. — *** mais m'en revins
chercher au marché.

> Fait la contesse; et si orrés
> La merveille qu'il vos dira... »

Le maître de fauconnerie ne sait, du reste, rien de
cet homme, si ce n'est qu'il a nom Guillaume. Tandis
qu'on va le chercher, car le comte veut absolument
retenir à son service un fauconnier si adroit, Aelis,
dont le nom de Guillaume a ravivé les douloureux
souvenirs, va pleurer dans la garde-robe. C'est en
vain que la comtesse et le comte essaient de la réconforter.

7348   Li cuens li essue ses iols,
        Se li prie qu'ele s'esbate,
        Que ja tant com li cuers li bate
        Ne li laira avoir souffraite...
        « Venes ent, douce amie ciere,
        Fait li cuens, deduire la fors. »
        Par sa blance main la ra lors
        Deduisant remenée au fu.

Cependant Guillaume est arrivé. Dès qu'il aperçoit le comte, il retire son manteau et salue courtoisement :

7368   « Sire, bone nuit et bon soir
        Fait il, vos doinst Diex, et ma dame. »

Il se met à genoux devant le comte, en attendant
la réponse.

7376   « Bone aventure vous doinst Diex,
        Fait li cuens, biaus amis, biaus frere. »
        Puis li demande dont il ere
        Et se ses pere est gentils hom.

— « Sire, en ma terre le dist hom
K'il fu chevaliers. » — « Bien puet estre,
Fait li cuens, qu'al vis et a l'estre
L'en portés vous moult bon tesmoing. »

On le décide enfin à raconter son histoire. Aelis avait les yeux fixés sur lui ; mais elle hésitait à le reconnaître. Et lui, il ne la reconnaissait pas. Il parla et, en l'écoutant, la jeune fille eut bien envie de lui sauter au cou ; mais elle hésitait encore : « Cet homme raconte notre histoire, se disait-elle ; mais qui sait s'il ne la tient pas d'autrui ? » Les autres auditeurs, suspendus à ses lèvres, regardaient Guillaume comme si ç'avait été un loup blanc. Quand il eut terminé, Aelis courut se jeter dans ses bras. « Mais où est la bague ? » demanda-t-elle. Guillaume avait fait coudre l'aumônière à la ceinture de ses braies. Les pucelles, le comte, sa femme se précipitent pour la découdre. Tout le monde est enchanté. Et le comte d'autant plus que Richard de Montivilliers, père de Guillaume, se trouvait être le fils de sa cousine germaine. — La nouvelle se répandit vite et fit sensation. La grande chambre « celée », c'est-à-dire au plafond orné, s'emplit de sergents, de dames, de demoiselles, « l'une en pliçon, l'autre en chemise », tant on avait hâte d'honorer la fille de l'Empereur :

7760 Tel joie s'est en eles mise
Que a paine les laist caucier *.
Li cuens, por la feste essaucier **

'*Qu'à peine les laisse chausser. — **accentuer.

> Fist en la sale grant feu faire ;
> Des cierges et du luminaire
> Sambloit que la maisons arsist *.
> Ains nus n'i reposa ne sist,
> Ançois dancent et font karoles.

L'hôtelier chez qui Guillaume était domestique s'était mêlé à la foule. A la fin il dit en riant : « Allons, Guillaume, il est temps de rentrer à la maison ; cependant, si cette belle demoiselle me prie que je vous laisse ici, pour lui frotter les pieds, j'y consens. » On se sépara tout en joie. Le comte et la comtesse firent faire, sous leurs yeux, à Aelis un lit comme il convenait à une fille d'Empereur. Le lit de Guillaume n'était pas loin...

> 7876   De Guilliaume ne de s'amie
> Ne sai or conment il lor fu,
> Car cil qui siet tranlant au fu **
> Se caufe volentiers de près.
> Et li lit sont si près à près
> Qu'il n'i a, je cuit, c'une plance.
> Seulement a .1. tor de hance
> Se puet ele glacier *** lés lui.
> Or les lairons 'atant mais hui.

Quand ils furent levés, vers tierce ****, le lendemain, le comte propose à son cousin de le faire chevalier.

> 7894   Les vallès mande par sa terre
> Tous cels qui de luí sont tenant.
> Qui or veut armes maintenant

---

* brúlât. — ** tremblant au feu. — *** elle peut, d'un seul tour de hanche, se glisser... — **** neuf heures du matin.

Viegne a la court et se li die :
Pour le conte de Normandie
Faire honour seront adoubé.

Après la cérémonie, il fut convenu qu'on irait en
Normandie, avec une retenue de deux cents chevaliers, pour installer Guillaume dans son héritage. La
comtesse de Saint-Gilles accompagna le cortège pendant un bout de chemin et se sépara de Guillaume
et d'Aelis en pleurant.

Le châtelain d' « Arches », la première place des
domaines de feu Richard de Montivilliers[1], jouait
aux dés, lui troisième de chevaliers, lorsqu'on vint
lui annoncer que l'héritier du comte Richard était sous
les murs. Il s'empressa de lui rendre ses devoirs : il
lui fit tradition de sa seigneurie « par une vergette
qu'il tint » ; messire Guillaume l'en revêtit ensuite
de nouveau ; ils s'embrassèrent avec effusion. Toute
la population d'Arches se porta à la rencontre du
suzerain légitime :

8140   ... « Vos savés bien pieça
        Que li bons quens Richars est mors.
        C'est damages, mais li confors
        Est mout trés biax et li restors...
8208   Diex ! Com est biaus et com est bele
        Et nostre sire et nostre dame ! »

Le jeune comte reçut le même excellent accueil

1. *Arches*, v. 8089, en rime avec *messages*. S'agit-il d'Arques,
comme il est dit à la p. xx et dans le Glossaire de l'édition ?
On aimerait mieux Pont-de-l'Arche (cf. v. 76), si cela était
possible.

dans toute la Normandie. A l'entrée dans Rouen,
l'archevêque embrassa Aelis, Guillaume, le comte
de Saint-Gilles ; il tint le frein du cheval d'Aelis. Il
y eut de grandes démonstrations de curiosité et de
joie, et de riches cadeaux réciproques. On disait que
messire Guillaume était son père tout « restoré »
(ressuscité). C'est alors qu'eurent lieu les noces des
deux amants. Enfin le comte de Saint-Gilles se dis-
posa à s'en retourner chez lui, non sans donner à son
cousin de sages avis politiques : « Méfiez-vous des
vilains... ».

> 8394   Fait il : « Cousins, or soiés sages,
>   Et s'amés mout tos vos norris *,
>   Ke princes est mout au larris **
>   Quant il çou [n']aime qu'amer doit...
>   Mors est li haus hon qui estruit ***
>   Vilain, que, quant il est deseure,
>   Jamais n'iert a repos nule eure
>   Qu'il ne pourquast **** anui et honte
>   A celui qui en haut l'amonte...
>   Soiés larges et debonaire
>   A ceus qui vo bon pere amerent.
>   Avés dont veü com il erent ?
>   Tel erent lié de vo venue,
>   S'il lor eüst desconeüe †
>   Ne honte fait en son vivant,
>   Ja, tant com il fuissent poissant,
>   N'eüssiés si en pais l'onor. »

Au départir des Provençaux et des Normands, Guillaume donna au comte l'anneau que l'escoufle avait
emporté.

* Vos nourris, vos hommes nobles. — ** dans l'embarras. —
*** pourvoit. — **** pourchasse. — † indignité.

Trois ans s'écoulèrent en paix. Le nouveau comte de Montivilliers était très généreux et très beau sous les armes :

> 8482 Plus bel tenoit par les enarmes
> L'escù devant lui en cantel
> Que dame ne fait son mantel
> Qui tient le nés el sebelin*...

La comtesse Aelis distribuait aussi tout ce qu'elle avait aux « franches dames » du pays. Et jamais il n'y avait de querelle entre les époux.

La renommée finit par apporter ces nouvelles jusqu'à Rome. Or, l'Empereur était mort depuis longtemps, et il n'avait pas eu de successeur. Dans l'Empire, au lieu d'un seigneur, il y en avait cent, ou plus. Alors les Romains se réunirent en parlement et procédèrent à l'élection de Guillaume. Une députation de Lombards se rendit à Montivilliers pour lui offrir la couronne. Il accepta, malgré la tristesse de ses vassaux, et partit. Aelis emmena de Normandie vingt demoiselles et Guillaume plus de deux cents chevaliers.

A Rome, capitale de l'Empire, réception incomparable. La dame de Gênes, mère de Guillaume, était présente, ainsi que le roi de Sicile. On avait jonché et tendu toute la ville. Les bourgeois avaient exposé aux fenêtres ce qu'ils avaient de plus précieux. Le cou-

---

* Il tenait mieux de côté, devant lui, l'écu par les poignées intérieures que dame ne fait son manteau qui tient le nez dans ses fourrures.

ronnement, par le pape, fut fixé à la Pentecôte, qui
tombait quinze jours plus tard. — L'auteur, visiblement fatigué par la description de tant de fêtes suc-
cessives, et qui a épuisé depuis longtemps les hyper-
boles et les lieux-communs usuels, n'insiste guère, si
ce n'est sur la toilette de l'Impératrice, et fait bien.
Il se contente de remarquer qu'on voyait partout des
jongleurs « traînant » les draps de soie et les her-
mines dont on leur avait fait cadeau, et que

> 9008   Li donois et li acointiers *
>   Des chevaliers et des puceles
>   I fist maintes amors noveles...

Par la suite, l'Empereur Guillaume et l'Impératrice Aelis régnèrent tranquillement, jusqu'à leur
mort. Mais nous en avons dit assez.

> 9048   Ne vous voel or[e] dire avant
>   Conment il esploitièrent puis.
>   Que jou ne sai u jou ne puis.
>   Pour ce, si l'estuet remanoir.

Dans une sorte de *post-scriptum*, l'auteur exprime
le vœu que son roman, avant d'être connu en France,
aille au comte de Hainaut, amateur éclairé, qui le
mettra « en autorité », c'est-à-dire à la mode.

> 0062   Hom m'a tant bien de li conté
>   Que jou ne voel que l'ait, s'il non.
>   Pour çou qu'il est de tel renon
>   Veul jou qu'il [l']ait tous premerains...
>   Et j'en ere a lui acointiés
>   S'il i ot cose qui li plaise **...

* Le flirt et la familiarité. — ** et cela me fera entrer en relations avec lui, s'il y a chose qui lui plaise.

Il craint pourtant que ce titre, l'*Escoufle,* n'effa-
rouche le bon comte. Ce « nom », qui est celui d'un
oiseau méprisé, déplaît, a déplu, peut déplaire. Mais
il faut bien que le roman s'appelle comme le conte
dont il est tiré. D'ailleurs, la rose naît d'une épine.
Tel, sous un titre malheureux, le récit des aventures
de Guillaume et d'Aelis :

> 9100   On fait par bien povre seurnon
>   A cort connoistre maint preudome.

La conclusion dernière, c'est l'exaltation de la
gentillesse, par quoi l'on arrive à tout. Ce roman est
pour les rois et pour les comtes. Nul ne pourrait
rester vilain qui l'aurait bien écouté :

> 9052   Mais nus hom ne porroit manoir
>   En vilenie longement,
>   Pour qu'il prestast entierement
>   A escouter cuer et oreilles
>   Cest roumant et les grans merveilles
>   Que cil dui fisent en enfance.

FLAMENCA

Le roman de *Flamenca* aurait disparu tout entier si le manuscrit mutilé de Carcassonne (xiii° siècle) qui en contient la plus grande partie avait été détruit, car il semble qu'il ait été peu lu et il n'a jamais été cité au moyen âge. Il est connu depuis 1838 par l'analyse qu'en donna Raynouard dans les *Notices et extraits des manuscrits*. M. P. Meyer en a publié la première édition, accompagnée d'une traduction, au début de sa carrière (*Le roman de Flamenca, publié d'après le manuscrit unique de Carcassonne*. Paris, 1865, in-8); il en a entrepris, plus tard, une seconde édition dont le t. Ier, qui contient le texte et un glossaire, a paru en 1901 chez Bouillon. « Je m'estime heureux, dit M. P. Meyer dans son *Avant-propos*, d'avoir pu, après trente-cinq ans, refaire l'œuvre principale de ma jeunesse, et j'ai l'espoir que la seconde édition, publiée dans de meilleures conditions que la première, sera plus digne d'un poème que je regarde comme l'un des joyaux de la littérature du moyen âge. » Sur cette seconde édition, voir A. Thomas dans le *Journal des Savants*, 1901, p. 363-374, et C. Chabaneau dans la *Revue des langues romanes*, XLV (1902), p. 5-43.

En 1865, M. P. Meyer était disposé à placer la date de la composition du poème « entre 1220 et 1250 ». M. Ch. Révillout a apporté, sur ce point, des observations nouvelles (*De la date possible du roman de Flamenca*, dans la *Revue des langues romanes*, VIII, 1875, p. 5-18)[1]. — L'auteur du roman a pris le soin singulier de dater tous les incidents de l'histoire de Flamenca d'après le calendrier liturgique d'une année où le dimanche de *Quasimodo* tombait la veille du 1ᵉʳ mai (ci-dessous, p. 152-157), c'est-à-dire d'une année où la fête de Pâques avait été célébrée le 23 avril. Or, de l'an mil au xivᵉ siècle, il n'y a eu que trois années dans ce cas : 1139, 1223, 1234. La première de ces dates ne convient pas, pour bien des raisons ; la seconde non plus, parce que l'auteur spécifie que, l'année qui suivit celle des amours de Guillaume et de Flamenca, Pâques tomba « de bonne heure » : or, en 1224, Pâques fut le 14 avril ; 1234 convient mieux car, en 1235, Pâques fut le 8 avril (quinze jours plus tôt qu'en 1234). D'autres circonstances chronologiques concourent d'ailleurs à établir que le poète a situé son récit dans le courant de l'année 1234. — Cela posé, il est plus que probable qu'il n'a pas écrit *avant* ni *longtemps après* 1234 ; et « il est bien difficile de ne pas croire qu'un tel choix aura été déterminé, soit par l'époque même des événements racontés dans le poème, soit par la coïncidence de l'année adoptée par le poète avec le temps où fut composée son œuvre ». Il y a en vérité bien peu de chances pour que le poète ait fixé, arbitrairement, la date de Pâques au 23 avril, « sauf à calculer, à l'aide d'un comput, la date de toutes les autres fêtes mobiles dont il avait besoin » : il avait vu, personnellement, s'écouler une année de ce type-là[2].

Quant au nom de l'auteur « nous ne devons pas espérer

---

1. Cf. *Romania*, V, p. 122.
2. Il subsistait un doute dans l'esprit de M. Révillout parce qu'il s'étonnait à bon droit que les indications du roman relatives au calendrier lunaire ne concordassent pas avec les phases de l'année 1234. Voir plus loin, pp. 160 et 173.

de le jamais connaître, à moins qu'on vienne à découvrir un manuscrit plus complet ». — Dès 1865 M. P. Meyer avait naturellement remarqué le hors-d'œuvre, d'allure très personnelle, mais énigmatique, que forment les vers 1722-1736 du poème ; mais il n'avait pas, en traduisant ce passage, serré le texte de très près et personne ne l'a expliqué depuis. Le voici. Il s'agit des bienfaits que Guillaume de Nevers faisait pleuvoir sur les jongleurs bons ou mauvais.

> Ben feir' [ait]al le seners d'Alga
> Si tan ben faire o pogues ;
> E pero, si dreitz corregues,
> Atertan li degra valer,
> Car volontier fa som poder,
> En passa poder ben soven ;
> Quar eu sai ben ques el despen
> En l'an cen ves en un jorn tan
> Com a de renda en tot l'an.
> Del sieu ben dir no m'antremet,
> Mais, si non fos pen Bernardet,
> De quem sap mal quar plus non l'ama,
> E nonperquan ges non s'en clama
> Ben pogra dir, senes mentir,
> Que lausan lui nom puesc fallir[1].

Est-ce, ici, Bernardet lui-même qui dit « Je » ? Qu'est-ce que Bernardet ? Et quel est ce seigneur d'*Alga* dont la fortune n'égalait pas la libéralité[2] ? C'est ce que

---

1. Le seigneur d'*Alga* en ferait bien autant, s'il pouvait ; pour être juste, il faudrait lui en savoir gré comme du fait, car volontiers il fait ce qu'il peut et va souvent au delà de son pouvoir. Car je sais bien cent fois par an il dépense ses revenus d'une année. Je ne mêle pas de faire son éloge, mais, n'était le cas de Bernardet, qu'il a tort de ne pas aimer davantage et qui pourtant ne se plaint pas, je pourrais bien dire, sans mentir, qu'en le louant on ne peut pas se tromper.

2. G. Chabaneau (*Revue des langues romanes*, 4e série, II,

l'on espère apprendre, s'il est possible de le savoir, dans
le tome II de la nouvelle édition, qui contiendra l'Introduction et une traduction revisée.

Quoi qu'il en soit de cette énigme, le roman contient
quelques autres indications incidentes sur celui qui l'a
écrit. Assurément il connaissait très bien Bourbon et les
environs de Bourbon (p. 164) et il s'intéressait fort à la
famille de Nevers (p. 152)[1]. Tout fait supposer qu'il
était jongleur de profession. Il était très lettré, car il cite
couramment Ovide, d'autres auteurs anciens, et plusieurs
romans français, depuis *Gui de Nanteuil* jusqu'à *Audigier*. Enfin il était extraordinairement au courant du
comput et des usages liturgiques, quoiqu'il n'ait en
aucune manière l'air d'avoir été un homme pieux,
croyant ou simplement révérencieux.

1888, p. 103) a proposé de reconnaître dans le seigneur d'Alga,
qui fut très probablement un des protecteurs de l'auteur de *Flamenca*, un membre de la maison de Roquefeuil, « car Alga,
château aujourd'hui détruit, mais dont les ruines sont impo-
santes, était le lieu principal de la seigneurie de Roquefeuil ».
Daude de Pradas a célébré deux frères de cette maison, une de
celles qui après la guerre des Albigeois se rallièrent avec éclat
aux Français du Nord : Raimon, qui fut le beau-père d'Hugues IV
de Rodez, et Arnaud, qui épousa Béatrice d'Anduze en 1228 et
dont le fils s'intitulait seigneur d'Alga en 1276. — *Alga* est
aujourd'hui Algues, dans la commune de Nant, arrondissement
de Millau (Aveyron).

1. Archambaut VI de Bourbon, qui vivait en 1234, avai
épousé Béatrice, fille de Dreu de Mello, connétable de France
(M.-A. Chazaud, *Étude de la chronologie des sires de Bourbon*.
Moulins, 1865, p. 200). Le comte de Nevers et de Forez, Guy IV,
avait épousé sa sœur, Mahaut de Bourbon, veuve en premières
noces du comte Hervé de Nevers. Le comte de Nevers était
donc le beau-frère d'Archambaut, qui l'appelle son frère dans
une charte de février 1234 (*Inventaire des Titres de Nevers*,
p. p. le comte de Soultrait. Nevers, 1873, in-4, p. 487).

L'anonyme qui a écrit *Flamenca*[1] avait beaucoup de
talent. On en jugera. Non seulement son œuvre est
unique dans ce qui reste de l'ancienne littérature provençale, mais elle domine sensiblement tout ce que nous
connaissons, dans le même genre, de l'ancienne littérature française. Combien y a-t-il, dans l'ancienne littérature française, d'œuvres de la longue haleine qui donnent
encore aujourd'hui l'impression d'être tout à fait libres,
fraîches, spirituelles et vivantes? Il y a dans *Flamenca* une
partie périssable — probablement celle où l'auteur esti-
mait qu'il avait le mieux réussi, — ces interminables
monologues de Guillaume, ornées de pointes, sur la méta-
physique et la psychologie de l'Amour ; mais le reste est
d'une simplicité toute moderne, et souvent exquise. Lorsqu'on pense qu'il s'en est fallu de peu qu'une œuvre
pareille se perdit, et que le genre des *novas*, dont *Flamenca* est presque le seul spécimen connu, fut très floris-
sant dans les pays provençaux à la fin du xiiᵉ et au commencement du xiiiᵉ siècle, on ne doute pas qu'il y ait
eu jadis bien des gens d'esprit qui ont passé sans laisser
de traces.

Pour l'histoire des sentiments et des mœurs vers l'avènement de Louis IX, le roman de Flamenca est, sans
contredit, une source incomparable.

Un jour le comte Gui de Nemours dit à ses conseillers : « J'ai longtemps désiré l'alliance de messire
Archambaut de Bourbon et voici qu'il me mande par

---

[1]. Ce titre a été donné par Raynouard. Comme les derniers
feuillets, le premier manque dans le ms. unique. Il est très possible que le titre ancien fût : « Guillaume de Nevers. »

son anneau qu'il épousera ma fille Flamenca, si je veux bien. D'autre part, le roi esclavon me fait savoir la même chose. Mais j'aime mieux que Flamenca soit châtelaine, et la voir quelquefois, que reine, et m'en séparer à jamais. » Les gens de Gui de Nemours approuvèrent, car « sire Archambaut vous serait plus utile, en cas de besoin, qu'un roi esclavon ou hongrois ». Madame de Nemours consentit. Et la demande d'Archambaut fut agréée.

A cette heureuse nouvelle, le sire de Bourbon décida de se mettre en route, dès le dimanche suivant, avec cent chevaliers et quatre cents écuyers :

84   « Nos tuit portarem un seinal,
       E l'escudier seran egal
       E de vestirs e de joven,
       De bons aips e d'e[n]senhamen.
       Armas de fer et entresein[z],
       Sellas e escutz de nou teinz,
       D'un semblan e d'una color,
       Portarem tut, e l'auriflor...
       .L. saumiers nos an ops...
       Non vol negus trotiers i an [1]. »

Le comte de Nemours, averti de la prochaine arrivée de son futur gendre, chargea son fils des préparatifs de la cour solennelle qu'il convenait de tenir à cette occasion : « N'épargne rien ; à qui te demandera

---

[1]. « Nous porterons tous même enseigne, et les écuyers seront égaux et de costume et de jeunesse, de bonnes manières et de courtoisie. Armes de fer et armoiries, selles et écus peints de neuf, d'un semblant et d'une couleur, nous porterons tous, et l'oriflamme... Il nous faudra cinquante bêtes de charge. Je ne veux pas que personne aille à pied. »

cent sous, donne dix marcs. » Il envoya des messagers
en tournée, avec des lettres, pour inviter tous ses amis
et faire paix ou trêve avec ses ennemis, afin que personne ne manquât à la fête. Tous les riches hommes
y vinrent en effet, de huit journées à la ronde, au
lendemain de la Pentecôte. Belle cour, riche et plénière. Jamais il n'y eut tant de vair et de gris, de
draps de soie et de laine aux foires de Lagny ou de
Provins. L'affluence fut telle que, la ville de Nemours étant pleine, on dressa des pavillons dans les
prairies d'alentour; il y en avait des jaunes, des
blancs, des rouges, plus de cinq cents; les aigles, sur
les pommes dorées au sommet des tentes, brillaient;
la plaine flamboyait au soleil. Toute une bande de
jongleurs était là, qui gagnaient tout ce qu'ils voulaient; pour recevoir, ils n'avaient qu'à demander.
On savait bien mieux vivre en ce temps-là qu'aujourd'hui.

Le dimanche, de bon matin, Archambaut était
déjà vêtu et chaussé quand le comte entra dans sa
chambre, le salua de la part de Flamenca, et le prit
par la main pour le conduire chez celle-ci. « Sire
Archambaut, dit le comte, voici votre épouse; s'il
vous plaît, prenez-la. » « Si elle ne s'y oppose pas,
dit Archambaut, je ne pris jamais rien si volontiers. »
La pucelle sourit et, s'adressant à son père: « Monseigneur, dit-elle, on voit bien que je suis à vous,
puisque vous me donnez si aisément; mais, puisqu'il
vous plaît, j'y consens. » Ces mots: « J'y consens »

plurent tant à Archambaut qu'il ne put se tenir de presser la main qu'on lui tendait.

Les noces furent célébrées. La messe de mariage et le repas qui suivit durèrent longtemps, au déplaisir d'Archambaut. Mais n'insistons pas. Cette nuit-là, Archambaut fit de Flamenca « dame nouvelle », car il était passé maître en cela ; elle ne se plaignit de rien et ne réclama pas. — Après huit jours de fêtes, la cour se sépara, mais Archambaut en réunit une autre chez lui, à Bourbon, encore plus magnifique. Tous sont mandés, tous y viendront. Chacun s'occupe de décorer les rues de tentures et de banquettes. D'énormes provisions sont accumulées : outardes, cygnes, perdrix, canards, chapons, oies, poules et paons, lapins, lièvres, chevreuils, cerfs, sangliers, ours, etc. Rien ne manque dans les hôtels : légumes, avoine et cire. Épices, encens, cannelle et poivre, girofle, macis, zédoaire, on en avait fait tant apporter qu'à tous les carrefours de la ville on en brûlait à plein chaudron : cela sentait aussi bon qu'à Montpellier lorsque les épiciers pilent leurs drogues, vers Noël. Cinq cents paires de vêtements, tous de pourpre à or battu, mille lances, mille écus, mille épées, mille hauberts, mille destriers en bon état sont préparés pour les jeunes gens qui recevront d'Archambaut les armes chevaleresques.

Le roi et la reine de France ne dédaignèrent pas d'honorer cette assemblée de leur présence. Ils arrivèrent la veille de la Saint-Jean, avec un cortège qui se déroulait sur plusieurs lieues de long. Il y eut de

11

gens qui ne furent pas contents que les dames ne
voulussent pas qu'on leur vînt faire la cour ; mais
elles étaient fatiguées à cause de la chaleur et de la
chevauchée. Toutefois, elles se remirent bientôt. A
l'heure de none* on servit ce qui convient un jour de
jeûne, des poissons, et les fruits de la saison, poires** et cerises. Le jour de la Saint-Jean, l'évêque
de Clermont chanta la grand'messe et prêcha sur
Notre-Seigneur qui aima Jean au point de l'appeler
« plus que prophète » ; il défendit ensuite, de par le
roi, que personne quittât la cour avant quinze jours :
telle serait la durée des fêtes. A la sortie de l'église,
le roi conduisit Flamenca jusqu'au palais, où le
manger était préparé. Salle immense, pleine de chevaliers, de dames, de demoiselles, de leurs gens, de
damoiseaux, de serviteurs, de jongleurs. Quand chacun se fut lavé et essuyé les mains avec des ser-
viettes de toile fine, tous s'assirent, les dames d'abord,
non pas sur des bancs, mais sur des coussins de
diaspre. Pour le menu, toutes les bonnes choses que
produisent l'air, la terre et les abîmes de la mer avaient
été mises à contribution. Il y en eut plus d'un, pourtant, qui se laissa pâtir sans profiter de ces bonnes
choses, ébloui par l'incomparable grâce de Flamenca.
Les femmes elles-mêmes admiraient la nouvelle dame
de Bourbon ; et quand les femmes admirent la beauté
d'une rivale, vous pouvez croire qu'elle est belle :
si elles avaient trouvé à redire, elles ne s'en seraient

* midi. — ** poires « de la Saint-Jean »

pas privées. Le repas terminé, on se lava de nouveau ; puis, suivant l'usage, on fit circuler le vin,
avant que les nappes fussent ôtées [1]. Après quoi, les
jongleurs se levèrent et firent de leur métier. Les
uns jouèrent de la harpe, les autres de la vielle, d'autres encore de la flûte, du fifre, de la gigue, de la
rote, de la cornemuse, du chalumeau, de la man-
dore, etc. Il y avait des bateleurs ou montreurs de
marionnettes, des faiseurs de tours et des acrobates.
Quiconque savait un nouvel air de vielle (*violadura*),
une chanson, un discort, un lai, se mettait en avant
de son mieux. Les conteurs tiraient parti de leur
répertoire : celui-ci contait de Priam, et celui-là de
Pyrame ; d'autres de la belle Hélène, d'Ulysse, d'Hector, d'Achille, d'Énée et de Didon la dolente, de
Lavinie, de Polynice, de Tydée et d'Étéocle,
d'Alexandre, de Cadmus, de Jason, de Narcisse, de
Pluton et d'Orphée, d'Héro et de Léandre, de Dédale
et d'Icare, de Goliath et de David, de Samson et de
Dalila, de Jules César qui passa tout seul la mer
sans invoquer Notre Seigneur et sans trembler, de la
Table Ronde et de Charlemagne, du valet de Nanteuil et d'Olivier de Verdun ; un autre enfin récitait

1. On lit ensuite :

588   Bels conseillers ab granz ventaillas
       Aportet hom davan cascu,
       Ques anc us non failli ad u ;
       Aqui s poc, quis vol, acoutrar.
« On apporta ensuite devant chacun de beaux coussins avec de
grands éventails (?) ; qui le voulut put s'appuyer. » Passage douteux.

la chanson de Marcabru. Et tout cela produisait un grand brouhaha dans la salle. — « Chevaliers, dit enfin le roi, lorsque les écuyers auront mangé, faites seller vos chevaux, et nous irons jouter dehors; mais, en attendant, la reine va donner le signal de la danse, avec Flamenca, ma douce amie, et moi-même j'y prendrai part :

> 720   Levas tut sus ; tragon s'en lai
> Aquist juglar per miei los des[1]. »

Chevaliers, dames et pucelles se prennent aussitôt par les mains. Deux cents jongleurs, bons joueurs de vielle, se placent deux par deux sur les bancs et viellent des airs de danse. Les dames font d'amoureuses feintes. On s'amuse comme en paradis. « Ce n'est pas tous les jours la Saint-Jean », comme dit Convoitise à Mesquinerie désolée de voir une fête si joyeuse.

Cependant les écuyers amènent les chevaux harnachés, couverts d'armoiries et de grelots. Les hommes s'arment et les dames s'asseoient aux fenêtres pour mieux voir ceux qui vont lutter pour l'amour d'elles.

Ce jour-là, sire Archambaut ne perdit pas son temps, car il arma de ses propres mains neuf cent quatre-vingt-dix-sept chevaliers, qui vinrent à pied au palais en chausses de soie « rouée »*. Le roi

---

* ornée de dessins en forme de roue.

1. « Levez-vous sus ; que ces jongleurs se retirent parmi les tables. »

leur donna pour étrenne de mettre toute leur peine
en amour, et prit part, de sa personne, à la joute. Il
avait fixé, au haut de sa lance, une manche qu'une
dame — je ne sais qui — lui avait donnée. La reine
en fut fort offensée, car elle pensa bien que cette
manche était un gage d'amour. Or, elle s'imagina
que l'objet aimé du roi son époux, c'était Flamenca,
et elle fit mander, sans délai, Archambaut. Elle dit
à Flamenca, qui était assise à côté d'elle : « Je parle-
rai à sire Archambaut, dame, s'il vous plaît. » Flamenca, ainsi congédiée, quitta la place et s'en alla à
la fenêtre voisine, jonchée de palmes et de jonc, où
la comtesse de Nevers était installée ; elle s'y fit un
coussin de son manteau et continua à regarder les
jouteurs, tandis que la reine confiait à Archambaut
ses craintes et ses soupçons. — Le sire de Bourbon
fut ému, sans être persuadé d'abord. Mais, comme
il conseillait à la reine de ne pas se laisser aller à la
jalousie, celle-ci secoua la tête : « Dites-vous que
vous ne serez pas jaloux aussi ? Par Dieu, vous le
serez, et non sans raison ! » Au fond, il était plus affecté qu'il ne le laissait paraître. Désormais, plus de
repos pour lui. Ah ! quel péché ! Archambaut a
contracté en cet instant un mal dont il ne guérira
plus que quand il aura sujet d'en souffrir !

Archambaut prit congé de la reine pour assister à
l'adoubement, par le roi, de Thibaut, comte de Blois,
et de quatre cents de ses cousins et parents. Mais il
était de très mauvaise humeur. « Fais sonner les
vêpres », dit-il à son écuyer. Les dames qui étaient

aux fenêtres furent très étonnées d'entendre les cloches : « Eh quoi ! s'écrièrent-elles, il n'est pas encore
none et on sonne déjà les vêpres ! nous ne partirons
pas d'ici avant la fin du tournoi. » Mais le roi donna
l'exemple. Il rentra au palais. Comme sage et bien
appris, il s'offrit à conduire Flamenca, dame de
céans. Après les vêpres, il la ramena pareillement
au château. La reine et Archambaut remarquèrent
qu'à l'aller et au retour il l'avait familièrement serrée
de très près (*la man el se,* « la main au sein »). Mais
ils se trompaient tous les deux : le roi n'aimait pas
Flamenca d'amour ; ce qu'il en faisait, lorsqu'il l'embrassait en public, c'était en l'honneur d'Archambaut ; il n'y entendait pas de mal. — La table du
souper était chargée de gaufres et de piment, de rôti,
de fruits, de beignets, de roses et de violettes fraîches,
de neige et de glace à rafraîchir le vin pour qu'il
n'empêchât pas de dormir. — Le lendemain, dès la
pointe du jour, les rues s'emplirent du tumulte des
adoubés de la veille. La tristesse d'Archambaut avait
augmenté. Cependant il ne laissa pas de dépenser
largement pendant tout le temps que dura la cour
et de reconduire gracieusement ses invités lorsqu'elle
se dispersa.

Désormais, le malheureux était jaloux. Ses compagnons se demandaient s'il avait perdu la tête. Il se
tordait les mains. Pour un peu, il aurait pleuré. Il
avait envie de battre sa femme ; mais il y avait trop
de dames autour d'elle. Alors il s'étendait sur un
banc, comme s'il avait eu mal au côté. Il serait

resté là, couché, toute la journée, s'il n'eût craint
le blâme du monde. Vraiment il est dans une mauvaise passe : il n'achève rien de ce qu'il commence ;
il entre, il sort ; il ne comprend plus rien ; souvent il
dit le *pater noster* du singe, c'est-à-dire qu'il ba-
fouille des choses que personne ne comprend: Il
peste, il bougonne. Il ne veut voir personne. S'il
vient un étranger, il fait l'homme affairé et siffle par
contenance, en marmottant: « Je ne sais à quoi
tient que je ne vous flanque dehors. » Il tortille sa
ceinture entre ses doigts et chantonne *tullururutau*.
Il regarde sa femme de côté. Pour que le fâcheux
s'en aille, il ordonne au domestique d'apporter l'eau
du laver, qui annonce le dîner. Et quand il n'en
peut plus : « Beau seigneur, dit-il, dînez-vous avec
nous ? Voilà le moment. Vous nous ferez plaisir. Et
vous pourrez faire votre cour *(domnejar)*. » Là-dessus
il fait la grimace des chiens, qui montrent les dents
sans rire.

Il se disait : « Comme elle aime la société ! Comme
elle est aimable pour les gens ! On voit bien qu'elle
n'est pas à moi. »

1094   « Las, caitiu, c'a mala fui natz !
         Si nom pose guardar una domna
         Mal levaria la coronna
         Qu'es de lonc Sant Peire de Roma...
         Li reina ben o sabia
         Quan mi dis que gelos seria...
         Car veramenz sui eu gelos
         Plus de null ome ques anc fos ;
         Los autres n'ai eu vencutz totz,
         E per bon dreg serai cogotz.

> Mais ja nom cal dire : « Serai »,
> Qu'ades o sui, que ben o sai ! [1] »

Il s'arrache les cheveux et la barbe, se mord les lèvres, grince des dents, frissonne, brûle et fait des yeux terribles à Flamenca. Il la menace de lui couper les cheveux : « A qui croyez-vous avoir affaire ? je sais autant de tours que vous. Par le Christ, les galants ne trouveront pas porte ouverte.

> 1157   Alas, caitiu, malaürat,
> Ar iest tu fols gelos affriz,
> Ro[i]nos, barbutz, espelofitz.
> Tiei pel son fer et irissat
> Que semblon Flamencha espinat
> E coa d'esquirol salvage.
> Aunit has tu e ton linage,
> Mais no m'en cal ; mais vol morir...
> Mais voil esser gelos proatz.
> Qu'esser suffrens escogossatz [2]... »

1. « Hélas, malheureux, que je suis né à male heure ! Si je ne puis garder une dame, je ne pourrais pas relever la colonne qui gît près de Saint-Pierre de Rome ! La reine savait bien ce qu'elle disait lorsqu'elle me prédit que je serais jaloux. Car vraiment je suis jaloux, plus qu'aucun homme qui fut jamais. Je l'emporte sur tous les autres, et sûrement je serai cocu. Que dis-je, « serai » ? Je le suis déjà, je le sais bien ». — La « colonne qui gît près de Saint-Pierre de Rome » est, paraît-il, l'obélisque qui est aujourd'hui dressé au milieu de la place de Saint-Pierre, mais qui, au moyen âge, était (couché) au centre du cirque de Caligula. M. Ant. Thomas, qui a proposé cette identification (*Journal des Savants*, 1901, p. 372), pense que l'auteur de *Flamenca* « devait avoir fait le pèlerinage de Rome, car l'idée d'introduire l'obélisque dans ce passage est si singulière qu'elle ne pouvait se présenter qu'à l'esprit d'un homme qui tenait à en parler *de visu* ». Il s'agit peut-être d'une expression proverbiale dont on ne connaît pas d'autre exemple.

2. Hélas, malheureux, te voilà fou de jalousie, rogneux,

Le bruit ne tarda pas à se répandre qu'Archambaut était jaloux. Dans toute l'Auvergne, on en fit des chansons, des sirventes, des *coblas,* des « sons », des estribots, des retroenches. Lui, pourtant, répondit à tous les donneurs d'avis qu'il ne connaissait qu'un seul moyen d'avoir la paix : c'était de surveiller sa femme de telle sorte que personne ne lui parlât hors de sa présence, non pas même le comte son père, sa mère, sa sœur, ou son frère Jocelin. La battre? Non, car les coups ne rendent pas les gens sages *(Batres non tol fol consire)*; mais on peut l'enfermer dans une tour, avec une ou deux servantes. « Que je sois pendu par la gueule si elle sort désormais sans moi. » — Le mal s'aggravait toujours. Archambaut en était venu à ne plus se laver la tête. Sa barbe ressemblait à une gerbe d'avoine mal faite; il en arrachait des touffes et mettait les poils dans sa bouche. On eût dit un chien enragé. « Qui est jaloux n'est pas bien sain » *(Qui es gelos non est ben sans)*.

La vie de Flamenca, en butte aux soupçons et aux menaces, était devenue cruelle. Elle fut, en effet, enfermée dans une tour, avec deux jeunes suivantes, Alis et Marguerite. Le jaloux rôdait autour et les espionnait en outre par un pertuis pratiqué dans le

---

barbu, ébouriffé. Tes poils sont rudes et hérissés ; ils font l'effet à Flamenca d'un buisson d'épine, d'une queue d'écureuil sauvage. Tu t'es honni, toi et ton lignage. Ça m'est égal ; j'aime mieux mourir... ; j'aime mieux être jaloux prouvé que cocu et complaisant. » — C. Chabaneau (l. c.) propose de lire, au v. 1161, *flamencha,* sans majuscule. *Flamencho* = toison.

mur de la cuisine. On passait aux trois recluses leurs aliments par une fenêtre, comme dans un réfectoire. Elles ne sortaient jamais que pour aller à l'église, les dimanches et jours de fêtes; et, là, Archambaut les forçait à se tenir dans un angle obscur, fermé par une épaisse cloison. Cette cloison, qui les cachait à tous les yeux, leur venait à la hauteur du menton. Au moment où l'on disait l'Évangile, elles se levaient, et alors, si le temps était clair, il était possible de les apercevoir; mais elles n'allaient pas à l'offertoire. Archambaut faisait venir le prêtre, et c'était lui qui donnait l'offrande. Il ne permettait jamais à Flamenca d'ôter son voile ni ses gants, de sorte que le prêtre lui-même ne la voyait jamais. Seul, le petit clerc qui lui apportait la paix à baiser aurait pu apercevoir son visage, s'il en avait eu envie. Après l'*Ite, missa est,* il fallait rentrer vitement:

> 1453 « Venes vos ne, venes vos ne,
> Qu'ieu m'anarai disnar dese;
> No m'i fassas, sius plas, estar[1]. »

Ainsi s'écoulèrent deux ans.

* *
* *

En ce temps-là il y avait, à Bourbon, des établissements où tous, gens du pays et étrangers, pouvaient prendre les bains très confortablement. Un

---

[1]. « Venez vous-en, venez vous-en ; je m'en vais dîner tout de suite ; ne me faites pas attendre, s'il vous plaît. »

écriteau, placé dans chaque bain, donnait les indications nécessaires. Pas de boiteux ni d'éclopé qui ne s'en retournât guéri, s'il n'abrégeait pas trop son séjour. On pouvait se baigner quand on voulait dès que l'on avait fait marché avec le patron d'un hôtel concessionnaire des sources. Dans chaque bain jaillissaient de l'eau chaude et de l'eau froide. Chacun était clos et couvert comme une maison, et il s'y trouvait des chambres tranquilles où l'on pouvait se reposer et se rafraîchir à son plaisir.

Le plus riche et le plus beau de ces établissements thermaux était celui de Pierre Gui (ou Guizo), voisin de la résidence d'Archambaut. Ce Pierre Gui, dont les bains étaient très propres et très bien installés, était un « ami » du sire de Bourbon, et il avait la pratique des gentilshommes. C'était chez lui qu'Archambaut menait sa femme lorsqu'il la voulait distraire. Mais, dans ces cas-là, avant qu'elle se fût déchaussée et déshabillée, il fouillait dans tous les coins; puis, tandis qu'elle prenait son bain, il restait en faction à la porte. Lorsque Flamenca voulait s'en aller, elle faisait tirer par ses suivantes la sonnette dont le cordon pendait dans la salle de bain. Archambaut se précipitait pour ouvrir et les accueillait toutes trois, ordinairement, par des reproches :

1518 « E cossi n'isses mais ugan ?
Donar vos cuidei de bon vi
Que m'a trames En Peire Gui,
Mas tot per iras m'en laissei...
Ar vejas s'aves ren estat !
Aranz degram esser disnat ;

Non laus baînares mais d'un an,
Aiso [us] convenc, si estaz tan
A l'autra ves con fezes ara [1]. »

Les jeunes suivantes étaient accortes et dévouées à leur maîtresse. « C'est notre faute, disait Marguerite; si le bain a duré si longtemps, c'est que nous nous sommes baignées, Alis et moi, après Madame. » — « Allons, c'est bon, répondait le jaloux en se rongeant les ongles; vous aimez l'eau plus que des oies. » — « Mais vous, messire, répliquait Alis en lui lançant un coup d'œil en dessous, vous l'aimez plus encore; vous vous baignez plus souvent et plus longtemps. » Et elle riait, car il était notoire qu'Archambaut ne s'était pas baigné depuis son mariage. Pour rien au monde il ne se serait fait couper non plus ses formidables moustaches qui lui donnaient l'apparence d'un Grec ou d'un Esclavon; il espérait que ces avantages en imposeraient aux galants.

Un chevalier accompli vivait alors en Bourgogne. Il était beau: le poil blond et frisé; le front blanc, haut, uni et large; les sourcils noirs et arqués, longs et épais; de grands yeux, noirs et riants; le nez droit, bien aligné, comme une tige d'arbalète; le visage

---

1. « Eh bien, est-ce cette année-ci que vous sortirez ? Je voulais vous donner du bon vin que messire Pierre Gui m'a envoyé, mais, par dépit, j'ai changé d'avis... Voyez le temps que vous êtes restées ! Nous devrions avoir déjà dîné. Vous n'irez plus au bain d'ici un an, je vous l'affirme, si y vous y traînez autant la prochaine fois qu'aujourd'hui. »

plein et coloré ; ses oreilles étaient bien faites, grandes,
fermes et vermeilles ; la bouche fine et amoureuse ;
le menton un peu fourchu, le col droit, les épaules
et la croupe larges, les muscles puissants, les genoux sans saillie, les pieds cambrés et nerveux. Il
avait étudié à Paris en France, où il avait appris assez
des sept arts pour ouvrir au besoin une école n'importe où. Lire et chanter à l'église, s'il lui plaisait, il
s'en acquittait mieux qu'aucun clerc. Son maître,
nommé Dominique, lui avait appris l'escrime de
telle sorte qu'il touchait toujours son homme. Il
était de très haute stature et il mouchait avec son
pied une chandelle fichée dans le mur fort au-dessus
de sa tête. — Son oncle, le duc de Bourgogne, l'avait
fait chevalier à l'âge de dix-sept ans et un jour. Il
avait des rentes bien assises, qu'il tenait du roi d'Angleterre, son cousin, du roi de France, de l'Empereur,
du duc de Bourgogne, du comte de Blois, etc. Il
avait mis tout son pourchas et sa fortune à fréquenter
les cours et à « servir ». Frère du comte Raoul de
Nevers, il se faisait appeler Guillaume, et son surnom
était « de Nevers ». — Ses goûts étaient ceux d'un
gentilhomme :

1699   Mout amet torneis e cembelz,
        Domnas e joc, canz e aucelz
        E cavalz, deport e solaz,
        E tot so qu'a pros home plaz[1].

---

1. Il aimait beaucoup les tournois et les joutes, les danses et
le jeu, les chiens et les oiseaux, et les chevaux, et tous les plaisirs
enfin qui conviennent à un prudhomme.

Enfin, il savait donner avec grâce. Les hôteliers avaient beau exagérer leurs prix pour le tromper, il leur donnait toujours plus qu'ils ne lui avaient demandé. Les grands profits qu'il faisait aux tournois passaient en magnificences et en cadeaux. Quoique pour les chansons, les lais, les descorts et les « vers », il fût aussi expert que le plus habile jongleur, il était le bienfaiteur de la corporation. Aux gens de sa suite, il ne promettait pas du pain et de l'eau, comme on fait à l'hôpital; ils vivaient richement à ses frais et, s'ils voulaient prendre deux ou trois mois de bon temps, ils n'avaient pas à se soucier de la dépense.

Il ne s'était pas encore mêlé d'amour, mais il avait lu les bons auteurs, et il savait, par conséquent, qu'il ne pouvait manquer de devenir bientôt amoureux, comme il convient à jeunesse. Il entendit parler de Flamenca, de ses perfections, de ses malheurs. Amour lui persuada de la choisir pour sa dame, et il n'en fallut pas davantage pour qu'il prît le chemin de Bourbon, ému d'espérances délicieuses.

Il était none lorsqu'ils arrivèrent à Bourbon, lui et ses damoiseaux. On lui indiqua, comme le meilleur, l'hôtel de Pierre Gui. Pierre Gui, le prudhomme, était assis à sa porte, sur le perron; lorsqu'il vit venir Guillaume, il se leva et salua poliment : « Nous avons de la place ici, dit-il, pour accommoder cent chevaliers, et, dussiez-vous rester dix ans, vous vous trouverez bien chez moi. » L'hôtesse, femme de Pierre Gui, s'appelait Mme Bellepille; elle ne ressemblait pas à la Raimberge du roman d'*Audigier*

[« borgne et teigneuse »] : c'était une dame de bonne mine, avenante et fine, qui parlait parfaitement bourguignon, français, allemand et breton. Elle vit du premier coup d'œil qu'elle avait affaire à un riche homme, s'empressa de demander son nom, et déploya aussitôt toutes ses amabilités professionnelles :

1916 « Sener, vos sias ben vengutz...
  Vos non es ges ancar disnat,
  E saïns es tot adobat.
  De fora venc vostr'ostes ara
  Per que non em disnat encara ;
  Pro i aura per vos e per nos
  S'avias neis mais compainos.
  Totz prps homes que saïns deissent
  Estai ab nos per covinent
  A tot lo meins lo prumier dia.
  Pois tota hora, s'il plazia. »
 — « Ben segrai vostra volontat
  E so qu'aves acostumat,
  So dis Guillems, mais tan vos plas. »
 — « Sener, merces. Donquas lavatz[1]. »

Après manger, Guillaume visita les chambres et en retint une — une très belle chambre à feu — dont les fenêtres donnaient sur la tour où vivait

1. « Seigneur, soyez le bienvenu... Vous n'avez pas encore dîné, et céans tout est préparé. Voici que votre hôte revient ; c'est lui que nous attendions pour commencer. Il y aura assez pour vous et pour nous, même si vous aviez plus de compagnons. Tout prudhomme qui descend ici demeure avec nous à tout le moins le premier jour, et le reste du temps, s'il lui plaît. » — « Je feraice que vous voudrez et ce que vous avez accoutumé, dit Guillaume, puisqu'il vous plaît ainsi. » — « Seigneur, merci. Donc lavez-vous. »

Flamenca. « C'est celle du comte Raoul [de Nevers],
dit l'hôte ; c'est là qu'il loge lorsqu'il vient à Bourbon ; mais nous ne l'avons pas vu depuis longtemps.
Ah ! monseigneur est bien changé ; depuis qu'il est
marié, il n'a plus lacé le heaume ni vêtu le haubert ;
il s'est retiré du monde ; ne l'avez-vous pas entendu
dire[1] ? » — « Hôte, j'en ai entendu parler ; mais j'ai
d'autres soucis, car je suis très malade, et les eaux d'ici
sont ma dernière ressource. » — « Tout ce qu'il vous
plaira, dit l'hôte, vous l'aurez. Nul n'est jamais venu
à nos bains sans s'en retourner guéri, en restant ici,
bien entendu, le temps qui est nécessaire. »

Lorsque l'hôte se fut retiré, Guillaume fit la leçon
à ses damoiseaux ; il leur ordonna de ne fournir aucun
renseignement sur son compte : « Vous direz que je
suis de Besançon. Vous mangerez avec l'hôte ; et ne
regardez pas à la dépense pour être bien traités. »

C'était le samedi de Pâques closes (après Pâques),
la saison où le rossignol accuse par ses chants ceux
qui n'ont cure d'aimer. Guillaume monologua dans
sa chambre. Des pensées telles que celle-ci traversèrent son cerveau : « Un amant doit avoir un cœur
de fer ; il doit être plus dur que l'aimant ; car

---

1. Il a été question plus haut (p. 141) de la comtesse de Nevers, qui avait assisté aux fêtes données à Bourbon. A cette
occasion, l'auteur lui avait consacré ces vers énigmatiques :

840   ... Non ac ges los cabels pers,
         An[s] son plus blon que non es aurs ;
         Mais so fon sos meillors thesaurs.

« Elle n'avait pas les cheveux foncés ; elle les avait plus blonds
que l'or ; mais c'était son meilleur trésor. »

d'*aimant,* ôtez un *i,* reste *amant* ; donc *aimant* est un composé, *amant, amour* sont des éléments simples. » Il rêva qu'il était transporté dans la tour de Flamenca. Puis, au matin, il se mit à la fenêtre, en chemise et en braies, et chaussa de belles bottines de Douai, en regardant la tour. Son damoiseau, jeune homme plus sage qu'une abeille, plus vif et plus actif qu'une belette ou une fourmi, lui apporta sa gonelle et un bassin plein d'eau ; Guillaume se lava, puis laça très élégamment ses manches avec une aiguillette d'argent. Par-dessus, une cape de soie noire. Et il essaya de se figurer la tournure qu'il aurait en sortant du bain, enchaperonné suivant l'usage.

Pierre Gui entra alors, et salua : « Bonjour, beau sire, lui dit-il, comme vous êtes matinal ! On ne dira pas la messe, aujourd'hui, avant une heure d'ici, car Madame doit y venir. » — « Bel hôte, répondit Guillaume en soupirant, allons toujours à l'église et prions ; puis nous irons nous promener, en attendant que les cloches sonnent. » Il prit dans sa malle une ceinture toute neuve, avec une boucle en argent, de fabrication française, et la présenta à son hôte. Celui-ci s'inclina, ravi, en déclarant qu'il aimait mieux cette boucle que si elle eût été en or.

Tous deux allèrent droit à l'église. Mais ils ne pensaient pas à la même chose : Guillaume était perdu dans ses pensées d'amour, et Pierre Gui pensait au bain que son client ne manquerait pas de prendre le lendemain. — Guillaume, agenouillé devant l'autel de saint Clément, pria dévotement Dieu, Notre-

Dame, saint Michel et tous les saints. Il récita deux ou trois *Pater* et une courte oraison que lui avait enseignée un saint ermite : celle des soixante-douze noms de Dieu, comme on les dit en hébreu, en grec et en latin, dont la vertu est puissante. Après quoi, il ouvrit un psautier et tomba sur les mots *Dilexi quoniam* (Ps. CXIV, 1), ce qui le remplit de joie : « Dieu sait ce que je veux », s'écria-t-il en fermant le livre. Quoiqu'il eût les yeux baissés, il ne laissa pas de regarder l'endroit où se tenait la dame. « Eia ! seigneur, lui dit son hôte à la sortie, vous savez bien vos prières. » Guillaume avoua qu'il savait lire son psautier, chanter les répons et dire les leçons du lectionnaire. « Si notre sire, reprit l'autre, était encore ce qu'il était jadis, il vous aurait bien accueilli ; mais, hélas ! la jalousie nous l'a perdu. » Ils traversèrent la place et s'en allèrent hors de la ville, dans un jardin. Guillaume s'installa au frais, sous un pommier fleuri. Le rossignol, joyeux du beau temps et de la verdure, prenait là ses ébats ; son chant plongea l'amoureux dans l'extase. L'hôte se dit : « Comme il est pâle ! Sûrement, c'est sa maladie. » — Mais le rossignol se tait. Les cloches sonnent. « Allons à la messe, il est temps. » L'hôte propose à Guillaume de le faire entrer dans le chœur ; il y avait lui-même sa place, sachant un peu lire et chanter. Guillaume, qui sait très bien lire et chanter, accepte avec empressement.

Ils retournent donc au moutier. Les gens qu'ils rencontraient en chemin leur disaient tous : « Dieu vous sauve » *(Deus vos sal)*, comme c'est l'habitude au temps pascal. Ils pénètrent dans le chœur, et Guillaume, par un pertuis, guette l'arrivée de Flamenca. — Tout le monde était déjà arrivé, et le troisième coup sonné, lorsque Archambaut parut, semblable à ces épouvantails que les montagnards font avec de vieux habits pour effrayer les sangliers. Près de lui, mais aussi loin que possible, marchait la belle Flamenca. Elle s'arrêta un instant sous le portail et s'inclina avec humilité. C'est alors que Guillaume de Nevers la vit pour la première fois, autant qu'on la pouvait voir. Lorsqu'elle entra dans son réduit, il détourna les yeux. Le prêtre dit : *Asperges me* ; Guillaume reprit au *Domine* et dit le verset tout entier comme il n'avait jamais été dit dans l'église de Bourbon. Le prêtre sortit du chœur, suivi d'un vilain qui portait l'eau bénite et se dirigea vers Archambaut, la main levée pour l'asperger le premier. A Guillaume revint tout le chant, et à son hôte, qui l'aidait ; mais cela ne l'empêcha pas d'avoir toujours l'œil au pertuis. Cependant le prêtre aspergeait à tour de bras Flamenca qui, pour mieux recevoir l'eau bénite, avait eu la précaution de découvrir sa chevelure à l'endroit de la raie. Elle était alors charmante, blanche et fine, avec ses cheveux brillants dans un rayon de soleil. Transporté à cette vue, Guillaume entonna le *Signum salutis*, et de manière à plaire à tous, car il avait la voix très claire. Mais l'officiant, revenu devant l'autel, disait à voix basse le *Confiteor* avec Nicolas, son clerc, qui pouvait bien avoir quatorze ans. A l'Évangile, la dame se leva et

Dieu voulut que la foule ne la cachât pas à son amant. Pour se signer, elle avait un peu baissé le bandeau *(musel)* qui lui couvrait le bas du visage, et du doigt elle retenait les attaches de son manteau. L'Évangile dit, elle se signa : Guillaume vit sa main nue et ressentit ce qu'éprouve un homme qui, se baignant dans une eau trop fraîche, et saisi par le froid au creux de l'estomac, n'a la force que de s'écrier : « *Oi, oi !* » On ne s'aperçut pas de son émoi, car il était encapuchonné ; mais, comme il ne se découvrit pas à l'Évangile, il donna bien à penser que la tête lui faisait mal. Il resta immobile jusqu'au moment où Nicolas lui donna la « paix ». Nicolas alla porter ensuite la paix à Flamenca en lui présentant un bréviaire. Quand elle baisa le livre, Guillaume aperçut sa bouche et se félicita d'aller si vite en besogne. Et dès que le petit clerc eut réintégré le chœur : « Ami, dit-il tout bas, en montrant du doigt le bréviaire, est-ce qu'il n'y a pas dans ce livre un calendrier ? car je voudrais bien savoir le jour où tombera le Pentecôte. » Nicolas lui passa le livre. Mais Guillaume ne s'intéressait guère à l'âge de la lune ni à l'épacte ; il feuilleta le manuscrit d'un bout à l'autre ; il aurait voulu baiser toutes les pages, pour une seule qui l'intéressait. « Clerc, dit-il, où donnez-vous la paix ? N'est-ce pas avec le psautier ? » — « Certainement », répondit Nicolas, et il montra l'endroit. Alors Guillaume baisa ce feuillet plus de mille fois et s'absorba dans une rêverie profonde jusqu'à l'*Ite, missa est.*

Tandis qu'Archambaut s'en allait, emmenant Flamenca et ses deux suivantes — toutes deux bonnes
à marier, car la plus jeune avait dépassé quinze ans, —
Guillaume attendit le prêtre qui avait commencé son
midi (office de sexte). Cet office terminé, il le salua
et l'invita à dîner. — Ce prêtre, dom Justin, n'était pas
un sot : il aimait la société des honnêtes gens ; il
accepta. Il accepta même de partager tous les jours les
repas d'un si aimable convive, à l'hôtel de Pierre Gui.

C'était la coutume du pays qu'au temps de Pâques,
après souper, on dansât et se divertît. Cette nuit-là,
on planta les mais. Dans la ville, les gens chantaient ;
dans les vergers, c'étaient les oiseaux. Mais l'hôte
conseilla à Guillaume de ne pas s'attarder dehors, à
cause du serein. Guillaume se coucha donc, et, de
nouveau, avant de s'endormir, il monologua sur
l'Amour : « Amour, amour, s'écria-t-il, aide-moi, ou
je sens que je m'en irai...

> 2697 Ieu m'en irai ; e on ? non sai ;
> Mais lai on tota li gens vai,
> En l'autre segle, per saber
> Si lai aves tant de poder[1]. »

Il s'endormit enfin et il rêva qu'il faisait sa déclaration à sa dame. Non seulement elle y répondait
sans colère, mais elle lui donnait des conseils sur la
manière d'entrer en relations avec elle, en dépit des

---

1. « Je m'en irai ; et où ? je ne sais pas ; mais là où tout le
monde va, dans l'autre monde, pour savoir si vous y avez autant
de pouvoir qu'en celui-ci. »

obstacles. Il fallait qu'il prît la place du petit clerc qui, chaque dimanche, venait offrir la paix : on pourrait se dire quelques mots. Il fallait qu'il fît creuser un passage secret dans la maison de Pierre Gui, entre sa chambre à lui et la salle de bain où elle avait quelquefois la permission d'aller... Il s'éveilla tout joyeux. Le soleil inondait sa chambre. Il ne négligea pas d'aller ouvrir la fenêtre avant de s'habiller. A le voir, on aurait bien reconnu un amoureux, car il était pâle, avec un cercle bleuâtre autour des yeux. Il venait de se laver les mains lorsque son hôte parut. Après les salutations : « Seigneur, dit Pierre Gui, ne voulez-vous pas prendre un peu de bonne absinthe ? Nous voici au mois de mai, et c'est le moment d'en boire. » Guillaume se fit donner sa coupe qui était grande (elle pesait cinq marcs d'argent), belle et niellée (la façon valait bien autant), et but ; puis, il l'offrit à son hôte :

3079   E dis : « Aisi beves oimais,
     Car l'aluisnes ne valra mais :
     E mout mi plas que vostre sia
     Aicist copa ques era mia[1]. »

L'hôte, stupéfait, commence à rire de joie, s'excuse et finalement accepte, en promettant de ne jamais se défaire de l'objet. Il donna la coupe à sa femme qui la remit précieusement dans son étui.

---

1. Et dit : « Buvez désormais là-dedans ; l'absinthe vous en paraîtra meilleure. Il me plaît mieux que cette coupe soit maintenant à vous qu'à moi. »

A l'église, pendant la messe, mêmes scènes que la
veille. Cette fois, sous le portail, Flamenca ôta son
gant et, soulevant son bandeau, cracha, ce qui fournit à son amant de nouvelles, occasions de la contempler. Guillaume aurait désiré que la messe se
composât tout entière d'Évangiles et d'*Agnus*, car
alors Flamenca se levait, et il l'apercevait. Lorsque
le moment fut venu de donner la paix : « Ami, dit-il
à Nicolas, je vais vous montrer le bon endroit pour
donner la paix : c'est au verset *Fiat pax in virtute*;
après, vous me rapporterez le livre. » Lorsque Flamenca se pencha pour baiser le livre, il observa de
loin que celui qui offrait la paix aurait le temps de
lui dire quelques mots. — En rentrant à l'hôtel, il
croisa des jeunes filles qui avaient déjà enlevé les
mais de la veille au soir et qui chantaient des devi-
nettes; elles passèrent devant lui en fredonnant une
calende de mai :

> 3236   ... *Cella domna ben aia*
>   *Que non fai languir son amic*
>   *Ni non tem gilos ni castic*
>   *Qu'il non an a son cavallier*
>   *Em bosc, em prat o en vergier*[1]...

Dès qu'il est rentré : « Seigneur, dit l'hôte, voulez-
vous voir les bains que j'ai fait préparer, hier soir, à
votre intention? » — « Pas aujourd'hui, répond Guil-

---

1. « Vive la dame qui ne fait pas languir son ami, qui ne
craint ni les jaloux ni le blâme, et va trouver son cavalier en bois,
en pré ou au jardin... »

laume[1]; mieux vaut attendre; je me baignerai au
moment favorable[2]. » Mais le curé arrive pour dîner.
Guillaume le prend en particulier. « Beau sire curé,
lui dit-il, je ne suis pas très bien portant pour le
moment; mais, Dieu merci, je suis riche. Je veux
que vous ayez du mien; un habit blanc, tout neuf,
fourré d'écureuil noir, et Nicolas, votre clerc et
votre neveu, en aura un doublé d'agneau blanc. » —
« Merci, seigneur; mais me croyez-vous homme à
vous dépouiller ainsi? Ce ne serait rien moins qu'un
vol qu'accepter cette robe sans l'avoir méritée. »
— « Seigneur, s'il vous plaît, vous la prendrez; et
quant à la mériter, n'y pensez pas : c'est déjà fait. »
Quand le prêtre eut emporté la robe, et le dîner fini,

---

1. Il ajoute (v. 3257) : « Car trop es sus en la kalenda ». Ce
que M. P. Meyer, dans sa première édition a traduit par :
« Nous sommes trop près de la calende ». Dans le glossaire de la
deuxième édition, on lit : « *Sus en la kalenda*, haut dans
(loin de) la calende ». Mais, au moment où Guillaume parle,
on n'était ni loin ni près de la calende, on était le jour de la
calende, puisqu'on était le 1er mai. Il semble que Guillaume dise :
« Je ne veux pas me baigner le jour de la calende... »; mais *sus*
n'est pas clair.

2. Guillaume ajoute (v. 3259) : « El luna sera dema nona ».
M. P. Meyer a traduit par : « C'est demain le neuvième jour
de la lune ». Mais, le 1er mai 1234, on n'était pas la veille du
neuvième jour de la lune : le premier jour de la lune tombant
le 3 mai, on était la veille du dernier jour de la lune précédente. — M. Révillout (*l. c.*, p. 17) a constaté la difficulté sans
la résoudre, ce qui l'a conduit à supposer que « l'auteur de *Flamenca*, si constamment exact sur le calendrier liturgique, cesse
de l'être lorsqu'il s'agit du calendrier lunaire ». — Cette supposition paraît, *a priori*, peu probable. Le malheur est que *nona*,
étant en rime, n'est pas plus facile à corriger qu'à comprendre.

Guillaume se reposa dans sa chambre, si c'est se reposer que trembler et suer d'angoisse, tressaillir,
bâiller, soupirer, s'évanouir. A la nuit close, il alla,
comme d'habitude, écouter le rossignol dans les bois,
ce qui lui fit plus de mal que de bien. Dans son lit,
il ratiocina une fois de plus sur l'amour, tira des plans
et rêva de son amie : on rêve souvent ce que l'on désire quand on s'endort en y pensant.

Le lendemain n'étant pas jour de fête, la messe
était de bonne heure. Guillaume y assista, puis se
rendit aux bains, qu'il visita soigneusement en vue
de ses projets. — Le sol était d'un calcaire si tendre
que l'on y pouvait graver son nom au couteau, sans
marteau. Guillaume nota l'endroit où il ferait aboutir
son souterrain.

Il sortit du bain amolli, fatigué. Il mangea ce
jour-là, lui cinquième, dans sa chambre, avec le curé,
le clerc Nicolas, Pierre Gui et Mme Bellepille, l'hôtesse. Il avait résolu d'offrir à cette personne, qu'il
importait de mettre dans ses intérêts, une pièce de
pourpre écarlate, toute semée d'étoiles d'or, avec une
fourrure de Cambrai, neuve, qui valait bien quatre
marcs et plus : « Dame, dit-il, je veux que vous vous
fassiez faire de ce drap un manteau d'été et un bliaut;
et si Dieu veut que je guérisse de la douleur que je
ressens, vous en aurez autant chaque année; prenez
ceci à titres d'arrhes. » Jamais l'hôte ni l'hôtesse
n'avaient vu un client si généreux : en trois jours, il
leur avait déjà donné plus de trente marcs. Dans
l'effusion de sa reconnaissance, dame Bellepille fut

amenée à proposer justement ce que Guillaume
attendait d'elle : « Si vous n'êtes pas assez tranquille,
dites-le ; nous avons ici d'autres maisons et nous dé-
ménagerons, s'il vous plaît, jusqu'à ce qu'il vous
convienne de nous faire revenir. » — « On voit bien,
madame, que vous savez ce qu'un malade désire !
J'accepte, car j'ai besoin de solitude pour pouvoir,
sans fausse honte, gémir et rester au coin du feu. »
— « Dès demain, nos domestiques iront balayer une
autre de nos maisons ; nous aurons vidé les lieux dans
deux jours. » — « Et maintenant, ajouta Guillaume,
il ne me reste plus qu'à me faire tonsurer par dom
Justin. J'ai eu le tort de laisser pousser mes cheveux ;
mais je suis chanoine de Péronne, et, Dieu merci, je sais
mes offices ; je les repasserai, du reste, avec monsieur
le curé. » Tout le monde pleura en voyant tomber ces
beaux cheveux blonds, pareils aux feuilles d'or qu'on
bat à Montpellier. Cependant Nicolas tint le bassin, et
dom Justin, jouant des ciseaux, dessina sur la tête de
Guillaume une grande et large couronne. Les mèches
coupées, dame Bellepille se garda bien de les jeter au
feu ; elle les mit dans un sachet pour en tresser des
attaches de manteau. Nouveau cadeau au curé, cette
fois d'un beau hanap doré sans pied, de quatre marcs :
« Prenez-le, insista Guillaume, car autrement vous
perdriez mon amitié. » — « C'est donc pour ne pas
la perdre, dit le curé, et pour vous plaire. »

« En quoi puis-je vous servir ? » ajouta-t-il, « je suis
prêt à tout pour vous être agréable ; vous n'avez qu'à
parler. » — « Eh bien ! prenez-moi pour votre clerc.

M'est avis que Nicolas, qui est un gentil garçon, s'en
aille à Paris pour apprendre. Je lui donnerai quatre
marcs d'or (les voici) et ses habits (voici douze marcs
d'argent pour les habits), chaque année. » La joie du
curé fut telle que, d'abord, il ne put que s'écrier :
« Oi! » Quand il fut revenu à lui :

3650   « Bel séner benaüratz,
      Cel jorn que primas fom essems
      Sie benezectes totz tems !
      Car de mais re tan nom dolia
      Mas car mos neps aici perdia
      De son apenre ial sazon.
      Aicil vos ret, aicil vos don
      Que tos temps sia vostre sers.
      For[t] ben sap far letras e vers [1]... »

« Et quant à devenir mon clerc, vous êtes et vous
serez le maître; vous ferez ce qu'il vous plaira. » —
« Promettez-moi de me traiter en petit clerc. Je veux
servir très humblement et vous et Dieu. Ne m'é-
pargnez aucun service, pourvu qu'il me reste le
temps de dire mon office canonial. Faites-moi tailler
une chape ronde, large et profonde, de soie noire, de
drap gris ou de galebrun. J'en ai assez du tumulte
des cours. Le monde n'est que dérision. Celui qui
s'y croit le plus riche est le plus pauvre, au soir de
la vie... » — Les damoiseaux de Guillaume, qui pre-
naient la chose au sérieux, étaient dans la désolation.

1. « Beau seigneur bienheuré, que le jour où nous nous
sommes rencontrés soit béni à jamais ! Car rien ne me faisait
tant de peine que de voir mon neveu perdre ici l'occasion de
s'instruire. Je vous le rends, je vous le donne, pour qu'il soit
toujours votre serf. Il sait déjà faire lettres et vers... »

Ils se disaient : « S'il en réchappe, monseigneur sera donc bonhomme ; il ne lui manque plus que l'habit pour avoir l'air d'un chartreux ou d'un cistercien. »

Lorsqu'il fut seul dans l'hôtel, Guillaume fit venir secrètement des ouvriers de Châtillon[1] pour creuser le souterrain, et, Nicolas parti, il prit ses fonctions à l'église. Dom Justin était transporté d'avoir un clerc pareil qui l'habillait, le nourrissait et le servait comme un pénitent. Il n'était pas nécessaire de lui frotter l'échine, à celui-là, ou de lui enfoncer les ongles dans la paume des mains, car il en savait, comme on dit, plus long que son curé. — D'abord, Guillaume fut assez gêné par sa chape et la portait un peu retroussée, car il était toujours sur le point de mettre son poing sur sa hanche à la façon des gentilshommes, mais il en vint à circuler en ville sans se soucier de la boue et de la poussière, et sans embarras, quoique les baigneurs venus de France, de Bourgogne, de Flandre, de Champagne, de Normandie et de Bretagne fussent alors très nombreux. — Oh ! comme l'Amour est puissant !

> 3808   Amors l'a fag tondre e raire
> Amors l'a fag mudar sos draps ;
> Aï, Amors, Amors, quant saps !
> E quis pessera ques tondes
> Guillems por tal que domnejes ?
> Cant autr'amador s'acomplisson
> Es genson e s'afifolisson

1. Châtillon, arrondissement de Moulins (Allier), à quatre lieues de Bourbon-l'Archambault.

É pesson de bels garnimens,
De cavals e de vestimens,
Fraire Guillems s'apalaris,
É per si dons a Dieu servis[1].

Le dimanche, après matines, dom Justin conduisit
Guillaume dans la chambrette de Nicolas, près du clo-
cher, jonchée de jonc et de roseaux, afin qu'il y prît
quelque repos. Puis Guillaume se fit apporter par le
bedeau, nommé Vidal, de l'eau et du sel, pour fabriquer de l'eau bénite. Ils dirent ensuite prime et
tierce, le curé et lui. Enfin, il eut à servir la messe.
Il la savait par cœur. Le curé ne prêcha pas et n'annonça aucune fête pour la semaine. A l'*Agnus Dei*,
Guillaume fit valoir toute l'étendue de son organe.
Alors il reçut la paix, comme de juste, et la passa à
son hôte, qui se tenait dans le chœur. La paix circule
dans l'église. Mais le voilà devant sa dame, au moment où elle baise le psautier qu'il lui présente.
Éperdu, il ne trouva qu'un seul mot à dire, et le pro-
nonça tout bas, en soupirant : « *Hai las!* » (Hélas!).
Voilà comme on est quand on aime.

Tandis que le curé récitait ses grâces et qu'Archambaut, hérissé comme ces diables que font les
peintres, emmenait Flamenca, le nouveau clerc plia
les ornements et serra le calice et la patène. Mais il

---

1. Amour l'a fait tonsurer et raser. Amour l'a fait se déguiser. Aï! Amour, Amour, que tu es fort! Qui eût jamais pensé
que Guillaume se fût fait tondre pour mieux flirter? Alors que
les autres amoureux se parent, s'enrubannent et ne pensent
qu'à se faire beaux et à se montrer à cheval, frère Guillaume
fait le patarin et sert Dieu pour sa dame.

était désolé. Flamenca l'avait-elle entendu? Son bandeau, qui lui couvrait les oreilles, à la mode du temps, l'en avait sans doute empêchée. Maudit soit celui qui inventa les bandeaux, pour empêcher de voir et d'entendre! Guillaume passa par de cruelles alternatives d'espérance et de désespoir.

Flamenca avait bien entendu. Lorsque Archambaut, suivant sa coutume, quitta la tour après son dîner, elle s'abandonna de son côté aux plus tristes réflexions. *Hé, las!* pensa-t-elle; ce serait plutôt à moi de dire: *Hé, lasse!* Car je suis trop malheureuse:

4169   « Bem fora melz esclava los
       Ab Erminis o ab Grifos,
       En Corsega o en Sardeina,
       E que tires peira o leina,
       Car ren pejurar nom pogra,
       S'agres neis rivala e sogra[1]. »

Elle confia à ses suivantes ce que le clerc lui avait dit. Elles ne furent pas d'avis qu'il eût entendu vilainie: du reste, ce nouveau clerc lisait et chantait bien, et il avait, à leur avis, tout l'air d'un gentilhomme: « C'est sans doute un amoureux qui a choisi ce moyen d'entrer en rapports avec vous. » Elles conseillent de répondre. Flamenca y consent et développe,

---

1. Mieux vaudrait que je fusse esclave chez les Arméniens ou les Grecs, en Corse ou en Sardaigne, tirer des pierres ou du bois; car rien ne pourrait empirer mon sort, eussé-je même... une belle-mère. » *Rivala* (== rivale?), exemple unique en provençal du xiiiᵉ siècle; mot douteux.

à cette occasion, des règles de conduite générales :
il convient que les paroles d'une dame n'excitent pas
l'espérance d'abord, mais qu'elles ne fassent pas déses-
pérer non plus. Lorsqu'une dame s'aperçoit qu'elle
est aimée loyalement, il ne faut pas qu'elle résiste à
l'inclination de son cœur ou qu'elle laisse languir son
ami trop longtemps. Il n'est pas en ce monde de
vipère que l'on ne puisse apprivoiser en employant la
douceur ; elle serait donc pire qu'aucune des créatures,
la dame qui résisterait à Amour et à Merci.

Alors un dialogue s'engagea entre Flamenca et
Guillaume. Ils ne pouvaient se dire qu'un mot ou deux
chaque dimanche ; mais cela suffit. Guillaume avait
engagé la conversation en disant *Ai las* (Hélas !) ;
Flamenca, huit jours plus tard, murmura : *Que plans ?*
(De quoi vous plaignez-vous ?). Ce *Que plans ?* plongea Guillaume dans un ravissement indicible, qui se
traduisit par une insomnie, laquelle lui fournit l'occasion de jongler encore avec les subtilités de la rhé-
torique amoureuse ; il passa le temps à faire dialoguer
entre eux ses yeux, ses oreilles, sa bouche et son
cœur. Quant à Flamenca, elle se demandait à son
tour si le clerc avait entendu sa réponse : « Alis,
dit-elle pour s'en éclaircir, faites semblant de me
présenter la paix avec ce gros livre :

4477   « Pren lo romanz de Blancaflor. »
      Alis si leva tost, e cor
      Vas una taula on estava
      Cel romans ab qu'il mandava
      Qu'il dones pas, e pois s'en ven
      A si dons, c'a penas si ten

De rire quan vi ques Alis
A contrafar ap pauc non ris.
Lo romanz ausa davaus destre
E fal biaissar a senestre,
E quant fes parer quel baises
Il dis : « Que plans ? » et en apres
A demandat : « Et ausist o ? »
— « Hoc, dona, ben, s'en aquest to
O dissest oi, ben o auzi
Cel quem fai parlar cest lati[1]. »

La semaine suivante, Guillaume dit : *Mor mi* (je me meurs). Ce jour-là, Flamenca, prétextant une migraine, envoya promener Archambaut à l'heure du dîner. Et comme il protestait :

4527   ... « Aitan gasaina
Qui es gelos ni ennujos
E malastrucs aisi com vos[2]. »

Le jaloux mugissait comme un taureau :

4583   E dis : « Qu'en faitz ? ses mellurada ?
Ben garretz quant seres disnada. »
— « Sener, so respon Margarida
Ben agra obs mieilz [fos] garida » ;
E fail de la lenga bossi.
Cascuna en som poin s'en ri[3].

1. « Prends le roman de *Blanchefleur*. » Alis se lève et court à une table où était le roman avec lequel on lui demandait d'offrir la paix ; et puis elle vint vers sa dame qui se tint à peine de rire quand elle vit Alis qui gardait difficilement son sérieux. Elle haussa le livre vers la droite, elle le fit baisser à gauche, et lorsqu'elle fit semblant de baiser, dit : « *Que plans ?* » Puis : « Eh bien, avez-vous entendu ? » — « Oui, madame, si vous avez dit cela sur ce ton, il vous a bien entendu. »

2. « Voilà tout ce que mérite qui est jaloux et ennuyeux et malôtru comme vous. »

3. Et dit : « Que faites-vous ? Est-ce que ça va mieux ? Vous

Nouveau, et interminable, monologue de Guillaume. Pendant la semaine, des terrassiers achevèrent
le passage souterrain. A la messe du dimanche, on lui
répondit : *De que ?* (De quoi ?). « Ah ! Madame,
disait Alis, qu'il est bien, et qu'il est instruit ! »
L'instruction est une belle chose :

4809 « … Trop ne val meins totz rix hom
   Si non sap letras queacom.
   E dona es trop melz aibida
   S'es de letras un pauc garnida…
   Ja hom que letras non saupes
   D'aiso nos fora entrames [1]. »

Comme l'Ascension tombait le jeudi suivant, le
délai ordinaire fut abrégé. Le jour des Rogations, à
tierce, Guillaume, en donnant la paix, dit à Flamenca : *D'amor* (D'amour). Le dimanche, elle répondit : *Per cui ?* (Pour qui ?). Le jour de la Pentecôte,
Guillaume répliqua : *Per vos* (Pour vous). A quoi
Alis conseilla de répondre par une parole ambiguë,
ce qui fut fait : *Qu'en puesc !* (Qu'y puis-je ?), dit
Flamenca. « Comme elle a de l'esprit, pensa Guillaume. Beau sire Dieu, je donnerais aux églises et
aux ponts toutes les rentes que j'ai en France si vous
me laissiez avoir ma dame, et je vous dispenserais de
ma place au paradis. » A l'octave de la Pentecôte, jour

serez guéri quand vous aurez dîné. » — « Seigneur, répond
Marguerite, elle aurait besoin de mieux pour guérir. » Et elle
lui tire la langue, et chacune en rit sous cape.

1. « Riche homme qui n'est pas un peu lettré en vaut moins.
Et dame aussi n'en vaut que mieux si elle a quelques lettres…
Un homme sans lettres n'aurait pas imaginé tout cela… »

de la Saint-Barnabé, il dit : *Garir* (Guérir). Le samedi, jour de la Saint-Jean, elle riposta : *Consi ?* (Comment ?), et, en prenant le psautier, elle lui effleura les doigts pour la première fois. — Le dimanche, lendemain de la Saint-Jean, il dit : *Per gein* (Par engin). — Ses demoiselles conseillèrent à Flamenca de faire enfin la réponse décisive : *Pren le* (Prends-le). Ce disant, Alis éternua, et c'était signe de bon augure. — Cependant Flamenca hésite : « N'y a-t-il pas déshonneur à consentir si promptement ? »

> 5257   « Domna, ja nous er deisonors,
>   So dis Alis, s'o vol Amors...
>   Pero sens es e non follors
>   Zo qu'Amors[1] vol, et ai n'auctors
>   Totz los adreitz el[s] gais els pros,
>   E celz cui non amon gilos ;
>   E non sai tan fort melanconi
>   Nom portes d'aiso testimoni,
>   Neis mosener, s'a plag tornava
>   Ni las rasons hom li contava[2]. »

Le 29 juin, jour des Apôtres Pierre et Paul, Flamenca regarda Guillaume en face et lui dit : « Prends-le. » Le soir, Guillaume dîna joyeusement avec ses convives ordinaires et annonça à son hôte que, comme

---

1. Éd. : Zo que sens...

2. « Dame, il n'y a point déshonneur, dit Alis, à ce que veut Amour... C'est sens, et non folie, ce qu'Amour veut ; j'en ai pour garants tous les adroits, les gais, les preux, et ceux qui n'aiment pas les jaloux. Et je ne connais pas de mélancolique qui n'en portât témoignage, même Monseigneur [Archambaut], s'il avait à trancher la question et qu'on lui exposât des raisons. »

il allait beaucoup mieux, il ne voulait plus se pri-
ver de compagnie : Pierre Gui et Mme Bellepille
pouvaient rentrer à leur ancien domicile. — La première fois qu'il vit sa dame à l'église, ils se regardèrent
tendrement et Guillaume dit : *Pres l'ai* (Je l'ai pris).
Plus d'un mois fut encore nécessaire pour l'échange
des mots suivants : *E qual* (Et quel ?). — *Iretz*
(Vous irez). — *Es on ?* (Et où ?). — *Als banz* (Aux
bains). — *Cora ?* (Quand ?). — *Jorn breu* (Bientôt).
— Mais elle hésitait toujours, malgré les conseils
empressés de ses suivantes :

5557 « Paors mi castia em menassa
E dis mi que ja ren non fassa
Que monsegner nos teng' a joc,
Car s'o fas, metra m'en un fuec.
Vergonam dis quem gart de blasme
Dont tota gens aprop mi blasme.
Daus l'autra part som dis Amors
Ques anc Vergoina ni Paors
Nos feiron bon cor ni faran,
E non a cor de fin aman
S'il tol vergoina ni temensa
De far tot so qu'al cor agensa...
E s'Amors pert en mi sos fieus
L'anta er soa el dans mieus,
Car lo fieus es [en]corregutz
S'a tems non es le cens rendutz...

5591 Et eu conosc ben que vers es
C'Amors a en las domnas ces...
Al trezen an querrel comensa,
E si neguna s'en bistensa
Que noil pague tro al setzen,
Lo fieu ne pert, si per merce
Amors hom pert lo ces avan.
E si passo .XXI. an

> Que non aia sivals pagat
> Lo ters ol quart o la meitat,
> Jamais non aura fieu entier
> Mas, a lei d'estrain soudadier,
> Estara pueis ab la mainada... [1] »

Elle prit enfin son parti :

5647   « Respondrai : Plas mi, a desliure,
> Car ben vei qu'estiers nom puesc viure[2]. »

A ces mots, elle s'évanouit. Archambaut, qui n'était pas loin, accourut et lui jeta de l'eau fraîche à la figure : « Je suis malade, déclara-t-elle ; j'ai besoin d'un médecin. » — « Cela passerait, dit Archambaut, si vous mangiez tous les jours un petit morceau de noix muscade. » — « En pareil cas, les bains m'ont déjà réussi ; je voudrais bien me baigner mercredi, s'il vous plaît, car la nouvelle lune commence, et bientôt

1. « Peur m'admoneste et me menace et me dit de ne rien faire que Monseigneur ne tienne à jeu ; car il me ferait brûler. Vergogne me dit que je me garde de m'attirer le blâme du monde. D'autre part, Amour me dit que Vergogne ni Peur n'ont jamais fait un cœur vaillant et que qui se laisse détourner par la pudeur et la crainte de suivre les mouvements de son cœur n'aime pas véritablement... Si Amour perd en moi son fief, il en aura l'affront, mais j'en aurai le dommage, car le fief est confisqué si le cens n'est pas rendu à temps... Et je sais bien qu'il est vrai qu'Amour a des droits sur les dames... Il commence à les réclamer à treize ans, et si une dame retarde le payement jusqu'à seize ans, elle perd son fief, à moins qu'Amour ne consente à allonger le délai. Et si elle passe vingt et un ans sans avoir payé au moins le tiers, le quart ou la moitié, elle n'aura jamais fief entier, mais elle sera reléguée, comme les mercenaires étrangers, avec la domesticité. »

2. « Je répondrai nettement : « Je le veux bien », car je vois que je ne pourrais vivre autrement. »

elle sera en cours[1]. » — « Dame, j'y consens : baignez-vous ; ne vous en privez pas. Faites aussi brûler des cierges en l'honneur des saints, et particulièrement de saint Pierre, dont la fête tombe mardi[2]. » Et il s'en alla chez Pierre Gui pour faire préparer les bains.

Guillaume, qui avait recueilli des lèvres de Flamenca les monosyllabes : *Plas mi* — la manière la plus gracieuse de dire oui — entendit Pierre Gui,

1. La raison que donne Flamenca pour justifier son désir de se baigner le mercredi suivant est (v. 5683) : « *Quel luna es a recontorn.* » Dans sa 1re édition, M. P. Meyer a traduit : « La lune est à son dernier quartier » ; et le Glossaire de la 2e édition montre qu'il a persisté dans cette interprétation. Mais c'est le dimanche 30 juillet que Flamenca demande à se baigner le mercredi (2 août). Or le 1er jour de la nouvelle lune tomba justement, cette année là, le 30 juillet. M. C. Chabaneau (*l. c.*, p. 30), qui n'a pas pensé à s'informer des circonstances astronomiques de l'année 1234, a cependant douté, pour d'autres raisons, que *a recontorn* signifiât « en décours » ; il propose « à recontourne », « le temps où la lune commence à reprendre son contour », et pense au premier quartier. — Flamenca ajoute (v. 5684) : « *Mas quan seran passat. III. jorn — E il sera del tot fermada...* », c'est-à-dire : « Mais lorsque trois jours seront passés et que la lune sera tout à fait... » M. P. Meyer traduit dubitativement *fermada* par « plongée dans l'obscurité », invisible. M. Chabaneau propose *formada*, « formée ». Mais la lune n'est pas « formée » en trois jours : il semble que *fermada* convienne, avec son sens ordinaire « affermie, fixée », *settled*, c'est-à-dire, dans l'espèce, en cours.

Il est dit plus loin (v. 5710) que, si Flamenca ne veut se baigner que le mercredi, c'est « à cause de la lune ». Faut-il croire que le premier jour de la lunaison passait alors pour défavorable, conformément à une superstition populaire qui a été très répandue ? Cf. p. 160, note 2.

2. La Saint-Pierre ès liens, 1er août.

affairé, qui donnait des ordres à ses garçons : « La-
vez soigneusement les bains ; renouvelez-y l'eau ;
Madame doit se baigner mercredi. » Le mercredi, au
point du jour, les deux donzelles étaient déjà prêtes,
avec les bassins, les onguents et tout ce qui était utile
pour le bain de leur maîtresse. Sire Archambaut se
leva et conduisit, par le poing, Flamenca à son ami.
Dans les bains il fureta partout, comme d'habitude,
ne vit rien et se retira. Alis et Marguerite barrèrent
la porte derrière lui : « Je ne me déshabillerai point,
dit Flamenca, car je ne suis pas venue ici pour me
baigner. »

A ce moment Guillaume souleva la pierre qui fer-
mait son souterrain, et apparut, une chandelle à la
main.

> 5822   Camis'e bragas ac de tela
> De Rens, ben feita e sotil
> E per corduras e per fil.
> Blisaut portet de cisclaton
> Ben fait e fronzit per razon
> E tiran per lai on si ten ;
> Et estet li mout avinen
> Li corregeta don s'estrein..,
> Caussas hac de pali am flors
> Obradas de mantas colors.
> Tan ben e tan gen si causseron
> Que disseras c'ab el nasqueron.
> Un capell lini ben cosut
> Ab seda, e moscat menut,
> Ac en son cap, non per calar
> La corona, mais per garar
> Sas pels de la cauz qu'es el trauc. [1]

1. Sa chemise et ses braies étaient en fine toile de Reims.

Il salua. — Maintenant, sire Archambaut peut, s'il veut, danser sous le frêne. Ce n'est pas pour lui que Flamenca se privera de « faire un ami ». — Guillaume invita ces dames à passer dans ses appartements, en traversant le souterrain. — La chambre du héros était soigneusement décorée. Flamenca et Guillaume s'assirent côte à côte, sur un lit bas, Marguerite et Alis sur des coussins, à leurs pieds. Alors Guillaume déclina son nom et raconta comment et pourquoi il était venu à Bourbon. Il ne se risqua cette fois qu'à ces menus jeux préliminaires qu'Amour enseigne aux vrais amants. — Ah ! c'étaient de vrais amoureux ; il n'en est plus de tels ; et cependant l'auteur en connaît au moins un qui les vaudrait, s'il trouvait partenaire. —En prenant congé, Guillaume n'oublia pas les suivantes : il leur donna des rubans, des fermaux, des colliers, des bagues, des boutons ou pommes de musc[1]. On convint que Flamenca irait aux bains, désormais, quatre fois au moins par semaine, pour sa santé. — Elle ira, certes, et encore plus volontiers qu'à l'église. — Lors des

bien faites et bien cousues. Il portait un bliaut de ciclaton, froncé et ajusté. Sa ceinture lui allait très bien... Ses chausses de soie étaient brodées de fleurs diversement colorées. Elles le chaussaient si bien qu'on eût dit qu'il était né avec. Son chapeau était de toile, cousu de soie et moucheté : il l'avait mis moins pour cacher sa tonsure que pour protéger ses cheveux de la chaux du souterrain.

1. *E botonetz plens de musquet* (v. 5989). Il s'agit ici de petites boîtes à parfum. Cf. v. 262 : Flamenca, la première fois qu'elle avait vu Archambaut, son fiancé, lui avait offert « musc et ambre et autres menus joyaux ».

adieux, tous soupiraient, baillaient, sanglotaient d'attendrissement. Les dames regagnèrent le bain, Marguerite tira la sonnette ; et le jaloux accourut si vite qu'il manqua de s'étaler. « Sachez, seigneur, dit Flamenca, que les bains me profiteront infiniment, je le sens ; mais, comme il est écrit sur les pancartes, une seule fois ne sert à rien ; pour bien faire, il faut en prendre autant qu'on a souffert de jours. » — « Eh donc ! dame, prenez-en un tous les matins, si cela vous chante ». — Ce jour-là, Flamenca refusa net de dîner avec Archambaut, et elle dit à Alis :

6085　　« Non hai pron manjar e begut
　　　　Cant mon amic ai hui tengut
　　　　Entre mos bras, bell'Aelis ?
　　　　E cujas ti qu'en paradis
　　　　Aia hom talent de manjar...
　　　　De neguna ren non ai fam
　　　　Mas de veser celui cui am[1]. »

Alis congédia « le vieux », et elles passèrent l'après-midi, toutes trois, — la maîtresse et ses deux confidentes — à s'extasier sur les mérites de Guillaume. Flamenca fit à ce propos un vrai cours de convenances amoureuses : « Mon ami et moi, dit-elle, nous n'avons pas besoin de trancher un jonc à la Saint-Jean pour voir si nous nous aimons également. Notre amour est, des deux parts, au paroxysme. Il nous

---

1. « N'ai-je pas bu et mangé quand j'ai tenu mon ami entre mes bras, belle Alis ? Et croyez-vous qu'en paradis on ait besoin de manger ? Je n'ai faim de rien si ce n'est de voir encore celui que j'aime. »

reste à nous le prouver, et j'y suis prête, car c'est tromperie et tricherie de refuser à son ami ce qu'il désire le plus :

6217   ... Tals n'i a que fan languir
      Lur amador ab lur « non » dir,
      Qua[i]s que digon ques ellas son
      Castas e puras per dir non.
      Mal aja domna qu'escondilz
      De bocca so ques ab cor ditz...
      Aissi con Ovidis retrai[1],
      Tems sera que cil c'aras fai
      Parer de son amic nol quilla
      Jaira sola e freja e veilla ;
      E cil a cui hom sol portar
      De nugz la[s] rosas al lumtar
      Per so qu'al matin las trobes
      Non trobara qui la toques
      Per nulla ren que puesca dire...[2] »

A la seconde entrevue, Guillaume avait l'air préoccupé. — « Bel ami, à quoi pensez-vous ? » — « Ma douce dame, s'il vous plaît, ne vous fâchez pas d'une chose à quoi j'ai pensé cette nuit. » — « Ami, parlez ; rien de ce que vous désirez ne me déplaira. » — « Douce chose, j'ai deux cousins, Ot et Clari, qui sont avec moi avant d'être adoubés, riches hommes et de grande affaire ; je voudrais vous les présenter.

1. Ovide, *Art. Amat.*, III, 69-72.
2. « Il y en a qui font languir leurs amoureux en disant : « Non », et, pour cela, on les dit chastes et pures... Fi de la dame qui refuse de bouche ce que son cœur accorde. Et Ovide l'a bien dit : Un temps viendra où celle qui aura dédaigné son ami sera seule et froide et vieille ; et celle à qui l'on portait, la nuit, des roses sur son seuil, pour qu'elle les ait au matin, ne trouvera plus qui la touche pour rien qu'elle puisse dire... »

Ils sont jeunes et courtois, et ainsi sont vos demoiselles ; ils pourraient causer avec elles, et, s'ils venaient à s'entr'aimer, ils nous en aimeraient mieux. » — « Beau doux ami, je le veux bien. » Alors Guillaume ouvrit la porte et fit entrer ses deux écuyers. Les présentations faites, Alis s'en alla avec Ot et Marguerite avec Clari.

> 6495   Jugar podon a lur talan ;
> Mas nom qual dir, a mon semblan,
> Los gais envitz que chascus fai [1].

Pendant quatre mois entiers, les six amoureux goûtèrent ainsi le bonheur le plus parfait, jusqu'à la Saint-André en novembre. Mais alors, Dieu merci, Flamenca était devenue si gaie et si sûre d'elle-même qu'elle ne se souciait plus du tout d'Archambaut et qu'elle ne se levait même plus lorsqu'il entrait [2]. Elle eut une explication avec lui, au cours de laquelle elle proposa la convention suivante : elle recouvrerait sa liberté et jurerait de se garder, par la suite, aussi bien qu'elle avait été gardée jusque-là. — Ici manque un feuillet du manuscrit ; mais on voit, par ce qui

---

1. Ils peuvent jouer à leur plaisir ; mais il ne convient pas de dire, à mon sens, les gaies invites que chacun fait.

2. Il n'était pas d'usage que les femmes restassent assises lorsque leur baron entrait. — Dans un autre roman, le comte Eustache de Boulogne, traité par sa femme comme Archambaut l'est ici par Flamenca, en reste stupéfait (*Histoire littéraire*, XXII, p. 397) :

> « Dame, ce dist li quens, certes mervelles voi.
> Vous soliés lever tosjors encontre moi ;
> Or nel volés plus faire. Dites le moi porquoi ».

suit, qu'Archambaut accepta cette convention, dont il ne pouvait soupçonner la signification dérisoire.

*
* *

A partir de ce jour, Archambaut se lava la tête, renonça à ses fonctions de porte-clés et redevint l'homme du monde qu'il avait été autrefois. Flamenca fut de nouveau entourée de dames et de chevaliers. — A grand'peine réussit-elle à s'échapper pour aller aux bains ; sept dames tenaient absolument à l'y accompagner ; pour se débarrasser d'elles il fallut que Flamenca leur proposât de se baigner aussi : or, les eaux de Bourbon ont de l'odeur, et on ne s'y baigne pas volontiers quand on n'en a pas besoin. — Elle raconta à Guillaume tout ce qui s'était passé. Elle ajouta que, désormais, il fallait renoncer aux rendez-vous : « Ami, je ne veux pas faire de vous un reclus. Il y aura ici un tournoi à Pâques prochaines ; venez-y. Mais, en attendant, allez-vous-en. D'ici-là, vous me donnerez de vos nouvelles par des messagers, des pèlerins ou des jongleurs. » — Les deux amants se consolèrent un peu en pensant que, l'année suivante, Pâques serait de bonne heure.

Guillaume retourna dans ses terres. Apprenant qu'il y avait guerre en Flandre, il se rendit dans ce pays avec trois cents chevaliers et obtint ce qu'il y était venu chercher : le prix de la chevalerie.

Lorsque le père de Flamenca sut que son gendre Archambaut était guéri de sa jalousie, il vint le voir,

et apporta à la cour de Bourbon l'écho des exploits
du héros : Guillaume de Nevers passait, à la cour de
Flandre, pour le meilleur chevalier du monde.
Archambaut se promit bien de l'inviter au tournoi
qu'il allait offrir.

Aux approches du carême, le duc de Brabant donna
un grand tournoi à Louvain. Archambaut y figura,
avec sa bannière à fleurs d'or sur champ d'azur. Il y
fit la connaissance de Guillaume. Ils se partagèrent,
à eux deux, l'honneur de cette réunion. On se promit de se retrouver à Bourbon, au temps de Pâques.

Archambaut, revenu chez lui, dit merveilles de son
nouvel ami. Mais Alis, la fine mouche, lui demanda,
en présence de Flamenca, si ce chevalier était aussi
amoureux que brave :

> 7055   « Segner, fai s'il es amoros
> Cel cavalliers qu'es aitam pros ?
> Car lom dis qu'aital cavallier
> Non sabon esser plazentier ;
> Quar per lur forsa tan si preson
> Que donnei e solas mespreson¹. »

« S'il est amoureux ? dit le bon sire. Voyez plutôt
ce salut d'amour qu'il m'a confié pour une dame. Il
n'en est pas de plus courtois. » — « Lisez-le nous,
dit Flamenca ; vous ne nous apportez pas si souvent
des vers nouveaux et des chansons ; et vous saurez le

---

1. « Seigneur, fait-elle, est-il amoureux, ce chevalier qui
est si brave ? Car on dit que les chevaliers de ce genre ne sont
guère aimables : ils sont si fiers de leur force qu'ils méprisent
la galanterie et le plaisir. »

faire valoir. » — « Ce salut, reprit Archambaut, très flatté, s'adresse à la belle de Beaumont... »

Lacune de deux feuillets.

Les « saluts » de Guillaume étaient enluminés d'images où Flamenca reconnut au premier coup d'œil le portrait de son ami et le sien. Elle ne s'en sépara plus. Ces feuillets de parchemin l'aidèrent à passer le carême qui, pourtant, lui parut interminable.

Cependant le sire de Bourbon était tout entier aux préparatifs de son tournoi. Il avait invité le roi de France par lettres scellées en lui envoyant, dans un étui d'argent niellé, un manche de couteau en corne de serpent qu'il tenait du marquis de Montferrat. Il avait envoyé ses messagers de Bordeaux en Allemagne, et de Narbonne jusqu'en Flandre.

La fête eut lieu à la quinzaine de Pâques. Des marchands y étaient venus de terres lointaines. La foule des chevaliers était énorme. On se divisa en deux camps : d'un côté les Flamands, les Bourguignons, les Auvergnats, les Champenois et mille chevaliers de France ; de l'autre les Poitevins, ceux de Saintonge et d'Angoumois, les Normands, les Bretons, les Tourangeaux, les Berruiers, les Limousins, ceux du Périgord, du Quercy... Guillaume de Nevers arriva avec mille chevaliers. — A l'une des portes de la ville, on avait dressé, en face des prés, un grand échafaud d'où l'on embrassait la plaine et le terrain du tournoi. Archamquat avait fort à faire d'accoler ou de saluer tous les arrivants. Il fit très bon accueil à Guillaume. Ot et Clari étaient là ; il leur demanda s'ils voulaient qu'il les fît chevaliers immédiatement ou plus tard, et, à leur prière, il les adouba tout de suite, en leur faisant de beaux cadeaux : armes, chevaux et harnais.

Flamenca, le roi et ses barons, étaient dans la grande salle du palais lorsque Guillaume de Nevers y entra. Tout le monde se leva. Guillaume s'assit près de son amie, et le roi lui céda sa place : « A chacun son tour, dit-il, de faire ici sa cour aux dames. » Ot et Clari étaient un peu embarrassés : « Madame, que ferons-nous ? » — « Vous aurez belle et bonne étrenne, répondit Flamenca. » Elle appela ses suivantes et leur ordonna d'aller chercher dans sa cassette les gonfanons vermeils qu'elle avait destinés aux deux jeunes gens. « Allez avec ces demoiselles ; vous les recevrez de leurs mains. » C'était leur donner un prétexte de parler à leurs amies. Prétexte fort nécessaire :

> 7370   Car jes cavallier ab donzellas
> En cor[t] non parlon ni solasson
> Si troban domnas que lur plasson ;
> E laïnz ac ne plus de cent
> Que cascuna em pres entent
> Et en domnei et en amor [1].

Les sentiments de Flamenca pour Guillaume n'avaient nullement changé ; elle lui donna un rendez-

[1]. Car les chevaliers, dans les cours, ne parlent pas aux demoiselles s'ils trouvent dames qui leur plaisent ; et il y avait là plus de cent dames qui s'entendaient en galanterie et en amour.

vous pour le soir même. Il prit congé en saluant
toutes les dames présentes l'une après l'autre, comme
il était d'étiquette de le faire en ce temps-là[1].

Après souper, à la nuit close, à l'heure où d'autres
se déshabillent, Guillaume, [se conformant à l'usage
qui était de n'aller jamais qu'armé aux rendez-vous
d'amour], revêtit un hauberjon, un surcot vermeil par-
dessus, mit un couteau à sa ceinture et sortit, précédé,
lui et ses compagnons, tous à cheval, de vingt grosses
torches allumées. Çà et là, on entendait un tumulte
d'hommes, de chevaux et de charrettes. L'air reten-
tissait de danses et de chants bretons sur la vielle,
au point que vous vous seriez cru à Nantes, où l'on
compose ces chants. Lorsqu'il arriva au château, les
ménestrels firent silence, puis saluèrent sa bienvenue.
Le comte d'Auxerre causait avec Flamenca, sa cousine : « Dame, dit-il, il faut que je me retire devant
un si preux chevalier » ; et s'adressant à Guillaume :
« Asseyez-vous à côté d'elle. » Cependant, Flamenca
ne savait trop comment faire pour se retirer avec son
ami dans sa chambre particulière, lorsqu'Archambaut
intervint. Sa présence les surprit, car il entrait et
sortait en tapinois. Par pure courtoisie, du reste,
parce qu'il voulait éviter que toute la cour se levât
à chacune de ses allées et venues. Il marcha droit à
Guillaume, lui posa la main droite sur le genou pour
le faire rester assis, — mais si doucement qu'il ne

1. Cf. v. 7662.

sentit pas les mailles du hauberjon — et, s'appuyant
de la main gauche sur le [dossier du siège] de Flamenca, comme l'on fait : « Dame, dit-il, voici des
nouvelles. Le comte de Bar, votre cousin, et son frère
Raoul seront armés chevaliers demain matin avec
dix autres de vos parents. Il faut que vous leur
donniez des joyaux. Allez donc les choisir, et, pour
le choix, sire Guillaume, qui s'y entend, vous aidera.
Moi, j'ai affaire auprès du roi ! ». Dès qu'il se fut
éloigné, Guillaume choisit en effet, dans la chambre
de Flamenca, le joyau qui lui plaisait le plus. Marguerite et Clari montaient la garde à la porte. *Mais zo
laissem aras estar* (v. 7652). N'insistons pas ; n'en
parlons plus.

Le lendemain, après qu'on eut sonné matines,
vous eussiez entendu sonner trompes et clairons,
trompettes et cors, cymbales, tambours et flûtes pour
annoncer l'ouverture du tournoi. Le roi, plusieurs
barons, Flamenca, ses demoiselles et d'autres dames
prirent place dans les tribunes. On se montrait les
enseignes des chevaliers combattants, qui décoraient
leurs heaumes, leurs lances et leurs écus.

Flamenca avait promis de donner sa manche au
premier jouteur qui désarçonnerait son adversaire.
La manche revint à Guillaume de Nevers, qui, comme
entrée de jeu, avait désarçonné le comte de la Marche.
Sur l'ordre de Guillaume, le comte vint s'agenouiller
aux pieds de Flamenca et lui offrir rançon ; mais elle
le renvoya libre, en le priant seulement de porter sa
manche au vainqueur.

Le comte Amfos (Alfonse) de Toulouse jouta contre
Gontaric de Louvain. Dans la mêlée qui suivit, Guillaume s'empara de seize chevaliers du parti d'Amfos.
Il les envoya aussi à Flamenca, qui les délivra sans
rançon.

Autres joutes entre Archambaut et le sire d'Anduze; entre le comte de Saint-Pol et Aimeri de Narbonne; entre Guillem de Montpellier et Garin de
Reortier; entre le comte de Champagne et le comte
de Rodez. Gautier de Brienne et le vicomte de Turenne
s'enferrèrent de telle sorte que tous deux eurent le
bras traversé; mais c'étaient de tels prud'hommes
que, quoique leurs blessures fussent assez graves
pour les empêcher de porter les armes pendant longtemps, ils n'en laissèrent rien paraître. — De l'aveu
général, Guillaume de Nevers eut l'honneur de cette
première journée; le soir, le vainqueur alla remercier
Flamenca, pour sa manche.

Le jour d'après, continuation du tournoi. Passes
d'armes entre le vicomte de Melun et le seigneur de
Cardaillac, moins fort, mais plus adroit; entre le
comte de Flandre et Geoffroi de Lusignan...

La fin manque.

LE CHATELAIN DE COUCI

Les anciens inventaires de la librairie de Charles V et de celle des ducs de Bourgogne signalent que, dans ces collections, se trouvaient des exemplaires du « *Chastelain de Coucy, rimé* ». On ne connaît aujourd'hui que deux manuscrits de ce roman : le n° 15098 du fonds français de la Bibliothèque nationale, qui a été employé par Crapelet pour son édition (*Histoire du châtelain de Coucy et de la dame de Fayel*. Paris, 1829, gr. in-8), et celui qui, étudié pour la première fois par M. P. Meyer dans la Collection de lord Ashburnham (*Romania*, II, p. 142), porte aujourd'hui, à la Bibliothèque nationale, le n° 7514 du fonds des nouvelles acquisitions françaises. Le second, qui est le plus ancien, est, en même temps, le meilleur.

L'édition de Crapelet et la traduction qui l'accompagne sont, au sentiment de M. G. Paris (*Histoire littéraire*, XXVIII, p. 390), « fort estimables, si l'on considère la date où elles ont paru ». Mais cette édition est assez rare, et « il serait à souhaiter qu'elle fût remplacée par une autre ». Ce vœu, exprimé en 1881, n'a pas encore été satisfait. M. W. Förster a longtemps annoncé qu'il publierait une nouvelle édition du *Chastelain de Coucy* dans sa « Romanische Bibliothek » ; mais il a, finalement, renoncé à tenir sa promesse. En consé-

quence, MM. G. Paris et G. Raynaud avaient repris le
projet, mais la mort de G. Paris (1903) a compromis de
nouveau une œuvre si désirable.

L'auteur du roman est couramment désigné par les
érudits modernes sous le nom, assez bizarre, de Jakemes
on Jakemon Sakesep ; on verra plus loin pourquoi
(p. 208). Mais cette forme n'est pas assurée. L'acrostiche
final doit être sans doute déchiffré un peu autrement :
« Jakemes Makès » ou « Sakès ».

L'époque où ce personnage a écrit « n'est pas facile à
déterminer ». Crapelet, en 1829, plaçait « vers 1240 »
la date de la composition du poème qu'il publiait. En
1881, M. G. Paris croyait que ce poème « avait dû être
composé » à la fin du xiiie ou au commencement du
xive siècle, sous le règne de Philippe le-Bel. Et voici les
motifs sur lesquels il appuyait, alors, cette opinion :
« Comme l'a remarqué M. Tobler, si l'on fait attention à
l'état de la langue, aux mœurs et aux usages représentés,
aux fréquentes descriptions d'armoiries, à la correspondance échangée entre les deux amants (?), et, ajoute-
rons-nous, au caractère général du style, on sera porté à
assigner au poème une époque sensiblement plus moderne [que celle proposée par Crapelet]. » — Est-il possible de préciser davantage ? M. G. Raynaud a bien
voulu nous faire savoir qu'il ne se croit pas en état
d'ajouter rien à ce que M. Paris a écrit sur ce sujet.

La scène du roman est en Vermandois ; et les rimes
donnent à penser que l'auteur était, lui-même, originaire de ce pays, dont il connaissait très bien, du reste,
la topographie et l'armorial. — Il n'était pas jongleur
de profession : il a écrit « pour sa dame » et pour ceux
qui ne s'offusquent pas qu'un homme bien élevé fasse
la littérature. On se le figure volontiers comme un gentilhomme peu fortuné (p. 190). Fort amateur de tournois et très versé dans la connaissance du blason, il avait
peut-être exercé les fonctions de héraut d'armes

(p. 196), comme Sarrazin et Jacques Bretel, les auteurs
du *Roman de Ham* et des *Tournois de Chauvenci.*

Il n'y a rien d'historique, probablement, dans l'œuvre
de Jakemes. — Le Châtelain de Coucy, figure centrale
du poème, est un célèbre auteur de chansons lyriques,
dont on trouve des traces certaines de 1198 à 1218
(*Histoire littéraire*, XXVIII, p. 370) ; il s'appelait
Renaut de Magni, et il avait été chanoine de Notre-
Dame de Noyon avant d'être chevalier et « châtelain ». Mais, dit-on, « l'auteur du roman ne connaissait
sans doute le Châtelain que par les manuscrits où il avait
lu ses chansons ». Il n'y a donc aucune raison de penser
que le Châtelain ait eu réellement des aventures semblables à celles que le roman lui prête, « ou même qu'une
tradition ancienne les lui ait attribuées ». Le soi-disant
Jakemes aura choisi le Châtelain pour héros parce que
son œuvre littéraire avait fait de ce personnage un des
types du chevalier amoureux et parce que cela lui permettait d'intercaler commodément dans son roman les
belles chansons de Renaut. — L'auteur du *Chastelain
de Couci* a donné à l'amie du Châtelain le nom de « la
dame de Faiel », qui n'est pas non plus imaginaire, puisqu'il y avait jadis à Faiel (aujourd'hui Fayet, près de
Saint-Quentin), un château. Mais pourquoi ? On l'ignore
si totalement que M. G. Paris a écrit : « Il [l'auteur] a
dû prendre ce nom *au hasard*, comme étant celui d'un
des châteaux de Vermandois où il plaçait son récit. »
(*H. L.*, XXVIII, p. 374). Rien ne permet d'affirmer,
comme de juste, qu'il n'ait pas eu un motif ; mais, en
l'absence de toute donnée, les conjectures à ce sujet sont
évidemment inutiles.

Nous savons du moins, à n'en pas douter, que Jakemes
n'a pas inventé l'épisode final de son récit, et qu'il ne l'a
pas pris non plus dans la réalité, mais qu'il l'a emprunté
à une tradition très ancienne. L'histoire du mari jaloux
qui fait manger à sa femme le cœur d'un amant (véri-

table ou supposé) est une tradition populaire, peut-être d'origine celtique, dont on connaît plusieurs variantes [1].

Aucun arrangement littéraire de l'histoire du Cœur Mangé n'a eu autant de succès que celui de Jakemes. Quoiqu'il n'ait subsisté que deux manuscrits du *Chastelain de Couci*, ce roman eut de bonne heure, et pendant longtemps, le succès le plus vif, non seulement en France, mais dans tous les pays où rayonnait jadis la littérature française. Il est question de la « dame de Famwel » dans un poème néerlandais du xiv⁰ siècle *(Van den Borchgrave van Couchi)* [2]. La dame qui mangea le cœur de son ami s'appelle « la dame de Fagnell » dans un poème anglais du xv.⁰ siècle *(the Knyght of Courtesy)* [3]. En 1733, Mlle de Lussan donna un regain de popularité au récit de Jakemes en l'arrangeant au goût du jour, et c'est de ses *Anecdotes de la cour de Philippe-Auguste* que dérive toute la littérature romantique sur le Cœur Mangé et les malheurs des victimes du fâcheux sire de Faiel [4].

Le *Chastelain de Couci* « offre souvent de l'intérêt à l'historien », et l'auteur possédait « un réel talent d'observation ». Ces appréciations de G. Paris ne seront contredites par personne.

---

1. *Histoire littéraire*, XXVIII, p. 375-383.
2. *Romania*, XVII (1888), p. 456.
3. *Hist. litt.*, l. c., p. 384.
4. Mlle de Lussan donne à « Madame de Faiel » le nom de « Gabrielle de Vergi ». *Gabrielle*, prénom inconnu au moyen âge, est une invention pure et simple (ou peut-être une mauvaise lecture pour « la belle »). Quant à *Vergi*, ce nom vient d'une confusion entre les deux poèmes du xiii⁰ siècle, dont les titres étaient à peu près semblables, *le Chastelain de Couci* et *la*

C'est l'Amour qui a « donné vouloir » à l'auteur
d'écrire le présent conte, pour « esjoïr les amou-
reus ». Il ne s'attend certes pas à recevoir tous les
suffrages. Jadis les princes et les comtes faisaient
« chans, dis et partures », en l'honneur d'Amour ;
aujourd'hui il y a autant de vrais et loyaux amants
qu'il y en a jamais eu, mais ceux qui ne savent pas
écrire se moquent de ceux qui savent. Ils prétendent,
ces gens rudes et « paysans », que les conteurs de
beaux dis amoureux sont des « souffleurs contre le
vent, des ménestrels, des jongleurs » ; ils les blâment
et les diffament. Des auteurs qui ne sont pas riches,
ils diront, par exemple :

43   « Cil a mal trouvé
        Qui son ostel fait escouvé *. »

Plusieurs, découragés, en ont laissé là le « trou-

---

* dépouillé, nu, misérable.

Chastelaine de Vergi (ci-dessous, p. 222), les plus célèbres de ceux
où il s'agissait d'amants fidèles. Cette confusion fut commise dès
le xve siècle, car on lit dans un ms. de ce temps : « Ramembre
toy du sire de Coucy, amy de la chastellaine de Vergy... » (*Romania*, XXI (1892), p. 157). Elle aura été facilitée par plusieurs
circonstances : l'auteur de *la Chastelaine de Vergi* fait réciter par
l'amant de la châtelaine un couplet d'une chanson du Châtelain ; il y a, près de Vergi en Bourgogne, « un terrain appelé
Faye » ; etc. Elle a toujours été, naturellement, en s'accentuant,
et c'est maintenant au « Sire de Vergy », si discret qu'il ne
paraît même pas dans le roman du xiiie siècle, que la basse
littérature populaire attribue l'acte du sire de Faiel.

ver » et renoncé à écrire. Mais il suffit à l'auteur
que « les bons », et sa dame, approuvent le dit qu'il
a entrepris.

> 51   Or doinst Amours par sa bonté
>   Que celle le reçoive en gré
>   Que mes cuers aime tant et prise,
>   Que pour li ai ceste oevre emprise.

Le héros du présent conte est un simple chevalier,
beau, preu, courtois, « plein de savoir », mais sans
fortune : le châtelain de Couci, qui s'appelait Renaut.
Amour le fit tomber amoureux de la dame la meilleure,
la plus noble et la plus spirituelle du pays. Malheureusement cette dame était mariée au seigneur de Faiel.
Faiel est un beau château aux environs de Couci[1].

Un jour, au temps des vendanges, le châtelain de
Couci résolut d'aller faire une visite à la dame de
Faiel, pour lui dire son vouloir. Il arriva, tout pensif, au château. Deux valets emmenèrent son palefroi
à l'étable, et il entra « dans la salle », qui était
peinte et pavée. — Chacun se lève à son entrée et lui
souhaite bienvenue : le sire de Faiel est absent, mais
madame est là, avec ses demoiselles. Un écuyer va la
prévenir. Après s'être « acesmée » promptement —
car « belle dame est tost parée », — elle entre, « un
cercle d'or sur son chef blond ». Le châtelain la salue,
en soupirant :

> 164   « Dame, dist il, li verais Dieus
>   Vous doinst santé, honnour et joie. »

---

1. Fayet, c^{on} de Vermand, à une lieue de Saint-Quentin.

> Elle respont : « Dieux vous en oie
> Et vous ottroit par sa bonté
> A vous plaisir, pais et santé. »

Puis il la prend par la main et la fait asseoir près
de lui, un peu en contre-bas, pour la mieux voir. Il
la regarde, sans rien dire, car il est trop ému pour
parler, et pâlit. Lui, l'envoisé, le joli, le chantant, il
est morne, ébahi, ébaubi. La dame s'en aperçoit
bien :

> 186   Lors dist : « Sire, je say de fit
> C'aucune chose vous anoie :
> Se mes sires fust cy, grant joie
> Vous feïst, s'en fusse plus aise.
> S'or n'i est cy, ne vous desplaise ;
> Il i sera une autre fois,
> Mes hier main* s'en ala au bois. »

« Dame, répond le châtelain, je ne m'ennuie pas
du tout près de vous, car je vous aime :

> 207   Dame, prendés cel chevalier
> Que nulz fors vous ne poet aidier…
> Je ne pris** riens, corps ne avoir,
> Se vous n'avés de moi merci. »

« Hémi ! », dit la dame, « sire, vous êtes malavisé
de me requérir de ce qui n'est pas à l'honneur ni de
moi, ni de mon seigneur ; vous savez que je suis mariée ». — « Rien ne m'empêchera, répond le châtelain, qui suit son idée, de vous servir toute ma vie. »

Cependant un valet annonce que le souper est pré-

* matin. — ** prise, estime.

paré. La dame prend son hôte par la main et, après
laver, tous deux s'asseoient. Il y avait beaucoup à
manger, mais le chevalier pensait, soupirait, ne mangeait pas. En vain la dame essayait de le réconforter
(« Faites un poi plus lie chiere* ») et de détourner
la conversation (« Vous fustes au tournoy l'autrier**,
dist la dame, j'oÿ conter »). Après souper, et les
tables ôtées, un lit fut dressé pour le châtelain.
« Dame, dit-il, au départir, ne me ferés autre confort? » — « Sire, dit-elle, il n'est point de bachelier
que je vous préférerais si je devais aimer quelqu'un;
mais jamais je n'aimerai que mon mari...

> Alés couchier ; il en est temps. »

Cependant le langage du châtelain l'avait touchée,
et elle y pensa la nuit. Quant au châtelain, il prit le
ferme propos de briller, plus que jamais, dans les
tournois, pour que sa dame entendît parler de lui. Il
se leva au point du jour, « car c'est coustume a bachelier », et entra aussitôt en campagne. Le bruit de
ses exploits ne tarda pas à se répandre partout, et
jusqu'au château de Faiel. La dame de Faiel en fut
charmée. Elle le fut plus encore d'entendre dire à un
ménestrel ambulant une chanson que le châtelain avait
composée pour elle. Au reste, Renaut venait à Faiel
aussi souvent que possible. Il y dînait[1]. A table, on

---

* joyeuse figure. — ** l'autre jour.

1. En ces occasions le sire de Faiel « faisoit apporter son surcot » (v. 442), le surcot que l'on passait par-dessus ses habits

causait « d'armes, d'amours, de chiens, d'oiseaux et
de tournois [1] » . La dame et le châtelain se regardaient
à la dérobée. Après dîner, on avait du vin, des
pommes, du gingembre ; les uns jouaient aux tables
et aux échecs, les autres allaient « loirier » (leurrer)
les faucons. Un jour, le maître de la maison dit au
châtelain : « Il faut que j'aille à un plaid ; mais
restez ici, je vous prie, sire Renaut, car il y a loin
jusqu'à votre maison ; ma femme vous tiendra compagnie en attendant mon retour. » Sire Renaut se
fit prier, mais resta, et il en profita pour renouveler sa
déclaration en termes plus pressants. C'est au nom de
son salut éternel qu'il supplia cette fois son amie de
consentir :

> 523   « Venus en sui jusqu'au mourir...
>   Dame, faites vo volenté
>   Ou de mourir ou de santé
>   Donner a moy a une fie.
>   Se muir, vostre ame en peechié
>   En sera, ce ne puet fallir... ».

Ces discours ne déplaisaient pas à la dame ; mais,
sans en faire semblant, elle répondit à peu près comme
elle avait déjà répondu :

avant de se mettre à table. Il y avait des surcots ouverts, que les
dames pouvaient garder entre le dîner et le souper (v. 726) :

> La dame son surcot ouvert
> Avoit vestu dès le disner.
> Chascun fait le sien aporter,
> Puis se vestent communaument.

1. Ou encore de « behourder » et d' « autres choses » (v.
732).

642   « Certes, sire, ce poise mi
      S'amours vous tient en tel arroy,
      Car ja ne joïrés de moi ;
      Mes se volés avoir du mien
      Aucun joel, je le voel bien,
      Las de soie, mance ou anel... * »

« Madame, dit le châtelain, vingt mille mercis pour
vos bontés ;

665   Riens ne demant ne voel avoir
      Fors seulement vostre voloir. »

« Puis-je espérer que vous serez à la fête que le
sire de Couci doit donner aux dames de ce pays, lors
des joutes qui auront lieu entre La Fère et Vendeuil ?¹ » — « J'irai, dit la dame de Faïel ; j'ai justement reçu hier soir l'invitation de Madame de Couci :
il y aura là beaucoup d'étrangers, Flamands et Hennuyers, et l'on veut leur faire honneur. » —« Dame,
donnez-moi donc une manche à vous, « ridée** as las,
« large dessous », pour la porter à mon bras droit ; je
crois que j'en serai plus preux... » Ils se séparèrent,
lui partagé entre l'espoir et le désespoir, elle entre
son « grand sens », qui lui conseillait de garder la
foi conjugale, et le « feu d'amour » qui la brûlait
aussi. C'est alors que le châtelain rima la pièce qui
commence par : *La douce vois du rousignol salvage...*
— Il se prépara aux joutes avec un soin minutieux,

---

* « Mais si voulez avoir du mien aucun joyau, je le veux bien,
lacs de soie, manche ou anneau ». — ** froncée.

1. Vendeuil, canton de Moy (Aisne).

en chevaux et en harnais ; jamais un « page ou bachelier », tel que lui, n'avait été si bien monté.

Les fêtes devaient commencer un lundi. Dès le samedi précédent, les invités affluèrent à La Fère et à Vendeuil : Poitevins, Français, Normands, Bourguignons, Lorrains, Bretons, Picards. Madame de Couci était à la fête avec les dames du pays, qu'elle avait mandées, lesquelles n'étaient pas « empruntées à festoyer les étrangers ». Il y avait là le comte de Soissons, le duc de Limbourg, etc. Le comte de Hainaut ne prit pas part aux joutes, parce qu'il avait un peu mal à la tête[1] ; mais le comte Philippe de Namur vint avec les Hennuyers et vingt-huit chevaliers flamands en sa compagnie. Tous avaient amené leurs femmes et leurs amies, « quanqu'il avoient de belles dames », pour être plus hardis, « jolis » et amoureux. — Le comte de Namur fit prier tous ceux qui étaient à Vendeuil pour manger ; les dames et les bacheliers carolèrent, après dîner, aux chansons. On en fit autant à La Fère, jusqu'à ce que, au petit jour, les hérauts conseillassent de s'aller coucher :

> 1014   Atant se sont trestout couchié,
> Et vont seoir et sa et la.
> Chascuns servans s'apareilla
> Erraument * de servir dou fruit
> Et puis après si burent tuit...

* promptement.

1. L'auteur laisse entendre positivement, à ce propos, qu'il était là, ce que la précision des détails qu'il fournit sur les assistants donne, d'ailleurs, à penser : « Sachiés, le quens a celle fie — N'i fu pas, je m'en pris bien garde » (v. 947).

On dormit peu, car, de bonne heure, les hérauts
menèrent « grand tintin » pour inviter tout le monde à
se préparer (« Or sus, chevaliers, il est jour ») et à
aller à l'église. Tableau des deux camps, au matin:

> 1054   Lor mesnies communaument
>   Veissiés partout ahatir *,
>   Poitraus metre et chevaus couvrir,
>   Et ces fors escus aguicier,
>   Et a mainte selle atachier
>   Ses culieres et ses bouriaus...
>   Trompes i oïssiés bondir **.

La messe chantée, et les dames installées sur le
hourdis, les joutes commencèrent sans désemparer.
La première fut entre le duc de Limbourg et un bachelier nommé Gautier de Sorel, qui rompirent
chacun trois lances sans perdre les étriers [1]. La seconde
entre le comte de Namur et Enguerran de Couci ; le
choc fut rude :

> 1137   Adont oïssiés les hyraus
>   Crier le nom des deux vassaus,
>   Et les dames mout s'esjoÿrent
>   Dè cel cop quant elles le virent.
>   Entre elles demainent lor plait
>   Que chascun d'eus avoit bien fait.

La troisième entre Geoffroi de Lusignan et un

---

* s'empresser. — ** mettre les harnais de poitrail et couvrir
les chevaux, attacher les guiches (courroies) aux écus, les
croupières et les colliers... Vous auriez entendu sonner les
trompes.

1. Les armoiries de chacun des jouteurs dont les noms suivent sont minutieusement décrites.

chevalier à l'écu papelonné ; tous deux quittèrent le
parc blessés et ne prirent plus part aux joutes. La
quatrième entre Jehan de Nesles et un chevalier à l'écu
losangé d'or et de gueules. La cinquième entre Lam-
bert de Longueval et Hauvel de Quiévrain. — Une
des plus « puissantes » passes d'armes, et des plus
agréables à voir, fut la septième : le premier champion
avait une manche au bras droit, et lorsqu'il vint « à son
renc », on entendit les hérauts crier : « Couci, Couci,
au vaillant homme ; Couci, au vaillant bachelier ;
Couci, au chastelain Couci. » Contre lui parurent
successivement Gaucher de Châtillon et le comte
Louis de Blois. Personne ne fut blessé, mais il y eut
des coups superbes :

> 1394   Oïssiés braire les hyraus
> Et crier a ces demoiselles
> Et as dames et as pucelles ;
> Et disoient : « Pourquoy de cheaus
> N'avés pitié qui leur chevaus
> Et leur corps vont aventurant
> Et aus tournois pris aquerant ?...
> (1360)   Dames, or poés esgarder.
> Donner lor doit on par soulas
> Manches et aguilliers et las *,
> Les savoureus baisiers promettre,
> Par fine amour lius et jours mettre ! »

La huitième joute fut du seigneur de Falvy contre
Gobert d'Aspremont ; la neuvième, de Jehan de Hangest, qui eut le bras cassé, contre Arnoul de Mor-
tagne. Mais la nuit tombait ; l'assemblée se sépara,

---

* étuis (à aiguilles) et lacs.

qui à La Fère, qui à Vendeuil. A La Fère, au boire,
après souper, le châtelain se trouva près de la dame
de Faiel. « Êtes-vous blessé ? » lui dit-elle.

1488   — « Dame, dame, blechiés noient
        Ne sui ; mes dou mal que jè sueil
        Pour vous sentir toujours me duel,
        Ne je n'en poray ja garir
        Se ce n'est par vo dous plaisir. »
        — « Sire, ne sai que entendés,
        Ne quelle garison pensés,
        Sain vous voi et gai et jouli ;
        N'entendés ja qu'endroit de mi
        Vous aiés autre garison... »

Le lendemain, continuation des joutes : Geoffroi
de Lusignan contre Hugues de Rumigni, le sire de
Manteville contre le sire de Joinville, le comte Simon
de Montfort contre le comte de Soissons, Goulard de
Moy contre le seigneur de Montmorency, le sire de
Faiel contre deux autres chevaliers, etc. A la fin de
la journée, Dreu de Chauvigni se présenta ; mais ils
n'étaient plus guère que deux ou trois à « soutenir la
journée », les autres ayant été blessés : le sire de Moy,
le châtelain de Couci et Charles de Rambecourt.
Ce fut le châtelain de Couci qui affronta monseigneur
de Chauvigni. A la première passe le châtelain
fit voler dans la poussière le heaume de son adversaire qui rendit le sang par la bouche et par le nez ;
les hérauts crièrent : « Couci ! » et « Chauvigni ! » ;
les dames parlèrent de ce coup et le châtelain aperçut,
par la « lumière » de son heaume, son amie qui, très
amoureusement, riait en regardant de son côté. A la

seconde reprise, Chauvigni prit sa revanche : il fit
tomber l'écu de son adversaire, qui s'en alla tout chan-
celant, furieux, mais « comme sage », en ne faisant
semblant de rien. A la troisième reprise, les deux
jouteurs furent désarçonnés et tombèrent sur le sol,
sans connaissance. Valets, sergents et écuyers les
couchèrent sur des écus et les emportèrent hors du
parc. Ils disaient : « Veci grant damage. » Il y avait
des dames qui pleuraient ; celle de Faiel n'osait
montrer la douleur qu'elle éprouvait. — Mais ce
n'était, Dieu merci, qu'un évanouissement passager ;
ni Chauvigni ni le châtelain n'étaient morts. Tout
le monde en loua Dieu et ses saints.

Alors le sire de Couci invita les chevaliers et les
dames à venir manger à sa cour. Plus de vingt tentes
avaient été dressées

> 1826   Desous Venduel onmi les prés
>   Près de La Fere par dalès Oise,

entre la rivière et les bois, au milieu des fleurs. Le
sire de Couci et tous les gens de Vermandois étaient
vêtus de samit vert, semé d'aigles d'or ; ils vinrent
aux tentes en conduisant, « par les dois », les dames
de leur pays. Ceux de Hainaut et leurs dames étaient
aussi, tous et toutes, acesmés « d'une manière », d'or
semé de noirs lionceaux ; ils arrivèrent en chantant,
deux à deux. Les Champenois, les Bourguignons,
les Berruyers, étaient de même en uniforme : samit
vermeil, semé de léopards d'or. — On corne l'eau : on
s'asseoit ; plus d'un chevalier se croyait en paradis,

en causant avec ses belles voisines. Ce jour-là, il y
eut plus d'un cœur qui fut réduit en esclavage.

Tandis que les invités du sire de Couci carolaient
après dîner, les dames qui ne carolaient pas tenaient
compagnie aux blessés. Maintes paroles d'amour sont
dites en ces occasions-là. Le châtelain, le bras en
écharpe (« lié d'un couvre chef blanc à son col »),
manœuvra pour attirer l'attention de son amie ; et ils
causèrent à voix basse :

> 1954   — « Iestes vous bléchiés durement ?
> Ce poise moy s'estes blechiés. »
> — « Dame, dist il, n'ay bleceüre
> Es membres qui longuement dure ;
> Mes li cuers est blechiés si fort,
> Se par vous n'est, jusqu'a la mort. »

Cette fois le châtelain obtint un rendez-vous, pour
le mardi matin, au château de Faiel, jour où le sire
de Faiel était obligé d'aller à Sorel [1] pour ses affaires.

Il ne restait plus enfin qu'à décerner le prix des
joutes : un faucon. D'un commun accord, il fut
donné au sire de Chauvigni parmi les étrangers et au
châtelain de Couci parmi les chevaliers du pays. La
comtesse de Soissons et ses dames allèrent chercher,
en pleine danse, le châtelain « qui au miex qu'il pot
karoloit », pour qu'il vînt avec elles offrir le faucon
à Chauvigni. Celui-ci, blessé à la jambe, était resté
à son hôtel, mais, les hérauts, dans l'espoir de ses
générosités, l'avaient averti ; les porteurs du faucon

---

1. Sorel, arrondissement de Péronne (Somme).

le trouvèrent tout habillé, assis dans son lit, torches
et cierges allumés. Il remercia humblement la comtesse et déclara que les autres chevaliers avaient aussi
bien fait que lui, en vérité. Des valets firent circuler du
vin et des dragées. Une dame dit des galanteries au
blessé. Champenois et Berruyers exprimèrent l'espoir
que sa jambe serait assez guérie, dans quinze jours,
pour qu'il lui fût permis de prendre part à un autre
tournoi, à Mézières. — Au reste, le vassal de Chauvigni se conduisit parfaitement jusqu'au bout, car
il offrit au châtelain, son adversaire, un beau cheval
à la place de celui qui avait été tué la veille.

Le mardi, le châtelain de Couci n'eut garde de
manquer au rendez-vous. Le mari n'était pas là.
Lorsque la dame de Faiel, assise dans la salle du
château, aperçut son ami dans la cour, elle alla au
devant de lui, « sur le pont ». Il la salua cérémo-
nieusement; en riant, elle lui rendit son salut. Puis,
elle le prit par la main gauche pour le conduire dans
sa chambre où ils s'installèrent côte à côte sur un banc
couvert de tapis. Ils étaient désormais d'accord; mais
la dame s'effrayait des conséquences (« car dame est
pour peu diffamée ») ; le châtelain la rassura :

> 2197   «... Se Diu plaist, je garderay
> Vostre honnour, et tant en feray,
> Se volés faire ma pensée
> Que vous n'en serez ja blamée. »

Or, la dame avait une chambrière très sûre, qui
était sa cousine germaine; elles avaient déjà combiné,
à elles deux, comment le châtelain pourrait venir à

Faiel sans être vu : par une porte du jardin, con-
damnée depuis longtemps, qui donnait accès sur
le bois ; le châtelain se procurerait un garçon auquel
il ferait croire qu'il avait une liaison avec une ser-
vante de Faiel ; et c'est par l'intermédiaire de ce
garçon que la chambrière l'avertirait quand il serait
possible de se voir. Le châtelain fut transporté :

2297   « Dame, dist il, vous dites voir.
          En vous a honnour et savoir. »

Il fut convenu que le soir même, l'huis du jardin
serait ouvert si la place était libre, et fermé si le
mari revenait à l'improviste.

Là-dessus, le châtelain se retira, et la dame de
Faiel raconta tout à sa cousine. Celle-ci se montra
très étonnée du point où les choses en étaient. Elle
adressa des remontrances :

2357   « Miex ameroie estre dampnée
          Que par moy fuissiés acusée.
          Et nepourquant* vous avés tort...
          Car mout m'esmerveille, par m'ame,
          De vous qui estes haute dame,
          S'avés mari preu et vaillant,
          Et sur ce faites un amant.
          Si nel di pas pour ce qu'ame
          Ne puist bien dame un bacel
          En honnesté et avoir chier.
          Et si li puet, s'il a mestier,
          D'aucun bel jouel faire don :
          Tout ce puet faire par raison **.

* cependant. — ** « Je ne prétends pas qu'une dame ne
puisse aimer un bachelier en toute honnêteté ; et elle peut,
s'il en a besoin, lui faire don de quelque beau joyau... »

> Mais s'onnour doit si bien garder
> C'o lui ne se puist aseuler
> En lieu privé, car je vous di :
> Li lieu en ont fait maint hardi.
> Et nonpourquant, se vous l'amés,
> Si en faites vo volentés. »

« J'aime le châtelain, dit la dame, et il en est digne ; mais je consens à l'éprouver ; ce soir, nous ne le laisserons pas entrer ; il aura lieu de croire que je me suis moquée de lui ; et alors nous verrons bien si son amour est véritable. »

Le châtelain quitta Saint-Quentin le soir, déguisé (mais armé par-dessous), pour aller à son rendez-vous. Il pleuvait. La tempête faisait rage. Il trouva la porte fermée. La dame et sa chambrière, qui l'écoutaient de l'autre côté de cet huis, l'entendirent soupirer, se plaindre, mais « doucement » et sans maudire. Toutefois, la dame n'eut pas pitié de lui : « Peu importe, murmura-t-elle, s'il est mouillé...

> 2489   Car se sans paine joie avoit
> De dames bon marchié seroit. »

Le jour suivant, le châtelain, retournant, avec son écuyer, de Saint-Quentin à son manoir, rencontra, sur la route, le seigneur de Faiel. « Venez donc souper avec moi, dit celui-ci ; voici deux jours que j'ai quitté Faiel, et j'y retourne de ce pas. » Le châtelain, frappé au cœur, car il vit bien qu'il avait été trompé par son amie, s'excusa ; il exhala sa douleur dans la chanson : *Quant li estés et la douce saisons...* Rentré chez lui, il se coucha et resta dans son lit pendant plus d'un mois, atteint d'une maladie de langueur.

La nouvelle s'en répandit par les chevaliers du voisinage qui allaient chez le malade. La dame de Faiel fut profondément affectée. Sa demoiselle, pour la calmer, lui conseilla d'aller prendre des nouvelles à des noces qui devaient se célébrer prochainement à Chauvigni[1], où l'on ne manquerait pas de parler du châtelain de Couci. Elle y alla. La fête dura huit jours. Enfin la dame de Hangest, qui était un peu parente du châtelain, annonça qu'elle l'irait voir, et dit :

> 2797   ... « Ma dame de Faiel,
> Je vous prie, mès qu'il vous soit bel,
> Que vo pucelle me prestés ;
> Quar quant mes chars fu hier versés
> Ma chamberiere y fu blecie. »
> — « Dame, se Diex me beneïe,
> Tout a vo commant l'averés.
> Mes que vous anuit revenés. »
> — « Ouil, dame, anuit revenrons
> Car que .iii. liues loins n'irons. »

Pendant la visite de la dame de Hangest, le châtelain reconnut très bien la suivante de son amie, qui se tenait à l'écart ; mais il n'en fit rien paraître. De son côté, la chambrière imagina d'écrire sur ses tablettes (de cire) tout ce qui s'était passé ; et lorsque la dame de Hangest eut pris congé, elle les glissa furtivement au malade, en murmurant :

> 2869   ... « Mès n'est heure
> Que puisse a vous parler assés ;
> Je sui com chevaus empruntés,

1. Cauvigni, cne de Trefcon, con de Vermand.

> O vostre cousine en iray...
> Sire, mès ne vous anuit mie,
> Ces tablettes ci retenés :
> Aucune chose y trouverés »

On devine l'effet que la lecture de ces tablettes produisit sur le châtelain. Il ne se passa guère de temps avant que, tout à fait guéri, il se rendît à Saint-Quentin. Là, il avisa un garçon et lui promit bonne récompense à condition de l'aider dans une intrigue avec la chambrière de Faiel. Marché conclu. Secret promis. — Ce garçon s'en alla tout droit, vers l'heure du manger, se poster à la porte du château, avec les « paillards » qui attendaient là « la donnée », c'est-à-dire les restes des maîtres et des domestiques. La dame et sa chambrière étaient déjà au verger. Le messager les y suivit et remit la lettre du châtelain, pliée et scellée, à la chambrière, qu'il connaissait. La lettre lue, la dame décida d'y répondre : la chambrière savait écrire (lentement, à la vérité) ; on prépara tout ce qu'il fallait : encre, parchemin, scel et cire ; et la réponse fut envoyée par le même procédé que la demande. Quinze sous d'argent sec, remis au messager, le firent sauter de joie et protester d'un dévouement sans limites.

La réponse indiquait un rendez-vous à quinzaine, le soir, à l'huis du jardin.

En attendant l'heure fortunée, le châtelain eut l'idée d'aller à un tournoi annoncé entre Boves [1] et

---

1. Éd. : Forjes. La leçon adoptée est celle du ms. 7514.

Corbie. Il prit des armes d'argent, sans aucun signe
distinctif. Lorsqu'il arriva, les hérauts criaient déjà :
« Lacez [les heaumes]. » Les combattants furent
divisés, suivant l'usage, en deux camps. D'un côté,
ceux de Vermandois, de Champagne et les Français;
de l'autre, Flamands, Hennuyers, Brabançons et
ceux de Corbie. Le châtelain frappait comme un
fléau. Des écuyers se pendaient à son cou pour le jeter
à bas, mais il était solide comme une tour. On le
reconnut à ses prouesses, mais c'est en vain que dès
lors on s'acharna d'autant plus contre lui :

> 3324   Onques nulz homes de mere nés
>   Ne fu a tournoy mieus batus :
>   Elme, barbiere et escus
>   Li fu depanés et derous *.

Mais on ne lui fit pas toucher terre, et il eut le
prix du tournoi. — Avant que l'assemblée se séparât,
un autre tournoi fut « crié » à la quinzaine suivante,
à Meaux. Ce terme était assez éloigné ; mais on
l'avait fixé pour que les blessés, dont il y avait eu
beaucoup, eussent le temps de se remettre.

Au soir fixé, le sire de Faiel étant à Paris, le châtelain se présenta à l'huis du jardin. La dame le fit
attendre jusqu'à minuit. S'il avait maudit cette nouvelle cruauté, il ne serait jamais entré. Mais sa
patience inaltérable lui valut enfin d'être heureux.

Alors une vie délicieuse commença pour la dame de

---

* Heaume, mentonnière et écu lui furent brisés et rompus.

Faiel, pour le châtelain qui partageait son temps entre l'amour, les tournois, les tables rondes et les fêtes, et même pour le mari que sa femme n'avait jamais été en si « grand désir de servir ». Cette vie-là dura longtemps.

Mais il y eut une fois grande fête en Vermandois. La saison était jolie et le pays en paix. Aussi les gens étaient heureux de boire, de manger et de karoler ensemble.

> 3779   Sans jouster et sans tournoier
>   Se vouloient esbanoier.
>   Telz gieus sans peril sont mout bel.

Le châtelain et la dame de Faiel y étaient. Il y avait là aussi une dame du Vermandois, belle, sage et malicieuse. Elle désirait avoir le châtelain, auquel on ne connaissait encore aucune liaison, pour ami. Or, on mangeait par petites tables, au hasard. La dame, dînant avec le châtelain, le vit échanger des œillades avec Madame de Faiel, qui était assise à côté de Buridan de Walincourt, et soupirer. Elle fit son profit de cette observation. « Vous soupirez, dit-elle. » — « C'est une douleur que j'ai. » — « Certes, sire, je n'en crois rien. » La dame se mit à chanter, pour réjouir la compagnie, la chanson : *Chascuns se doit esbaudir*... Tous répondirent en chœur, tandis que les serviteurs servaient honorablement les mets. Quand les tables furent ôtées, la dame de Faiel donna le signal de la danse :

> 3863   Madame de Faiel s'esmut
>   Et d'entre les rens se leva
>   Et prist entour soy sa et la

Par les mains dames, chevaliers,
Pour caroller, et dist premiers
Une chanson de sentement...

Les jongleurs jouaient, de leur côté, de divers
instruments : cors, timbres, tambours, etc. Il y avait
aussi des jeux de singes et d'ours. Bref, des fêtes très
agréables, qui durèrent pendant trois jours. Mais le
châtelain eût mieux fait de ne pas pousser un soupir
le premier de ces trois jours.

En effet, pour en avoir le cœur net, la dame,
curieuse et jalouse, fit suivre, par un espion, le châtelain de Couci jusqu'à ce qu'elle fût convaincue qu'il
allait la nuit à Faiel. L'ayant appris, elle voulut
s'en venger : « Je m'en ferais, dit-elle, plutôt
mourir que le bon seigneur de Faiel ne sût à quoi
s'en tenir. » Un jour que ce bon seigneur était chez
elle, de passage, elle lui raconta les faits.

D'abord, le sire de Faiel hésita à croire qu'il était
trompé. Mais, pour en avoir, à son tour, le cœur net,
il annonça à sa femme, comme on a fait, en pareil
cas, dans tous les temps, une absence de huit jours,
sous prétexte de « marier un homme de son
lignage ». Puis il s'ouvrit à son écuyer, nommé
Gobert : « Quand je saurai ce qui en est, lui dit-il ;
si je trouve le châtelain, qu'en ferais-je ? Conseil-
lez-moi, je vous prie. » — « Sire, répondit l'écuyer,
si j'étais à votre place, je ne me contenterais pas des
apparences. Je verrais d'abord s'il vient seul, et puis
je m'arrangerais pour le prendre en flagrant délit, lui
et madame.

4339   Iluec les porrés vous blamer...
        La orrés vous que il dira...
        Mais nullement ne l'ociés...
        Riches est et bien parentés,
        Est et trop vaillant, ce savés.
        On doit garder au conmenchier
        C'on puist eschiver encombrier*. »

Un soir, le sire de Faiel et Gobert, qui guettaient
hors du jardin, virent entrer quelqu'un la nuit. Sûrs
de leur fait, la fois suivante, au moment où le châtelain
approchait, ils frappèrent avant lui à la porte ; on leur
ouvrit ; ils entrèrent ; et le châtelain, en arrivant, se
trouva en face d'eux. Mais il ne perdit pas son sang-
froid. « Tout ceci, dit-il tranquillement, ne concerne
en rien votre femme ; pas de scandale sans raison ;
c'est votre demoiselle que j'aime. »

4629   « Par Dieu, Gobert, je n'ai paour
        Ne de vous, ne de vo signour...
        Il a longtemps que j'ai amée
        Ceste damoiselle a celée**.
        Si venoie parler a li. »

« Il est vrai, dit Isabelle (c'était le nom de la chambrière) ; et vous y viendrez encore, ici ou ailleurs (car
je sais très bien où aller), si monseigneur ou madame,
qui n'a rien su de nos affaires, me donnent congé
demain. » Cependant la dame apparaît, dans le
désordre simulé d'un réveil en sursaut, proteste,
pleure et s'indigne de la vie, « laide et vilaine », que
sa chambrière a menée, si longtemps, à son insu. Le

---

* Ne le tuez pas... ; on doit prendre garde au commencement,
   pour éviter les ennuis ». — ** en secret.

bon sire est ébranlé : « Ne sais que penser ne que
dire... » Il ordonne enfin au châtelain de filer avec
Isabelle. Mais Gobert l'en détourne encore : « Elle
est gentil femme, dit-il, et cousine de madame[1] ; ce
serait la déshonorer ; vous vous en débarrasserez dis-
crètement dans les huit jours, sans qu'on en parle. »
« Ainsi soit-il », répond le sire : « mais vous, châtelain, jurez-moi que ma femme est innocente. » Le
châtelain jure et s'en va, très gêné, sans prendre congé
de personne.

Il s'en va avec Gobert, qui l'accompagne jusqu'à
Saint-Quentin. Mais Gobert, qui n'a agi jusque-là que
pour arrêter, gêner et apaiser son seigneur, le trahit
alors nettement ; il fait confidence au châtelain de tout
ce qu'il a appris, les soupçons du sire de Faiel et l'origine de ces soupçons. Là-dessus, le châtelain le
charge de recommander au mari de ne pas battre sa
femme, sous peine de guerre ouverte. « De guerres
viennent grands malheurs », observe prudemment
Gobert ; et, de retour à Faiel, il conseille, en effet,
au seigneur, qui continuait à faire des scènes à sa
« maisnie », de se coucher au plus tôt.

Les jours suivants, la porte du jardin fut murée et
Isabelle renvoyée.

Le châtelain, de son côté, ne pensait plus qu'à se
venger « honnêtement » de la dame qui, par envie, lui

---

1. Les riches gentilshommes de ce temps étaient entourés
d'une domesticité noble, de parents pauvres. Gobert lui-même
était parent du sire de Faiel, comme il s'en souvint à propos au
moment d'être pendu (p. 218).

avait fait tant de tort. Il s'avisa d'un tour cruel. Le
mari de cette dame, un très bon chevalier, était allé
aux joutes, qu'il aimait beaucoup. Le châtelain, un
beau soir, vint demander l'hospitalité à son manoir.
La dame le reçut de son mieux, car elle avait du goût
pour lui. Il ne l'ignorait pas et lui fit des avances.
« Avoi ! châtelain, lui dit-elle ; croyez-vous que je ne
sache pas où vous aimez ? l'huisset du jardin le sait
bien. » Il pâlit, mais, ferme en son dessein : « Madame, répondit-il, cet amour-là ne vaut pas qu'on en
parle ; il s'agit d'une chambrière, et cela n'a pas
d'importance :

> 5110   Ce n'est mie chose si chiere
> De quoi on doie faire conte... »

Elle consentit enfin à lui donner, en gage d'amour,
un « couvre-chef » brodé d'or. De pareils dons
étaient les premiers pas d'usage avant la reddition
finale.

Mais revenons à Faiel. La dame, privée d'Isabelle,
rêvait d'utiliser Gobert. Celui-ci, qui, paraît-il, avait
été jadis au service du châtelain (ce qui explique un
peu sa conduite), en fit d'abord le plus vif éloge. La
dame craignait un piège ; mais Gobert, pour provoquer sa confiance, lui raconta ce qu'il savait, comme
il avait fait au châtelain ; alors, elle lui dit tout, « non
pas si clair comme il estoit, mais un peu trouble... ».
Gobert offrit ses services. « Traitez-moi très mal, lui
dit-il, pour me fournir un prétexte à demander mon
congé ; d'ailleurs monseigneur va vous surveiller de

très près ; il n'ira plus aux tournois ; or, moi, durant
la saison des tournois, je ne puis pas ne pas les suivre. Je dirai aussi à monseigneur que le châtelain
insiste pour me prendre à son service, et il consentira
à ce que j'y entre, dans la pensée que, par moi, il
saura ce qui vous concerne ». La dame, ravie, donna
à ce fidèle serviteur une bourse de deniers (qu'il fit
d'abord semblant de refuser) et comme lettres de
créance, des « enseignes » convenues entre elle et le
châtelain. — Dès que le sire de Faiel fut revenu d'in-
specter ses blés et ses terres, la comédie convenue
commença. Gobert, ostensiblement maltraité par la
maîtresse de la maison, prit congé. Comme il l'avait
prévu, il obtint aisément l'autorisation d'entrer au
service du châtelain :

5429   « S'il vous requiert, si le servés...
         Car les valés de son païs
         Prent on adès plus volentiers
         Que les estranges escuiers. »

A quelques jours de là, Gobert était de nouveau
l'écuyer du châtelain qui, le rencontrant à la sortie de
la messe, un jour de joute, l'avait aussitôt « accolé »
et invité à manger.

La première chose que fit, dès lors, le héros du
roman fut d'associer Gobert à sa vengeance préparée
contre celle qui l'avait traîtreusement dénoncé. Et
d'abord, après les joutes, il repassa par le manoir de
cette dame ; cette fois il la serra de très près et elle
lui donna rendez-vous aux environs, dans une lande
de bruyère, près des ruines d'un vieux château. Le

soir du rendez-vous, il attendit que la dame s'aban-
donnât dans ses bras ; alors, au dernier moment, il
se leva et dit ainsi :

> 5781   ... « Dame, or esgardés.
> Il ne demeure pas en vous
> Que vostre maris ne soit cous.
> Vous li estes de pute foy.
> Et pour itant je vous chastoy
> Que jamais ne voelliés mesdire... * »

A ces mots Gobert et Isabelle, qui s'étaient cachés
aux alentours, se montrèrent, pour la plus grande
honte de la coupable. « Il est à regretter, écrivait en
1829 l'honnête éditeur Crapelet, que l'auteur n'ait
pas trouvé une vengeance plus digne du caractère
d'un chevalier français. »

Pendant ce temps-là, la dame de Faiel était tortu-
rée par la jalousie. Car un héraut, qui était venu apporter des nouvelles au château, avait parlé des exploits
que le châtelain avait accomplis aux joutes avec, sur
son heaume, un superbe « cuevre-chief », assurément
le don d'une amie. Mais Gobert dissipa bientôt ses
soupçons l'informant des circonstances de la vengeance
arrangée par le châtelain. « Et maintenant, ajouta-
t-il, il faut songer aux moyens d'amener ici votre
ami. »

Un jour que le sire de Faiel était absent, le châtelain, la tête entourée de bandages, et méconnaissable,

---

* « Il ne tient pas à vous, Madame, que votre mari ne soit cocu.
Vous lui êtes de mauvaise foi. Et pour cela je vous remontre
que jamais ne médisiez. »

fut amené par Gobert au château, et présenté comme
un écuyer blessé au dernier tournoi. Ce tour ayant
réussi, on en inventa d'autres, si bien que les rapports
de la domesticité donnèrent de nouveau l'éveil au mari.
A partir de cette époque, celui-ci redoubla de sévérité ;
il gourmandait continuellement sa femme, sans oser la
battre pourtant, « car elle estoit de grant linage » (v.
6215).

Les entrevues étant désormais impossibles à Faiel,
il fallut trouver autre chose. — Le sire de Faiel et sa
femme étaient sur le point d'aller au pèlerinage de la
Toussaint à Saint-Maur-des-Fossés, le châtelain fit
avertir son amie de s'arrêter à un moulin dont il avait
gagné le meunier. Les pèlerins étaient à cheval (car le
« char » de madame n'était pas en état), avec un seul
écuyer. Avant d'arriver au moulin, il y avait un gué à
passer ; la dame se laissa tomber dans l'eau ; on la
porta, toute trempée, au moulin ; et elle alla se changer dans la chambre du meunier, où le châtelain l'attendait[1].

Enfin le mari trompé s'avisa d'un moyen assez
subtil d'éloigner celui qui troublait son ménage. —
Il dit à sa femme : « J'ai l'intention d'aller en pèlerinage outre-mer ; vous croiserez-vous avec moi ? » —
« Ha ! sire, dit-elle, j'y pensais. » Mais elle fit man-

---

1. Ces stratagèmes ne sont pas de l'invention de l'auteur. Ils
sont traditionnels et « probablement d'origine orientale ».
Voir, à ce sujet, G. Paris, dans l'*Histoire littéraire*, XXVIII,
p. 360.

der aussitôt au châtelain, par Gobert, de venir parler avec elle, sous l'habit d'un de ces merciers ambulants « qui portent en tous lieux leur panier à leur cou ». Le châtelain vint en effet :

> 6610   Panier quist et solers loiés,
> Et houcette d'un burel griés *,
> Et un viés chapel deschiré
> Et un petit bourdon ferré
> Pour soutenir sous son panier,
> Si conme il convient a mercier.

En cet équipage il était, vers none **, en vue de la tour de Faiel lorsqu'il rencontra le seigneur qui s'en allait à Péronne pour aider une de ses cousines, laquelle était en procès. Il salua « bonnement » et « passa outre sans mot dire ». Les gens et la dame du château marchandèrent sa pacotille, et, comme il faisait mauvais temps, l'invitèrent à coucher, avec la permission de Madame. L'auteur saisit cette occasion de proclamer qu'à son avis nul plaisir n'est comparable à l'amour :

> 6815   [Car] c'est la chose souveraine
> C'on puist souhaidier ne avoir.
> Je ne pris rien or ne avoir,
> Chastiaus, cités, autre richesse,
> Vers amours...
> Ne nulz homs n'a plus grant desir
> D'estre jolis, gais, envoisiés,
> Cantans, jouans, rians et liés
> Com cilz qui aime en desirant
> Merci, et vit en esperant.

* Il prit un panier et des souliers à liens, une robe de bureau... — ** midi.

Les deux amants s'entendirent pour aller ensemble en Terre Sainte; c'était, du reste, l'avis de Gobert que l'on serait plus à son aise pour faire l'amour là-bas qu'ici. Puisque la dame devait accompagner son mari en Orient il fut décidé que le châtelain s'arrangerait pour s'y rendre de son côté. Le roi Richard venait justement de faire « crier » partout un grand tournoi en Angleterre; maints chevaliers du Vermandois se proposaient de passer la mer pour y prendre part; et quelques-uns croyaient savoir que, à la fin du tournoi, le roi ferait « prêcher la croix ». Ce qui eut lieu, en effet. A son retour d'Angleterre, le châtelain était croisé.

Or, c'était bien là-dessus que le sire de Faiel avait compté. Il n'avait jamais eu l'intention d'aller outre-mer, pour sa part; et, s'il l'avait dit, c'était pour que sa femme conseillât au châtelain de s'engager d'une manière irrévocable. Désormais, il ne parla plus de croisade. Un cardinal étant venu prêcher la croix dans le pays de Vermandois, il déclara tout simplement qu'il était « trop faible », et s'abstint.

Renaut de Couci partit donc seul, en emportant les tresses que son amie s'était coupées pour les lui donner dans une dernière entrevue. Il s'embarqua à Marseille et aborda à Acre. Il ne tarda pas à devenir la terreur des Sarrasins, qui le surnommèrent « le Chevalier qui sur son heaume porte tresses ». Mais, un jour, il fut frappé, au côté, d'une flèche empoisonnée. Les médecins le remirent sur pied, en annonçant que pourtant il n'en reviendrait point. Dans l'espoir

16

de se rétablir, il prit passage sur le premier navire en partance ; mais, pendant la traversée, il se sentit mourir. Alors, il ordonna à Gobert de l'ouvrir après sa mort et de remettre son cœur à la dame de Faiel, avec les tresses et une lettre qu'il dicta au dernier moment. Lorsqu'il eut scellé cette lettre, il jeta son sceau dans la mer, fit l'éloge de l'Amour, se confessa et mourut. — Navrant fut le désespoir de son écuyer Gobert et de son « garçon » Hideus. — Il fut enterré à Brindes.

Gobert approche de Faiel pour accomplir les dernières volontés du châtelain. Mais voici que, dans un sentier, il se trouve face à face avec le seigneur du lieu. Celui-ci, qui est désormais au courant de toutes les machinations passées de son ancien écuyer, le saisit et le menace :

7901   ... « Trop estes osés
        Quant vous en mon païs venés
        Qui tant m'avés fait deshonnour
        Entre vous et vostre signour...
        Je vous penderai de mes mains... »
        — « Sire, ne vous esmouvés mie...
        Si n'estoit pas la coupe moie*.
        Et si sui ge, ou que je soie,
        Biau dous sires, de vo linage. »

Gobert n'évite d'être pendu qu'en livrant sur-le-champ le coffret qui contenait les tresses, le cœur et la lettre de son maître.

* Ce n'était pas ma faute.

Rentré chez lui, le sire de Faiel ordonna à son cuisinier d'apprêter pour le souper un coulis de gélines et de chapons, et un autre de même apparence « avec ce cœur, que tu serviras à Madame seulement ». Au souper, la dame loua la viande qui lui avait été servie :

8029   Et dist : « Pourquoy et conment
N'en atorne nos queus * souvent ?... »
— « Dame, n'aiés nule merveille
S'elle est bonne, que sa pareille
Ne poroit on mie trouver...
Car vous en ce mes cy mengastes
Le cuer qu'el mont ** le mieus amastes.
C'est du chastelain de Coucy
Dont on vous servit ore cy...
Vous l'amastes en son vivant...
Et pour un poy moi revengier
Vous ai ge fait son cuer mengier. »

Lorsque la dame eut vu la lettre, les tresses et le coffret, elle vit bien que c'était vrai :

8080   « Par Dieu, sire, ce poise my.
Et puisqu'il est si faitement
Je vous affie certainement
Qu'a nul jour mès ne mengeray... »
Ne demoura gaires après
Qu'elle pria a Dieu merci
Et l'ame del corps s'emparty.

Le sire de Faiel la fit enterrer honorablement, car il craignait la vengeance de sa famille ; puis il alla outre-mer, et mourut dans la tristesse.

Conclusion. Les vrais amants dont nous avons

* notre cuisinier. — ** au monde.

raconté l'histoire furent de parfaits modèles. Hélas !
tous ne sont pas ainsi :

8177   Une maniere y a de gent,
        S'il voient dame ou damoiselle,
        Tantost leur lance une estincelle
        Telle qu'il sont en .I. esrour*.
        Lors font celui samblant d'amour
        Qui a tous temps doive durer,
        Et dont s'il n'i pueent trouver
        Belle reponse ou douch samblant,
        Leur cuers en est tournés atant.
        Cil sont sans bien, sans loiauté ;
        Car, quant il n ont leur volenté,
        Leur mauvais cuers les met en ire,
        Si qu'il se painent de mesdire...
        Ceus tient Amours a anemis [1].

C'est en l'honneur d'une « dame gente » que l'auteur, « pris » par Amour « en son service », a rimé
ce roman-ci,

8228   Et mon non rimerai ausy
        Si c'on ne s'en percevera
        Qui l'engien trouver ne sara,
        J'en sui *certain*...

On a cru, d'abord, que l'auteur avait voulu dire
qu'il s'appelait Jean Certain. Puis, de nos jours, on
s'est aperçu que l' « engin » en question était dissi-
mulé plutôt dans les quatorze derniers vers. Les pre-

* désir ardent.

1. Passage très altéré dans le ms. qui a servi pour l'édition,
corrigé ici d'après le ms. Ashburnham.

mières lettres de ces vers, lus en acrostiche, donnent,
en effet, un prénom : Jacemes (qui est Jakemes ou
Jakemon), et un nom propre : Makesep dans l'un des
deux manuscrits, Sakesep dans l'autre[1].

1. G. Paris, après avoir adopté et popularisé la forme « Sakesep » (*Histoire littéraire*, XXVIII, p. 353 et suiv.), n'était pas
loin, paraît-il, d'admettre en ces derniers temps que l'acrostiche final devait être déchiffré « Sakès », en laissant de côté les
deux derniers vers (Communication de M. G. Raynaud). Le
meilleur des deux manuscrits donnerait, en ce cas, « Makès ».

LA CHATELAINE DE VERGI

« *La Chastelaine de Vergi*, poème charmant et délicat,
un des joyaux de la littérature française du moyen âge
dans la seconde moitié du xiiie siècle, a, jusqu'à la fin du
xviiie siècle, conservé sa vogue en France et à l'étranger,
sous des formes multiples et souvent renouvelées. »
Ainsi s'exprime M. G. Raynaud, qui a donné de ce poème
une excellente édition dans la *Romania*, t. XXI (1892),
p. 145, d'après huit manuscrits du xiiie et du xive siècles[1],
dont sept sont conservés à Paris et un à Berlin[2].

C'est le récit d'une aventure arrivée à la cour ducale
de Bourgogne, où, dans la seconde moitié du xiiie et au
commencement du xive siècle, il y eut plus d'une aventure galante. Les principaux personnages sont un duc et
une duchesse de Bourgogne, qui ne sont pas autrement
désignés, une châtelaine de Vergi, nièce du duc, et
l'amant de cette dame. Or il y a eu avant 1288 (date
certaine d'un manuscrit du poème[3]) deux dames

---

1. Il existe en outre sept manuscrits du xve ou du xvie siècles.
2. Vient de paraître : *The Châtelaine de Vergi. A* 13th *cen-
tury french romance*, traduit en anglais par A. Kemp-Welch,
illustré d'après un ivoire contemporain, avec une introduction
de L. Brandin (London, D. Nutt, 1903, in-18). — Le texte est
celui de M. G. Raynaud. L'introduction n'ajoute rien à ce que
l'on savait.
3. Bibl. nat., fr. 375 (anc. 6987).

de Vergi qui ont été nièces d'un duc de Bourgogne;
mais il paraît évident qu'il s'agit de la dernière, Laure
de Lorraine, nièce (à la mode de Bretagne) du duc
Hugues IV, laquelle fut mariée en secondes noces à Guillaume de Vergi, sénéchal de Bourgogne, entre 1259 et
1267. La duchesse serait donc Béatrice de Champagne,
femme du duc Hugues IV depuis 1258.

On a dit que *la Chastelaine de Vergi* était « un véritable roman à clé ». Peut-être. Il faut considérer pourtant que, en ce cas, l'auteur aurait pris avec l'histoire des
libertés très grandes. En effet, il fait mourir en même
temps la châtelaine, dont la mort est la péripétie caractéristique du poème, et la duchesse (celle-ci par les mains
de son mari), puis le duc en Terre Sainte. Mais si le duc
Hugues IV, après s'être croisé avec Louis IX, est mort
en effet au retour d'un pèlerinage à Saint-Jacques-de-
Compostelle en 1272, sa femme, Béatrice de Champagne,
n'est décédée qu'en 1295. Et quant à Laure de Lorraine,
elle vivait encore en 1281. Ainsi, pour « dramatiser »
l'aventure réelle dont Laure aurait été l'héroïne, l'auteur
se serait permis de faire tuer par le duc, à la suite de la
mort d'une nièce, qui, en fait, lui survécut au moins
neuf ans, sa propre femme qui, en fait, lui survécut
vingt trois ans !

Si *la Chastelaine de Vergi* est un roman à clé, il faut
admettre que l'auteur n'a pas craint de le publier du
vivant de la personne qui y joue le rôle le plus déplai-
sant, puisque le roman a été certainement composé en
1288 au plus tard (date de l'un des manuscrits) tandis
que Béatrice de Champagne vivait encore sept ans après.
« Le poète, explique M. G. Raynaud, n'avait pas de mé-
nagements à garder vis-à-vis d'elle »; car, dès la disparition d'Hugues IV, « n'étant pas en bons termes avec son
beau-fils, le nouveau duc Robert II, elle s'était retirée à
l'Isle-sur-Montréal, où elle vécut jusqu'à sa mort ». Mais
il ne paraît pas possible à M. G. Raynaud de croire que

la publication du roman ait eu lieu avant le décès des
autres intéressés, notamment du duc (1272) et de Laure
(vers 1282). C'est pour ces motifs qu'il place la date de
la composition « entre 1282 et 1288 ». On voit par là
que la première de ces deux limites chronologiques est
tout à fait conjecturale. — Ajoutons que l'historiette
devait être surtout désagréable au Châtelain de Vergi, le
mari trompé. C'est donc la mort de Guillaume de Vergi,
plutôt que celle de Laure, qui fournit le terme à partir
duquel on pourrait considérer que la publication du
roman serait devenue acceptable. D'après les historiens
de sa maison, Guillaume de Vergi est mort en 1272[1].

La date de la composition reste, en somme, très incer-
taine, et rien ne prouve que l'auteur ait visé les personnages réels dont il a, assez indiscrètement, employé
les noms[2].

L'éditeur a très bien dit, par ailleurs : « Rien dans
le roman ne peut aider à découvrir quel en est l'auteur.
Seules quelques rimes, noyées au milieu de nombreux

1. Ce n'est donc pas de lui qu'il s'agit dans un mémoire
conservé à l'*Archivio di Stato* de Sienne et publié par E. Ca-
sanova dans le *Bullettino Senese di storia patria*, IX (1902) :
« C'est li argens et les lettres que li sires de Vergi a receu et
a heu, liquels argens et lesqueles lettres estoient Renaut Barbo
et sire Riche Dieutegart. » Ce mémoire est daté de 1278.

2. Il y a lieu de croire que le roman (perdu) dont le sujet
était l'amour de Morice de Craon pour la vicomtesse de Beaumont mettait également en scène des personnages vivants, dans
des postures qui ne pouvaient manquer d'être désagréables à
leurs familles. G. Paris s'en est étonné : « Dans ce milieu courtois et galant, la première condition imposée à l'expression poé-
tique de l'amour était le secret le plus absolu sur la dame mise
en cause ; comment supposer qu'un poète français, contemporain
de Morice de Craon, du vicomte de Beaumont et de sa femme,
ait tranquillement rimé et récité cette historiette scandaleuse ? »
(*Romania*, 1894, p. 472). Mais ces choses-là étaient possibles :

vers qui appartiennent au dialecte de l'Ile-de-France,
semblent indiquer que le poème a dû être écrit par un
Bourguignon dont la langue était fortement influencée
de français proprement dit[1]. »

La dame de Vergi en Bourgogne[2] aimait un chevalier preux et hardi. Comme elle était mariée, ils
se voyaient en secret : à certains jours convenus, le
chevalier se cachait près du château de Vergi ; et s'il
voyait le petit chien de son amie se promener dans le
verger, cela signifiait qu'elle était seule. Personne
n'était dans le confidence : la dame de Vergi n'avait
donné son amour qu'à condition que nul n'en saurait
jamais rien.

Le chevalier était au duc de Bourgogne et fré-
quentait sa cour. Or, il arriva que la duchesse s'éprit
de lui et le lui laissa voir :

lorsque parut cette *Chastelaine de Vergi* qui semblait la désigner, la duchesse Béatrice de Bourgogne vivait encore ; il y avait
un Archambaut de Bourbon lorsque le roman de *Flamenca* fut
publié.

1. E. Petit (*Histoire des ducs de Bourgogne de la race capé-
tienne*, V (1894), p. 124) a émis l'hypothèse, gratuite, que l'auteur de *la Chastelaine de Vergi*, ayant visé « certainement » la
duchesse Béatrice, doit être « cherché dans l'entourage de Per-
rin d'Angecourt, poète et chansonnier », qui fut au service des
petits-enfants du duc Hugues, issus de son premier lit et fort hos-
tiles à Béatrice.

2. Vergy, cᵘᵉ de Reulle, cᵒⁿ de Gevrey (Côte-d'Or).

60   « Sire, vous estes biaus et preus
Ce dient tuit, la Dieu merci :
Si avrïez bien deservi
D'avoir amie en si haut leu
Qu'en eüssiez honor et preu...
Dites moi se vous savez ore
Se je vous ai m'amor donée,
Qui sui haute dame honorée. »

Le chevalier, très embarrassé, répondit :

88   « Madame, je ne le sai pas ;
Mès je voudroie vostre amor
Avoir par bien et par honor.
Mès de cele amor Dieus me gart
Qu'a moi n'a vous tort cele part
Ou la honte mon seignor gise ;
Qu'a nul fuer ne a nule guise
N'en prendroie tel mesprison
Com de fere tel desreson
Si vilaine et si desloial
Vers mon droit seignor natural. »
— « Fi ! », fet cele qui fu marie,
« Dans musars, et qui vous en prie ? »

La duchesse, outrée de cet affront, ne pensa plus qu'à s'en venger. Elle raconta au duc, son mari, qu'il nourrissait un traître à sa cour ; que ce traître (elle nomma le chevalier) avait osé solliciter son amour, en disant qu'il y pensait depuis longtemps ; et peut-être, en effet, qu'il y pensait depuis long-temps, puisqu'on ne lui connaissait pas d'amie. Le duc n'en dormit pas de la nuit ; et, le lendemain matin, il accabla le chevalier de reproches, sans lui cacher le motif de sa colère :

170   « Issiez errant hors de ma terre !
       Quar je vous en congie sanz doute,
       Et la vous vé et desfent toute ;
       Si n'i entrez ne tant ne quant,
       Que, se je dès or en avant
       Vous i pooie fere prendre,
       Sachiez, je vous feroie pendre ! »

Le chevalier nie ; le duc est ébranlé. « Jurez-moi,
dit le duc, de me dire ce que je vous demanderai, et
je vous croirai. » L'autre jure, car, outre le déplaisir
qu'il éprouve d'être accusé à tort, il craint l'exil qui
le priverait de ses rendez-vous à Vergi. « Or donc, réplique le duc, vous êtes assurément amoureux, cela
se voit à votre air ; mais de qui, sinon de ma femme ?
faites-moi savoir où vous aimez. » Le chevalier se trouve
ainsi pris entre la promesse de discrétion qu'il fit
jadis à son amie et le serment qu'il vient de prêter.
L' « eau du cœur » lui vient aux yeux de l'angoisse
qu'il en éprouve. Alors le duc :

316   « Bien voi que ne vous fiez pas
       En moi tant com vous devriiez.
       Cuidiez vous, se vous me disiez
       Vostre conseil celéement,
       Que jel deïsse a nule gent ?
       Je me leroie avant sanz faute
       Trere les denz l'un avant l'autre. »

Ses protestations sont si fortes que le chevalier
cède enfin, en pleurant :

341   « Sire, jel vous dirai ainsi :
       J'aim vostre niece de Vergi
       Et ele moi, tant c'on puet plus. »

Et il lui raconte tout. Mais le duc veut voir de ses yeux. Le soir même, il accompagne à son rendez-vous l'ami de la châtelaine. Il voit le manège du petit chien. Caché derrière un arbre, il assiste aux premières effusions de sa nièce et du chevalier. Il ne peut douter davantage ; et il est enchanté, car il voit bien que sa femme en a menti. La nuit s'écoule, trop courte au gré des amants. Le duc assiste encore à leurs adieux. Sur le chemin du retour, il assure son vassal qu'il est pleinement convaincu et, de nouveau, qu'il gardera le secret.

Ce jour-là, au « mengier », le duc fit au chevalier le plus excellent accueil. Au point que la duchesse, étonnée, se leva de table, et s'en alla, prétextant une migraine. Après le repas, elle reçut la visite de son mari, qui lui dit : « Ma douce amie, je ne crois plus un seul mot de ce que vous m'avez raconté au sujet de ce galant homme.

544   Ainz sai bien qu'il en est toz quites,
  N'onques ne penssa de ce fere,
  Tant ai apris de son afere ;
  Si ne m'en enquerez ja plus. »

Ces paroles excitèrent au plus haut point le dépit et la curiosité de la dame. La nuit suivante, elle s'arrangea pour tout savoir. Aux premières caresses du duc, elle dit : « Vous ne m'aimez point. » « Et pourquoi ? » demanda le duc.

586   — « Ja me deïstes par ma foi...
  Que je ne fusse si osée
  Que je vous enquerisse rien
  De ce que or savez vous bien ».

— « De qoi, suer, savez vous, por Dé ? »
— « De ce que cil vous a conté »,
Fet elle, « mençonge et arvoire*,
Qu'il vous a fet pensser et croire.
Mès de ce savoir ne me chaut... »

Moi, je vous ai toujours tout dit ; vous, vous me cachez vos pensers ; je n'aurai plus confiance en vous. » Elle pleure, elle soupire. « Ma bele suer », dit le duc,

616 Sachiez que je ne puis pas dire
Ce que volez que je vous die
Sanz fere trop grant vilonie.

Elle repartit aussitôt :

620 « Sire, si ne m'en dites pas,
Quar je voi bien a cel samblant
Qu'en moi ne vous fiez pas tant
Que celaisse vostre conseil ;
Et sachiez que mout me merveil :
Ainc n'oïstes grant ne petit
Conseil que vous m'eüssiez dit,
Dont descouvers fussiez par moi... »

Là-dessus, le duc embrasse sa femme et « ne se peut tenir » de lui tout dire. Il lui raconte tout, mais sous menace de mort, au cas où elle bavarderait à son tour.

La duchesse, très offensée d'avoir été dédaignée pour une personne de condition plus basse que la sienne, est résolue à se venger. Elle attend pour cela

*illusion, vision.

la cour plénière de la Pentecôte où « toutes les dames
de la terre » de Bourgogne, et la châtelaine de Vergi
entre autres, devaient venir, suivant l'usage. Lorsqu'elle vit sa rivale, le sang lui frémit; mais elle prit
sur elle de la recevoir mieux que jamais, pour choisir le moment de la frapper au cœur. — Quand les
tables furent ôtées, la duchesse emmena les dames
dans sa chambre, pour qu'elles se parassent tranquillement, en attendant les caroles. — Là, elle félicite tout à coup, « comme par jeu », la châtelaine
de Vergi de son « acointement » avec un ami, « bel
et preux », et aussi de son adresse à dresser les
petits chiens.

> 710   « Je ne sai quel acointement
> Vous penssez, Madame, por voir,
> Que talent n'ai d'ami avoir
> Qui ne soit del tout a l'onor
> Et de moi et de mon seignor. »
> — « Je l'otroi bien », dit la duchesse,
> « Mais vous estes bone mestresse,
> Qui avez apris le mestier
> Du petit chienet afetier*. »

Les dames, qui n'ont pas compris, s'en vont danser. Mais la châtelaine, qui a compris, s'enferme
dans une garde-robe, et se lamente: c'est son ami
qui l'a trahie; s'il la trahie, c'est qu'il ne l'aime plus
et qu'il aime la duchesse.

> 746   « Douz Dieus, et je l'amoie tant
> Comme riens peüst autre amer,
> Qu'aillors ne pooie penser

---

* De dresser le petit chien.

Nis* une eure ne jor ne nuit,
Quar c'ert ma joie et mon deduit,
C'ert mes delis, c'ert mes depors,
C'ert mes solaz, c'ert mes confors.
Comment a lui me contenoie
De pensser, quant je nel veoie !
Ha ! amis, dont est ce venu ?
Que poez estre devenu
Quant vers moi avez esté faus ?...
Plus vous amoie la moitié...
Que ne fesoie moi meïsmes...
Quar vous estiiez ma richece
Et ma santez et ma leece **,
Ne riens grever ne me peüst
Tant com mes las cuers seüst
Que li vostres de riens m'amast...
Ha ! fine amor ! et qui penssast
Que cist feïst vers moi desroi ***
Qui disoit, quant il ert o moi
Et je fesoie mon pooir
De fere trestout son voloir,
Qu'il ert toz miens, et a sa dame
Me tenoit et de cors et d'ame.
Et le disoit si doucement
Que le creoie vraiement,
Ne je ne penssaisse a nul fuer
Qu'il peüst trover en son cuer
Envers moi corouz ne haïne
Por duchoise ne por roïne...
De lui me penssoie autressi
Qu'il se tenoit a mon ami
Toute sa vie et son eage,
Quar bien connois a mon corage
S'avant morust, que tant l'amaisse
Que après lui petit duraisse...
Ne puis vivre ne je ne vueil ;
De ma vie ne me plest point,
Ainz pri Dieu que la mort me doinst,

* Même. — ** joie. — *** faute, crime.

> Et que, tout ausi vraiement
> Com je ai amé leaument
> Celui qui ce m'a porchacié,
> Ait de l'ame de moi pitié,
> Et a celui qui a son tort
> M'a trahie et livrée a mort
> Doinst honor, et je li pardon ;
> Ne ma mort n'est se douce non*,
> Ce m'est avis, quant de lui vient
> Et quant de s'amor me sovient,
> Por lui morir ne m'est pas paine. »

Après ce long monologue (qui est ici fort abrégé),
elle tombe pâmée, et meurt, en disant: « A Dieu
vous commant, douz amis », cependant que son ami,
qui ne se doute de rien, « danse et bale » dans la
grand' salle. Enfin on remarque son absence, et le
chevalier la découvre, dans la garde-robe, pâle et
roidie. Une pucelle, qui, sans être vue, avait entendu
les plaintes suprêmes, dit : « Elle est morte, à cause
de son ami et d'une histoire de petit chien, dont
Madame l'avait raillée. » « Hélas ! s'écrie le chevalier, je l'ai tuée ; mais je me ferai justice » ; et il se
perce le cœur d'une épée qu'il a décrochée d'un « es-
puer » ** (v. 900).

La pucelle, épouvantée de ce massacre, s'enfuit et
dit tout au duc. Le duc arrache l'épée du cœur de
l'amoureux indiscret et marche droit à sa femme, en
pleine fête, et la tue. On enterra les trois cadavres le

---

* La mort m'est douce... — ** Pas d'autre exemple de ce mot,
que Godefroy traduit par « pieu, poteau » (?) et A. Kemp-
Welch par *nail* (clou).

lendemain. Le duc se fit Templier : jamais on ne le
vit plus rire. — Apprenez par là à vous taire :

955   Et par cest example doit l'en
        S'amor celer par si grant sen
        C'on ait toz jors en remembrance
        Que li descouvrirs riens n'avance
        Et li celers en toz poins vaut.

LA COMTESSE D'ANJOU

Le roman de *la Comtesse d'Anjou* a été conservé dans deux manuscrits, un du xiv° siècle (n° 4531 des nouvelles acquisitions du fonds français de la Bibliothèque nationale), et un du xv° siècle (n° 765 du fonds français de la même Bibliothèque).

L'auteur s'est nommé à la fin, dans une énigme en deux vers dont il déclare lui-même, avec raison, que la « soubtilleté » n'est pas grande :

> Je n'ai pas mout *hanté* tel chose,
> Ainz pesche au *mail l'art*, qui enclose
> N'est pas en moi...

Il s'appelait donc Jehan Maillart. Comme le second des deux vers de l'énigme est défiguré dans le manuscrit du xv° siècle, on a supposé, tant que ce manuscrit fut le seul connu, que le mot de l'énigme était Alart Peschotte ou Peschanté, ou Jehan Alart.

L'*Histoire littéraire* ne sait rien, d'ailleurs, sur la biographie de Jehan Maillart. — Cependant « mestre Jehan Maillart » est cité au nombre des notaires de l'hôtel du roi dans l' « Ordenance de l'ostel Philippe, roy de France et de Navarre qui ores est, faite au Bois de Vincienes », en décembre 1316 (E. Boutaric, *Actes da Parlement de Paris*, II, p. 147, col. 1), et nous serions en mesure d'indiquer quelques dates de la carrière de ce personnage, qui fut un des principaux fonctionnaires de la Chancellerie de France au temps de Philippe le Bel [1]. Mais Jehan Maillart, le notaire, est-il le même que son contemporain, Jehan Maillart, l'écrivain ? C'est possible, et même probable, car Maillart, l'écrivain, fut en relations avec des gens que Maillart, le notaire, connaissait certainement [2].

Jehan Maillart dit, dans *la Comtesse d'Anjou*, qu'il a composé son ouvrage à la demande de feu Pierre de Chambli, seigneur de Viarmes [3], « le preudom a la liée chiere », et que c'est au fils de cet amateur éclairé qu'il offre le fruit de ses veilles « en cette présente année, l'an de l'Incarnation 1316 ». Il ajoute qu'il a dû, pour en venir à bout, s'y reprendre à plusieurs fois, ayant à entendre ailleurs, c'est-à-dire autre chose à faire. — Notaire ou non, il exerçait donc un autre métier que celui de ménestrel.

C'est le seigneur de Viarmes lui-même qui avait raconté à notre homme l'histoire de « La comtesse d'Anjou » en le priant de la mettre en rimes. Or, ce seigneur est connu comme un des rares représentants de l'ancienne noblesse domestique des Capétiens directs qui jouèrent, à la cour de Philippe le Bel, un rôle considérable. Le rédacteur de la Chronique dit de Geoffroi de Paris, qui

1. Philippe le Bel avait donné en viager à Jehan Maillart, son clerc, une maison à Paris, achetée par la Couronne à Pierre de la Chapelle, évêque de Toulouse ; cette maison était située « in vico Sancte Crucis, in loco vocato La Bretonnerie » (Arch. nat., JJ 53, n° 206). — Jehan Maillart était mort en mars 1326 (v. st.), comme il résulte d'une concession de Charles le Bel à ses exécuteurs testamentaires (Ib., JJ 64, n° 413).

2. Il est à remarquer, en outre, que l'auteur de *la Comtesse d'Anjou* insiste beaucoup sur l'intervention de la cour du roi dans le différend entre le comte de Bourges et la comtesse de Chartres. Voir pp. 260-261.

3. Viarmes, cᵒⁿ de Luzarches (Seine-et-Oise).

était très conservateur, le considère comme un des
plus « vrais » et des plus « fermes » conseillers du
roi Philippe[1].

L'histoire que le seigneur de Viarmes avait donnée
à rimer à Maillart, il ne l'avait pas inventée. C'est
une très vieille histoire, que l'on croit d'origine byzan-
tine. Philippe de Beaumanoir, contemporain et compa-
triote de Pierre de Chambli, en avait déjà traité une
version un peu différente dans son roman de *la Manekine*[2].

La Comtesse d'Anjou est encore inédite; mais des
extraits en ont été publiés par M. G. Paris dans l'*Histoire littéraire de la France*, t. XXXI (1893), p. 318-350.
Nous citons d'après le manuscrit le plus ancien, qui est,
en même temps, le meilleur.

C'est après avoir comparé *la Comtesse d'Anjou* et *la Manekine* que nous nous sommes décidé à présenter au lecteur
le premier, plutôt que le second, de ces contes parallèles.
L'auteur de *la Comtesse d'Anjou* est un écrivain maladroit
et dépourvu de facilité; comme il s'est astreint, d'ailleurs,
à n'employer que des rimes léonines, c'est-à-dire portant
sur deux syllabes, il s'est condamné à contourner sa pensée
et à cheviller fortement; cependant, son œuvre est beaucoup plus intéressante, au point de vue où nous nous pla-
çons, que celle de Beaumanoir, car il s'y trouve, çà et

---

1. *Historiens de la France*, XXII, p. 104. — Un arrêt de la
Chambre des comptes révoqua, en février 1321, une partie des
donations faites par Philippe le Bel à Pierre de Chambli « le
preudomme » et à son fils Pierre « le gras » (*Chronique pari-
sienne anonyme*, dans les *Mémoires de la Société de l'histoire de
Paris*, XI, p. 55).

2. Voir l'étude de M. H. Suchier sur les variantes de ce
conte dans la préface à son édition de « La Manekine » (*Œuvres
poétiques de Ph. de Beaumanoir*, p. p. la Société des Anciens
Textes, t. I. [Paris, 1884]).

là, des scènes assez pittoresques[1], tandis que *La Manekine*, écrite par un jeune homme, est une œuvre tout à
fait banale et conventionnelle[2].

Il y a des gens qui s'évertuent à raconter des fa-
bles et des aventures; il y en a qui chantent des pastourelles ou qui disent, sur la vielle, « chansons
royaux et estampies ».

> Fol. 4 r° Dansses, notes et baleries,
> En leüt, en psalterion,
> Chascon selonc s'entencion,
> Lais d'amour, descors et balades
> Pour esbatre ces genz malades.

Ils sont bien reçus en haut lieu, quoiqu'ils ne prétendent qu'à « chasser l'ennui des cœurs » et « ne
fassent rien à l'âme ». Mais les visées de l'auteur sont

1. « Les détails que Jehan Maillart a ajoutés au récit, dit très
bien l'*Histoire littéraire* (p. 350), donnent à son œuvre la valeur
d'un document. » Il ne serait pas exact, du reste, d'ajouter, avec
l'*Histoire littéraire*, qu'il y a dans *la Comtesse d'Anjou* plus
d' « énumérations et de descriptions de meubles, de vêtements, de bijoux et de fêtes » que dans les romans du même
genre. A l'exception de celles qui intéressent la mangeaille, les
descriptions et les énumérations ne sont ni plus nombreuses ni
plus précises ici qu'ailleurs; peut-être le sont-elles moins.
L'effroyable verbosité de l'auteur est la seule cause de la lon-
gueur exceptionnelle du roman. Mais il y a, çà et là, des scènes
« vues », comme la soûlerie de Galopin, la distribution des au-
mônes à Orléans, etc.

2. Ce n'est pas à dire, bien entendu, que Beaumanoir n'eût
pas, dès l'époque où il composa *la Manekine*, plus de talent que

plus hautes. C'est un moraliste. Mieux vaut, à son avis, écouter « choses profitables qui émeuvent les cœurs des gens à bien faire » et à « monter en bonnes mœurs ». Les « mensonges controuvés » ne valent pas la vérité.

L'aventure qu'il va raconter est « véritable », quoique « très étrange ». La matière en est touchante et de nature à persuader de « persévérer en bien faire ». L'auteur la tient d'un prud'homme, digne de foi, sage, riche, et dont, à la cour de France, la situation est considérable. C'est à la demande de ce per-

Maillart. Voir, par exemple, le couplet sur la « belle saison » (*La Manekine*, v. 2153 et suiv.), le plus banal du monde, et pourtant réussi :

> Ce fu en la douce saison
> Que li roussignol ont raison
> De chanter pour le tans joli,
> Que li pré sont vert et flouri
> Et li vergié cargié de fruit ;
> Que la belle rose est en bruit
> Dont les dames font les capiaus
> Dont li amant font leur aviaus *...
> Cascuns oisiaus en son latin
> Cante doucement au matin
> Pour la saison qui est novele,
> Toute riens adont se revele...
> Li canel les iauwes rechoivent **
> Qui en yver erent esparses.
> Or keurent karoler ces garces,
> Beatris, Marot, Marguechon ;
> Avoec eles ont Robechon
> Et Colinet et Jehanet.
> Puis s'en vont au bos au muget ***...

* désirs, profit. — ** Les canaux reçoivent les eaux. — *** Or courent caroler ces filles... ; avec elles ont Robechon... ; puis s'en vont au bois au muguet

sonnage qu'il a entrepris de « mettre en rimes » l'histoire que vous allez entendre.

Jadis vivait un comte d'Anjou et du Maine, très riche homme, dont les domaines étaient estimés à cent mille livres tournois ; il faisait très souvent tenir des tables rondes et des tournois. Son frère était évêque d'Orléans. « De nul d'eulx deux ne sai le nom », dit l'auteur, qui s'est abstenu aussi de donner un prénom à son héroïne parce qu'il n'y en avait pas, vraisemblablement, dans sa « matière ». Ce comte était veuf, avec une fille qu'il avait fait élever le mieux du monde. Elle était fort belle, mais, ce qui vaut mieux encore, sans orgueil, pitoyable aux pauvres, charitable et très dévote : elle aimait par dessus tout Dieu et « Sainte Église » ; elle allait volontiers « au moutier ». Elle y allait avec sa gouvernante, une bonne, sage et prude femme qui l'avait nourrie et enseignée dès sa jeunesse ; et sachez que toutes deux se tenaient très bien pendant la messe. A la maison, elles ne se permettaient que des distractions honnêtes : tables, échecs, ouvrages de soie.

Un jour que le comte jouait aux échecs avec sa fille, suivant son habitude, après dîner, — au moment où il allait perdre la partie, car il n'avait plus de toute sa « mesnie », qu'un « roc » et qu'un « aufin » — il lui vint subitement une horrible pensée. Le diable la lui inspira. Il fut tenté par la beauté de son enfant. Il ne regardait plus son jeu. C'est en vain que la pucelle lui disait :

Fol. 6.   — « Monseigneur, traiez ;
              Merveille ai que tant delaiez... »
              — « Monseigneur, du tout a vous tient ;
              En grant pensée vous soustient
              Ce roc que perdre vous convient. »

Mais il ne pensait guère à son « roc ». Il répondit
en déclarant brutalement sa criminelle passion. La
pauvre fille, stupéfaite, effrayée, scandalisée, le ser-
monna de son mieux :

Fol. 6 vᵒ   « N'avez pas sain entendement...
              Pour mourir ne le soufferoie.
              Vous trouverez bien autre proie. »

Mais le comte ne voulut rien entendre : il annonça
l'intention d'exiger, par la force, ce qu'on ne voulait
pas lui permettre. Il fallut que la jeune fille fît semblant de consentir, pour obtenir un délai jusqu'au
lendemain.

Tandis que le comte d'Anjou, satisfait de cette
promesse, allait avec ses damoiseaux et ses chevaliers
chasser le héron dans la plaine, la gouvernante recevait les confidences de son élève. Elle lui conseilla de
fuir, par la chambre qui donnait sur le verger, lequel verger s'ouvrait lui-même sur une forêt antique,
« haute et drue ». La « comtesse » éloigna ses demoiselles en feignant d'être indisposée :

Fol. 8 rᵒ   « En celle guarde robe la,
              Fet elle, mon lit me ferez,
              Et erraument m'i coucherez ;
              Car .1. trop grant frichon sent ;
              Et se Nostre Sire consent

> Que je puisse un petit suer
> Garie serai sans muer,
> Que ja n'en serai es liiens
> Ne es mainz des fusiciens
> Qui une grant chose en feroient,
> Se ce tantet de mal savoient*. »

Les servantes disposent aussitôt, pour la nuit, l'appartement désigné.

> Isnelement le lit atornent.
> Couvertures y ot mout fines
> De vair et de gris et d'ermines;
> Riches orilliers, coustes pointes
> Entailliez, belles et cointes,
> Custodes et coissins et sarges
> Et tapiz ouvrez granz et larges
> Si com il affiert a contesse...

Le soir, la comtesse et sa « maîtresse » s'enferment en coulant barre et verroux. Puis, elles pensent à emporter quelque argent, car « ceux qui n'ont pas appris, de bonne heure, la pauvreté, sont trop gênés, lorsqu'ils se trouvent, tout-à-coup, dépourvus[1] ». — La « bonne dame » savait une huche où l'on avait serré de l'or, de l'argent et des pierres précieuses. Elle prit ce qui leur serait nécessaire. Mais elle ne s'embarrassèrent pas de « robes », car il fallait qu'elles allassent à pied, elles qui avaient l'habitude de voyager en

* « Je serai guérie sans tomber entre les mains des médecins, qui en feraient toute une affaire s'ils étaient au courant de ce malaise. »

1. Le même lieu commun est mieux exprimé dans la Manekine, v. 4700: « Car quant on a esté a aise — Plus anuie après li meschiés — Et mout plus est a souffrir griés. »

litière, avec des palefrois harnachés de sambues
et de freins dorés. Elles endossèrent chacune un court
surcot. Et, à la nuit noire, elles s'engagèrent dans la
forêt, en passant le pont et les fossés. La comtesse
se lamentait. « Hâtons-nous », disait la maîtresse.
Elles coupèrent à travers bois, en se déchirant le
cuir des mains aux ronces et aux églantiers. Après
une très longue oraison, la comtesse se mit en quête
d'un refuge : les bêtes sauvages, qui « ont gueules »,
l'effrayaient ; et elle connaissait d'ailleurs la sagesse
du proverbe : il faut manger après les émotions,
Après tous deulx menger convient. Étant sorties du
bois, elles marchèrent à l'aventure, sous le couvert
des grandes haies. Enfin, pour ne pas descendre à
l'auberge, elles entrèrent chez une vieille femme qui
était seule à l'huis de sa chaumière.

Fol. 12 r⁰   La preude femme les regarde
Et dist : « Certes, folle musarde
Pleine de dureté seroit
Qui son pain vous reffuseroit ;
Car, bien sçay, point ne truandés
Combien que mon pain demandez,
Ainz estes, si com je devine,
De grant lieu et de france orine*.
Bien le semble a vostre viaire **
Qui tant est douz et debonnaire...

La vieille offre aux fugitives le pain de sa huche,
qui n'était pas sans paille. — L'auteur du roman
prend texte de cette circonstance pour faire énumé-

---

* d'origine noble. — ** visage.

rer complaisamment à l'héroïne les mets plus succulents qu'elle avait coutume de se voir servir naguère. Il était sans doute gourmand ; ce passage n'est pas le seul où il traite de ce qui concerne la nourriture avec une compétence et une attention particulières[1].

> « Lasse dolente !
> Tel vie pas apris n'avoie
> Quant je chiez mon pere mennoie
> Mès viandes chieres et fines,
> Chapons en rost, oisons, gelines,
> Cynnes, paons, perdris, fezans,
> Herons, butors qui sont plaizans
> Et venoisons de maintes guises
> A chiens courans par force prises,
> Cers, dains, connins [a], senglers sauvag
> Qui habitent en ces boschages,
> Et toute bonne venoison.
> Poissons ravoie je a foison
> Des meilleurs de tout le païs
> Esturjons, saumons et plaïs [b],
> Congres, gournars [c] et grans morues,
> Tumbes [d], rougès et grans barbues,
> Maqueriaus gras et gros mellens,
> Et harens frès et espellens,
> Sartres [e] grasses, mullès et solles,
> Bremes et bescues [f] et molles.
> J'avoie de maintes menieres
> Poissons d'estans et de riviere...

[a] lapins. — [b] plies. — [c] rougets. — [d] Voir le *Dictionnaire de l'ancienne langue française* de Godefroy, au mot « Tombe » 2. — [e] sargues. — [f] Cf. plus loin « bequès ».

1. Chez l'hôtesse d'Orléans (voir plus loin), les fugitives doivent se contenter d'eau, de pain, de pois réchauffés et d'œufs. L'auteur les en plaint hautement : « Du pain noir et de l'iaue plate. — Fortune mie ne les flate », etc.

A poivre, a sausse kameline ;
J'avoie lus* en galentine,
Grosses lamproies a ce mesmes,
Bars et carpes, gardons et bresmes,
Appareilliez en autres guises ;
Turtres *a* ravoie en pastes mises,
Les dars, les vendoises rosties,
En verjus de grain tooïllies *b*,
Et grosses anguilles en paste,

Fol. 12 v°   Autre fois rousties en haste,
Et les gros bequès chaudumés *c*
Si com il sont acoustumez
Des keus qui savent les entantes
De l'atorner. J'avoie tantes *d*
Que en appelle reversées ;
J'avoie gauffres et oublées,
Gouieres, tartes, flaonciaus,
Pipesfarses a grans monciaus
Pommes d'espices, darioles,
Crespines, bingnès et ruissoles *e*.
Si bevoie vins precieus,
Pyment, claré delicieus,
Cythouaudés *f*, rosez, florez,
Vins de Gascoingne coulourez,
De Montpellier et de Rochelle,
Vin de Garnace et de Castelle,
Vin de Biaune et de Saint Poursain,
Que riche gent tiennent pour sain,
D'Auçuerre, d'Anjo, d'Orlenois,
De Gastinois, de Leonnois,
De Biauvoisin, de Saint Jouen,
Touz ceulz n'arai je mais ouen... »

---

*brochets. — *a* Ce mot signifie, d'ordinaire, tourterelles ; mais il s'agit ici de poissons. — *b* dars et vendoises (poissons d'eau douce), saucés dans du verjus de grain. — *c* Godefroy cite « une chaudumée de beschets », d'après le *Ménagier*. — *d* Mot inconnu. — *e* Pâtisseries diverses. — *f* vin parfumé au citoual (zédoaire), espèce de gingembre.

S'étant remises en route, les fugitives aperçurent enfin les tours d'Orléans. Elles avisèrent une bonne femme qui « apportait sa soustenance au marché » et l'arraisonnèrent pour savoir si elle les voudrait héberger :

Fol. 13 r°
> « Nous herbergerez vous ennuit ?....
> Quar nous n'avons serjans ne hommes
> Qui viengnent avec nous ensamble,
> Et pour ce pas bon ne nous samble
> De herbergier en grant hostel ;
> Quar aucun penseroit tost el
> Que bien, pour ce que sommes seules.
> Et moult fet bon mauvaises gueules
> Estouper* par sa bonne garde. »

La bonne femme les avertit qu'elles seront très mal couchées :

> « Si n'ai pas, ne vous i fiez,
> Dras de lin larges et deliez
> Mès de chanvre gros et estrois.
> On n'aroit pas .x. sous des trois.
> Je n'ai pas couvertures grises
> Ne vaires a la perche mises
> Ne coustes que deux [1]..... »

Mais la maison était sûre et tranquille, et à deux pas de l'église ; les fugitives s'en accommodèrent. Chez le mercier elles achetèrent de quoi faire des ouvrages,

---

* fermer, boucher.

[1]. Plus tard, à Orléans, dans des circonstances pareilles, la comtesse fut hébergée par une femme qui n'avait pas même une coute, et qui lui dit : « Mais, se Dieu me garde, il me semble — Que ne savez gesir sans coute. »

des soies de toutes les couleurs, dès « tavelles »; elles
commandèrent au charpentier les « frainnes » et les
« espées » d'un métier. Et elle commencèrent à vivre
en petites ouvrières, sans autre distraction que les
exercices religieux.

Cependant le comte d'Anjou fut profondément affecté
de la disparition de sa fille. C'est en vain que ses chevaliers essayèrent de le réconforter en lui prodiguant
les lieux communs de la sagesse mondaine du temps
sur l'impassibilité qui convient aux gens bien nés :

Fol. 15 v°   « Quar s'uns homs perdoit tout le monde
      Si se doit il ferme tenir...
      Il n'afiert pas, ce dit le sage,
      Que homs qui a senz ne raison,
      Change chiere en nule saison,
      Ne que pour grant bien joie face,
      Ne pour grant mal tristesce embrace ;
      Ainz doit tout prendre a une chiere.
      N'estes pas homs a qui afiere
      A vous ainsi desconforter... »

« La table est mise, lui disaient-ils; mangez, et ça
passera. » Mais, accablé de remords, il se laissa mourir de faim. Son frère, l'évêque d'Orléans, le fit enterrer honorablement. Par malheur, la nouvelle de
cet événement ne parvint pas jusqu'à la retraite de la
comtesse et de sa gouvernante.

Un jour d'été, quelques jeunes fils de bourgeois,
vinrent jouer à la bonde près de chez les deux ouvrières; ayant envoyé l'estuef* dans leur maison, ils

* le ballon.

coururent pour le ravoir, et les virent. La beauté
de la plus jeune les frappa. Ils se dirent que sa vertu
ne serait probablement pas très farouche. L'un
d'eux déclara qu'il donnerait bien « un joyau de
vingt livres » pour en venir à bout. Un autre promit à la « dame » de la maison des cadeaux si elle
voulait s'entremettre, et, comme elle refusait, s'emporta. La bonne femme crut devoir avertir ses pensionnaires du danger qui les menaçait. De leur côté,
elles jugèrent plus prudent de s'en aller. Elles émi-
grèrent, en effet, en pleurant, dans la direction de
Lorris.

A la croix d'un carrefour, un vieux chevalier les
aborda pour les interroger. La « maîtresse » lui répondit qu'elles étaient très malheureuses, qu'elles
n'étaient pas ce dont elles avaient l'air et qu'elles
cherchaient un refuge. Touché, le vieux gentilhomme, qui n'était autre que le châtelain de Lorris, les fit conduire à son manoir par deux des sergents qui l'accompagnaient. Mais la dame de Lorris
pensa que l'infortunée comtesse était trop jolie pour
être honnête : « C'est une musarde, se dit-elle, qui
fait folie pour les hommes.

> Veez quel cors et quel viaire...
> Alez vous en, ma douce amie...
> Quar vous seriez ma mestresse
> Et je come une chamberiere. »

Le châtelain essaye de la rassurer, mais il n'y réussit qu'à moitié. Il consent enfin à envoyer ses proté-

gées chéz une pieuse hôtesse de Lorris, où, pour la
troisième fois, elles devraient se contenter d'un lit de
paille et de pain noir si le bon châtelain ne leur faisait
pas apporter, en cachette, ce soir-là, des viandes et
du vin. — Elles s'installent et recommencent à faire
leurs ouvrages d'or et de soie, comme à Orléans.
La châtelaine apprend bientôt que leur vie, si
« sainte », fait l'admiration de tous. Elle demande à
l'hôtesse ce qu'elle pense de ses pensionnaires, et
notamment de la jeune :

> ... S'ele est coie ou vilotiere *
> Ou bobanciere ou genglaresse **,
> Ou vergoigneuse ou menterresse...

« Non, non, dit l'hôtesse ; elle est noble ; elle ne
peut être vilaine, car elle est « franche et douce en
« chiere » ; et puis, elle travaille bien. » La châtelaine, convaincue, avoue alors à son mari qu'elle a
eu tort d'être méfiante et décide de s'attacher les deux
habiles ouvrières pour enseigner à ses propres filles
l'art de travailler en soie. On les mande, en conséquence, pour leur proposer la chose :

Fol. 20 v°
> « Nous avons ici deus filletes...
> Si voudriens qu'elles seüssent
> Mestier ou joer se peüssent
> A la foiz et esbanier.
> Pour ce si vous voulons prier
> Que ceens demourer veigniez
> Et nos deux filles enseigniez.
> Et tant come ceenz serez
> Vostre guaing espargnerez

* tranquille ou coureuse. — ** arrogante ou hâbleuse.

> Ne riens ne vous convient despendre,
> Et de touz vous ferai deffendre
> Que n'orrez vilaine parole. »

Elles acceptèrent, et tout le monde n'eut qu'à s'en féliciter.

Sur ces entrefaites, le comte de Bourges, qui était le suzerain du châtelain de Lorris, vint à Lorris, accompagné d'une suite brillante et joyeuse, pour user de son droit de gîte. Il y eut une réception magnifique. Par précaution, le bon châtelain avait relégué les ouvrières dans un réduit écarté, pendant ces fêtes. Mais la châtelaine commit l'imprudence, au cours d'un banquet, d'envoyer son écuyer porter dans une écuelle de bonnes choses aux recluses. Le valet qui tranchait devant le comte de Bourges, intrigué par ce manège, suivit le porteur d'écuelle et aperçut la jeune fille, dont la beauté le cloua d'admiration sur la place. Au second service le comte de Bourges s'étonna que son écuyer ne fut plus là pour trancher. L'échanson, s'étant mis à la recherche du serviteur négligent, le rencontra qui, revenu de son extase, descendait l'escalier. Mais tous deux remontèrent pour jeter de compagnie un coup d'œil sur la beauté non pareille que le premier avait découverte. Ils la contemplèrent longtemps. Lorsqu'ils revinrent dans la salle du festin, le comte avait été obligé de leur donner des suppléants à tous les deux ; il les apostropha ; et, pour s'excuser, ils dirent ce qui s'était passé. — Le comte envoie son chambellan pour vérifier le fait. Le fait est exact. Alors le comte or-

18

donna d'ôter les nappes et de démonter les tables
tout de suite ; il n'entendra pas les jongleurs :

Fol. 22 vᵒ   « Je vueil veoir celle pucelle
              Et que touz et toutes la voient,
              Et que trestouz tesmoins en soient
              S'elle est si belle come il dient. »

Le châtelain n'ose s'excuser, et les recluses com-
paraissent, inquiètes et désolées. Aux questions qui
leur sont faites, elles répondent qu'elles sont de pauvres femmes qu'un mauvais homme a chassées de leur
domicile. Puis elles se retirent et les tambours donnent le signal de la danse.

Mais, comme le comte d'Anjou, comme les jeunes
bourgeois d'Orléans, le comte de Bourges résolut de
posséder la malheureuse fugitive. Il fait venir le châtelain.

Fol. 23 vᵒ   ... Moult amiablement l'empoigne
              Par le doi et a part le trait...

Il lui confie ses intentions et qu'il compte sur lui,
au besoin sur la châtelaine, pour en informer l'inté-
ressée. Cette proposition porte un coup au digne seigneur, qui est obligé de s'appuyer à une fenêtre,
car son sang n'a fait qu'un tour. Il réplique vivement :

        « Ha, dit il, ja Dieu ne place
        Que soienz en lieu ne em place
        Je, ne ma fame, que tel chose
        Soit par nous dite ne desclose.
        Maquerriaus estre ne savons... »

Le comte, auquel les moyens importent peu, pourvu qu'il arrive à ses fins, propose alors d'épouser. Et c'est en vain que le châtelain cherche à le détourner de ce nouveau projet, en lui représentant les obligations de son rang. Il insiste. Il est agréé, sans que, du reste, la jeune fille croie devoir lui révéler sa naissance. Et on passe aussitôt aux préparatifs de la noce. — Le comte commande à son sénéchal d'acheter « drap de brunette et d'escarlate, d'or, de soie et de tartaire », des fourrures, une voiture à cinq chevaux, « d'or, d'azur et de sinople », des palefrois d'Angleterre, d'Allemagne et de Hongrie, sambues, oreillers, coutes pointes, lorrains dorés et émaillés. Les cadeaux de noce sont faits. La noce est célébrée. Le repas de noces suit.

Fol. 25 r°   Les chevaliers vont par la feste.
             Chascun ot chapel en sa teste
             Et mantel d'or forrez d'ermines
             Dont au soir orent les saisines...

On entendit sonner les trompes, bruire les « nacaires »*, les dames chanter quand le moment de « caroler » fut venu.

             Cez dames qui ont voiz series **
             A chanter prennent hautement.
             Chascun les respont liement ;
             Qui bien sot chanter si chanta[1].

* tambours. — ** agréables.

[1]. Même scène dans *la Manekine*, plus joliment traitée (v. 2307) : « Par les caroles s'en aloient — Chevaliers, dames qui cantoient — Parés de dras d'or et de soie... — Les dames

Les matrones emmenèrent enfin l'épousée dans la chambre nuptiale :

Fol. 25 r°   Les deux dames, ce est la somme,
              Quant l'espousée ont desvestue
              Pour la couchier trestoute nue
              En ce biau lit mout gentement
              Si l'enseignent courtoisement
              Coment se devra maintenir :
              Quant ayuec li voudra venir
              Li quens qui espousée l'a
              Qu'el ne se giete ça ne la,
              Ainz soit envers li debonnaire
              Et sueffre quanqu'il voudra faire
              Hunblement et sanz contredire.

La description continue.

Le roman pourrait s'arrêter là. Mais cette première série d'aventures terminée, une autre commence aussitôt. — Le comte de Bourges fut obligé d'entrer en campagne pour réduire un vassal rebelle. En son absence, sa femme accoucha d'un fils. Le courrier Galopin fut chargé de lui porter la nouvelle de l'événement. Mais ledit Galopin jugea à propos de s'arrêter à Chartres, sur la route, pour apprendre la nouvelle à la comtesse de Chartres, tante du comte de Bourges. Or, la comtesse de Chartres haïssait, sans la connaître, la femme que son neveu avait ramassée à Lorris pour se mésallier avec elle. L'idée lui vint d'une machination atroce. Pour la réaliser, il

et li chevalier — Alerent maintes fois changier — Ce jour leur apparillement, — Puis s'en revenoient cantant — Et prenoient a la carole. »

fallait, d'abord, enivrer Galopin. Chose facile, car
Galopin était ivrogne, ainsi que l'étaient en ce temps-
là la plupart des gens de sa profession. Et, comme
disait le vallet que la comtesse chargea de le faire
boire : « Li vinz est forz et li tems chaus. »

Fol. 28 r°   « Alons, fet il, amis, alons...
Tu as mestier de tost aler :
Je te ferai ja avaler
Tiex deus henappées de vin
Que, si com je croi et devin,
Trois lieues grandes en iras... »
Il boit, et puis crolle* le chief.
« Veez, fait il, com taint ce voirre
Pour la froideur ! Il est d'Auçoirre,
Si com je croi, par saint Franchois ! »
— « Non est, dist l'autre, il est franchois. »
Puis lui retrait de Clameci :
« Ostez, deables, qu'est ce ci ?
Fait Galopin, cestui est rouge ;
Je bevrai ce tantet, ou ge
Ne me prise pas un grain d'orge. »
Plain hennap en giete en sa gorge.
« Je m'en vois », fet il. — « Non feras,
Dit l'autre, ançois essaieras
De Saint Pourçain au derrenier** :
Quanques*** bus ne vaut un denier ;
Vez ci pour faire bonne bouche... »
Lors trait une grant henappée
Et Galopin la gueule bée.

Quand Galopin est ivre-mort, la comtesse fait
substituer aux lettres qu'il porte dans sa boîte, à
l'adresse de son neveu, des lettres fausses où il est
notifié que sa jeune épouse a été convaincue d'être une

* croule, hoche. — ** pour finir. — *** tout ce que.

femme perdue et qu'elle vient d'accoucher d'un monstre. — Le comte lit, croit, se désole, et renvoie Galopin avec un ordre écrit au châtelain de Lorris de s'assurer de l'enfant et de la mère en attendant son prochain retour. — Au revenir, Galopin, qui n'a pas oublié l'accueil de l'aller, n'a garde d'oublier l'escale de Chartres. Cette fois la comtesse lui fait servir un pâté de lapin au poivre, ce qui l'incite à faire honneur au bon vin qu'on lui prodigue de nouveau. Seconde substitution de lettres. Le message que Galopin apporte enfin à Lorris enjoint expressément au châtelain de faire jeter dans un vieux puits, au milieu de la forêt d'Orléans, par quatre serfs qui seront affranchis en récompense de ce travail, la misérable femme et sa « portée ».

Ces circonstances inattendues et cruelles posent pour « le bon châtelain » un cas de conscience malaisé. Car que faire entre son affection pour la comtesse innocente et ses devoir de vassal? Il délibère avec sa femme et l'ancienne gouvernante de l'héroïne. Finalement, il se décide à obéir, pour les motifs que voici :

Fol. 32 rᵒ   « Et de deux maux, si com j'oi dire,
              Doit on le mains mauvès eslire.
              Je doi mieux moi qu'autrui amer,
              De ce ne me doit nus blamer.
              Faire me convient ceste chose,
              Car au peril metre ne m'ose
              De son mandement refuser. » —
              N'i puent mectre autre conseil.

Il mande donc quatre serfs pour exécuter la

chose et leur donne à choisir entre l'affranchisse-
ment ou la mort. Après avoir hésité, eux aussi, ils
se décident de même :

Fol. 36.r°   « Quar certes plus nous pesera
               De ce fere qu'il ne feïst
               Se li quens tous nos biens preïst.
               Mès la mort convient eschiver [1]. »

Les voilà partis tous les six, les bourreaux, la mère
et l'enfant. Mais, au dernier moment, deux des bourreaux se récusent. Les deux autres sont émus par la
gentillesse de l'enfant. Bref, ils conseillent à la comtesse
de quitter le pays, en changeant de nom et de costume, pour qu'ils aient l'air d'avoir accompli leur
mission. Ils lui indiquent le chemin d'Étampes : il
y a, à Étampes, un Hôtel-Dieu pour les accouchées
où elle pourra passer quelques jours.

La comtesse était assise à la croix, devant l'église
d'Étampes, à l'heure où l'on sort de la messe. La
femme du maire de la ville s'approche d'elle, l'interroge, et la voyant si belle, si faible, avec son enfant
si jeune, la mène par la main dans sa maison, où,
d'abord, elle lui fait préparer un bain. — Le maire,
mari de cette femme, était un gros marchand ; en
revenant d'une tournée d'affaires à Pontoise, il fut
mis au courant. Tant de générosité l'offusqua. Et
brutalement :

1. Même noblesse de sentiments, en pareil cas, dans *la Manekine* (v. 3557) : « Comment que aiommes grevance — Ne pitié
au cuer ne pesance — Faire nous convient son plaisir — Que
grans max nous poroit venir. »

> « Ostez, dit il ; mès je tel paine
> A gaignier pour ainsy despendre ?...
> Demain vuidera ma maison. »

La bonne mairesse est obligée d'obéir et de renvoyer ses protégées. Elle conseille à la malheureuse d'aller à Orléans, où l'évêque qui vient d'hériter des biens de son frère, le défunt comte d'Anjou, fait, trois jours par semaine, de grandes « donnoisons » aux pauvres pour le repos de l'âme de son dit frère.

Fol. 37 v°
> « Vous i arez a grant foison
> Pain et lart trois fois la semaine :
> C'est assez pour fame qui maine
> Petiz despens et povre vie.
> Mais sanz du mien n'irez vous mie :
> Ce pelichon emporterez
> Et vint sous, dont achaterez
> Du lait pour vostre enfant repestre... »

Ici, l'auteur a bien senti que l'on se demanderait pourquoi la comtesse ne se nomme pas, dès qu'elle sait que son père est mort et qu'elle est l'héritière de l'Anjou. Pour répondre à cette objection, il fait monologuer son héroïne : elle n'ose se déclarer, pour ne pas être obligée de raconter les raisons qui l'ont forcée d'abandonner la maison paternelle.

A Orléans, la mère et l'enfant furent d'abord recueillis par une ouvrière en laine. Mais le « grand aumônier » les remarqua :

Fol. 38 r°
> « Lieve la chiere ; ou fuz tu née ? »

« Cet enfant n'est pas à toi, dit-il à la fugitive, car

il n'a pas encore trois semaines ; s'il était à toi, tu
ne serais pas relevée encore (S'il fust tienz, gesir en
deüsses). » Mais lorsqu'il apprit que l'enfant était
bien à elle, il s'empressa de l'expédier à l'Hôtel-
Dieu de la ville, avec un mot de recommandation
pour la « maîtresse » de la maison.

Cependant le comte de Bourges, revenu de son
expédition, n'a pas tardé à débrouiller toutes les machinations dont il a été victime. Accablé de douleur,
il décide de se mettre à la recherche de sa femme, et,
pour mieux la retrouver dans les bas-fonds où elle a
disparu, de se déguiser, lui-même, en pauvre homme.
Il revêt donc la robe d'un serf, se chausse de « souliers à liens », sans chausses dessous ; il se coiffe
d'un chaperon déchiré ; il a tout l'air d'un chemi-
neau, qui mendie son pain sur les routes. Il mendie,
en effet ; ce qui lui attire parfois, de la part des vilains, des rebuffades comme celle-ci :

Fol. 43 v⁰   ... « Dex ! quel compain
       Ai trouvé pour pain demander !
       N'est pas taillé a truander.
       Il semble miex estre .I. espie
       Ou mestre d'une houlerie*
       Joueur de dez ou beüveur... »

Il couche dans les meules de foin et ne mange pas
à son saoul. A Étampes, les chiens, qui « povre gent
suelent haïr », aboient après lui. Heureusement, la
bonne mairesse s'intéresse à son cas, et, l'ayant bientôt reconnu comme le mari de la femme qu'elle a

* un espion ou maître d'une maison de prostitution.

récemment réconfortée, le dirige, à son tour, sur
Orléans. Il y va, sur ses semelles déchirées, à travers les mauvais chemins de la Beauce, où rien
n'abrite contre le vent.

Fol. 45 vᵒ
> La li fist le vent male sausse,
> Car il le fiert a descouvert,
> Et si drap sont tuit aouvert...
> Car la Biausse est large et onnie,
> Et si n'i a rienz qui abrie,
> Forest, ne haie, ne buisson
> N'a quoi esconser* se puisse on.

A Orléans, le comte se mêle aussitôt à la foule des
pauvres diables qui attendaient la distribution. Mais
comme, cherchant sa femme des yeux, il s'agitait à
sa place, un des « gardes » qui étaient là pour surveiller la queue et « faire tenir les gens cois », avec
« verges et boulaies », lui « paie » promptement
« sa bienvenue » d'un coup de verge sur l'épaule :

Fol. 46 rᵒ
> « Sié toi, fet il, vilain puant.
> Mout sembles bien .1. fort truant.
> Par les denz Dieu, si plus te lieves,
> Encor en aras deux plus grieves. »

La patience et la courtoisie du comte étonnent
d'ailleurs ce garde, qui le signale à l'aumônier.
L'aumônier s'aperçoit bientôt que c'est le mari de la
femme de l'autre jour : « Malheureusement, dit-il,
elle ne doit plus être là où je l'ai envoyée naguère,
car les Hôtels-Dieu sont des endroits où l'on ne séjourne pas longtemps :

* cacher, abriter.

Fol. 47 v°   Si dout que ne s'en soit alée.
             Car li usages est itez
             Es mesons Dieu, par veritez,
             Soit a Orliens, soit a Paris,
             Quant un malade est garis
             Qu'ailleurs l'estuet querre sa vie *. »

Mais, par hasard, la maîtresse de l'Hôtel-Dieu avait gardé charitablement la comtesse plus de temps qu'il n'était nécessaire et d'usage. De sorte que tout le monde se retrouve et se reconnaît. Le comte retrouve la comtesse. L'évêque d'Orléans reconnaît le comte de Bourges, et fait avouer enfin sa naissance à la comtesse, qui comme on sait, est sa nièce. Il y eut des fêtes superbes à cette occasion, dont l'évêque voulut absolument supporter les frais. Tous ceux qui avaient été bons pour le comte et la comtesse dans leurs malheurs furent largement récompensés. La femme du maire d'Étampes dut accepter une coupe d'or émaillée et une robe magnifique; l'hospitalière d'Orléans, étant « de religion », ne pouvait accepter « robe de couleur, ne vairrie, ne erminée »; on lui donna simplement une brunette noire et un camelin de Douai, avec quarante livres de rente au profit de l'Hôtel-Dieu.

Il ne restait plus qu'à tirer vengeance de la comtesse de Chartres. À cet effet, le comte de Bourges estima qu'il avait le devoir de prendre conseil de ses

---

* Quand un malade est guéri, il doit aller chercher sa vie ailleurs.

barons et de ses autres hommes, qui s'assemblèrent
à sa requête. Il leur exposa les faits. L'avis de l'assemblée fut qu'il fallait, d'abord, s'adresser au roi :

Fol. 54 r°   « Sire, a ce que vous en ferez
              La court du roi pourchacerez...
              Ainsi la chose miex ira
              Par raison et selon droiture
              Sanz peril et sanz forfeture. »

Le roi, saisi d'une plainte, fit citer la comtesse de
Chartres à comparaître par trois fois. Elle ne répondit
pas. La cour du roi jugea dès lors que le comte pouvait
être autorisé à « prendre vengeance » de sa tante. En
conséquence, les Berruiers, barons et vavasseurs, furent invités par leur suzerain à se préparer pour
envahir le pays de Chartres au printemps suivant.
L'hiver fini, départ de l'expédition, à laquelle le duc
de Bretagne, oncle du comte de Bourges, se joignit
bientôt avec dix mille hommes. La comtesse de Chartres, de son côté, avait convoqué ses « fiévés » et re-
cruté, à grands frais, des soudoyers. Les soudoyers
sont des gens qui, pourvu qu'on les paye bien, se sou-
cient peu de la justice. — Combats furieux. Les soudoyers de la malfaisante comtesse, assiégés et réduits
à la famine, capitulent pour la vie sauve. La comtesse elle-même est livrée. En attendant que l'on
décide de son sort, des garnisons sont mises dans tous
les châteaux et les villes de ses domaines. Garnisons
indispensables pour s'assurer d'une conquête récente :

Fol. 59 v°   « Car du tout vous ne devez mie
              Croire gent de si nouvel prise. »

Le roi est de nouveau consulté et consent à ce que la forfaiture de la comtesse de Chartres soit prononcée. Le comte de Bourges tient alors conseil pour choisir le genre de mort qui sera infligé à la coupable. L'un propose de la faire écorcher vive, l'autre de jeter son corps dans les privés, d'autres de la brûler après l'avoir arrosée de graisse bouillante, d'autres de l'écarteler. Mais le comte se décide pour le supplice de feu. La patiente, extraite de prison, est convoyée sur une charrette jusqu'au bûcher. Une foule énorme, et le comte au premier rang, prend plaisir à assister au spectacle, jusqu'au bout[1].

Dès lors le comte et la comtesse de Bourges menèrent dans leurs domaines une existence délicieuse qui les paya de leurs fatigues. Le comte reçut plus de onze mille hommages qui lui étaient dus, visita ses villes et fit faire enquête sur l'administration de ses agents :

Fol. 62 r° Diliganmant a fet enquerre
Les quiex se sont a droit portez.
Tous les autres a deportez
De leur administration,
Au los et la discretion
Des plus vaillans de la contrée.
Ainsi a sa terre ordenée...

Cette histoire prouve bien, observe l'auteur, que celui qui met son espérance en Dieu ne sera jamais

1. Comparez la fin de « Bauduin de Sebourc » (*Histoire de France*, III, 2, p. 372).

abandonné. Mais, hélas ! les mœurs ont changé depuis le temps où se passaient ces aventures : le monde a dégénéré ; l'avarice a augmenté :

Fol. 62 v°   L'en le voit tout apertement
              Quant li filz ne sequeurt le pere
              Et li frere faut a son frere...
              Li .1. a l'autre le dos tourne ;
              Au mains le devez vous entendre,
              Se l'avoir i convient despendre.
              Je ne dis pas que tuit tel soient,
              Maint sont qui trop en ce perdroient...

Jehan Maillart ajoute, en *post scriptum,* qu'il a composé cet ouvrage « à la requête » de feu le seigneur de Viarmes, qui était un amateur distingué. C'est au fils de ce seigneur qu'il offre le fruit de ses veilles, en cette présente année, l'an de l'Incarnation 1316. Il décline son nom et il termine en réclamant l'indulgence, car il s'y est repris à plusieurs fois pour venir à bout de cette laborieuse entreprise ; il avait autre chose à faire :

Fol. 63   Por ce pri tous ceulz qui cest uevre
           Verront, quant en leur mains cherra...
           Que il ne vueillent ma rudesce
           Reprendre par trop grant asprece...
           Car ainz qu'ele ait esté outrée
           Ne que la puisse avoir parfaicte
           Mainte reposée y ay faicte :
           Trois anz tout plainz, tel foiz, avint...
           Car ailleurs avoie à entendre...

GAUTIER D'AUPAIS

Ce conte a été publié par M. Francisque-Michel (*Gautier d'Aupais...* Paris, 1835, in-8), d'après le manuscrit unique (Bibliothèque nationale, fr. 837, fol. 344), qui est du xiiiᵉ siècle. Cf. *Histoire littéraire*, XIX, p. 767.

Il a été qualifié de « bizarre » par M. G. Paris (*La littérature française au moyen âge*, § 68). Il est surtout médiocre. Comparez *Jehan et Blonde*, par Philippe de Beaumanoir, dont le thème est analogue.

Il a été composé au xiiiᵉ siècle, par un jongleur français. Nous n'avons aucun moyen de préciser davantage.

C'est un des très rares romans d'aventures ou de mœurs qui soient écrits dans le mètre des grandes chansons de geste.

Les autres jongleurs chantent et disent des lais ; l'auteur de Gautier d'Aupais va tirer d'une complainte la matière de son récit :

    5   Si dirai d'un vallet qui d'amors ot grant fais.

Il s'appelait Gautier, né à Aupais [1]. Un jour, étant allé au tournoi, à Beauvais, il en revint tout seul, si dépourvu qu'il n'avait même pas de quoi manger. Il entra néanmoins dans une taverne du pays, où l'on faisait grand tapage, car il était à jeûn, fatigué, affaibli. Il s'assit au milieu des gens qui mangeaient, buvaient, jouaient, et joua, lui aussi, les consommations. A la fin, l'hôte fit taire tout le monde et réclama les écots. « Vous me devez, dit-il à Gautier, trois sous, pour la vesce que votre cheval a mangée. » Mais Gautier n'avait pas d'argent ; il avait bien la ressource de laisser sa chape en gage ; mais cet objet valait plus de trois sous, et le laisser, c'était le perdre. Il retourna donc au jeu, et, cette fois, il perdit tout, son cheval et ses habits. Force lui fut de retourner chez lui « en pure sa chemise ». C'est ainsi qu'il rentra furtivement dans le manoir de son père, « par un herbage ».

Son père était un homme sévère, et l'accueillit très mal :

63   « Qu'est ce, dist il, Gautier ? Ou sont remez li gage ? *
Vous samblez le houlier ** qui fet le mariage
Que li ribaut despoillent por avoir le bevrage ***.
Vous deüssiez chiez estre de vo lingnage... »

* Où sont restés les gages ? — ** souteneur, débauché. Je n'entends pas bien la fin du v. 64. — *** pourboire.

1. Où est Aupais ? En Beauvaisis, à ce qu'il semble, d'après l'auteur du roman. G. Gröber dit (*Grundriss der romanischen Philologie*, II, 1, p. 912) : « près de Courtenai, Orléanais ». Nous ignorons où il a puisé ce renseignement, mais celui qui l'a donné

Cette apostrophe fut accompagnée d'une volée de
coups de bâton. Gautier s'enfuit, tout honteux,

73   Por ce qu'il estoit grant et s'ot petit d'aage,

mais non pas sans avoir dit : « Sire, j'ai été au
tournoi, où je n'ai pas été heureux, et trois turpins
m'ont assailli et dépouillé au retour. Puisque vous le
prenez ainsi, je ne m'en vais, et je ne reviendrai pas
d'ici à sept ans. Je suis votre fils aîné, votre héritier ;
votre terre vaut trois cents marcs d'or par an ; mais
je m'en vais. » Il s'en alla. Son père « leva le menton », sa mère pleura, ses frères et ses sœurs l'embrassèrent et lui offrirent tout ce qu'ils avaient, en
présent. Mais il s'en alla. Il s'en alla en chemise,
quoique ce fut le temps de la Toussaint, où il commence à faire du vent, de la gelée, de la pluie et de la
neige.

Il traversa bien des pays de la France du Nord et
du Centre, pendant plusieurs années. Il arriva enfin
dans un endroit où il y avait un beau *mez* (manoir),
qu'un « haut homme », un « vavasseur » fort riche,
avait fait bâtir. Ce haut homme avait une fille charmante. Gautier en devint, tout de suite, amoureux
au point d'en tomber malade. Mais, comment faire
pour approcher d'elle ? Il attendit jusqu'à la Saint-
Christophe, jour de la foire où l'on louait des domestiques, pour se louer au père de la belle. — Quel-

le premier a sans doute mal entendu le v. 843 (cf. p. 270) et
pris pour un nom de lieu celui de sainte Aupais, vénérée à Cudot
(con de Saint-Julien du Sault, arr. de Joigny), près de Courtenai.

ques jours avant la foire, il rencontra un sergent de
la maison où il souhaitait d'entrer, et lui fit part de
ses désirs. Il se dit prêt à tout pour servir le seigneur :

190   « Bien sauroie garder le vin de son celier,
      Le pain de sa despensse et le blé del grenier...
      Que ja Diex ne destort le mien cors d'encombrier
      Se je sai homme en terre, serjant ne escuier,
      Se j'eüsse tels dras que deüsse aprochier
      A table de preudomme, se seüst miex aidier. »

« Messire a déjà un sénéchal », répond l'autre.

199   « Frere, ce dist Gautiers, ne vous quier anoier ;
      Bien sauroie garder le bois et le vivier. »

« Nous n'avons pas besoin de forestier », répond
l'autre. « Mais savez-vous conduire la charrue ? »
Gautier, soupire, rougit, et dit qu'il n'a pas ténu le
« traversier » depuis longtemps. Le sergent prend
pitié de lui :

209   « Nous n'avons point de gaite, sauriiez vous gaitier ? »

Gautier, au comble de la joie, déclare que le
métier de guetteur lui convient tout-à-fait. Le seigneur, averti, est disposé, de son côté, à lui confier ce
service. Mais la dame du château, femme du seigneur,
observe que le jeune homme a, pour de telles fonctions, une trop bonne tournure ; d'abord, il n'est pas
estropié :

228   « Il ne samble pas guete, mès filz d'un haut baron.
      Nus ne doit est guete s'il n'a ou pié ou pon

Perdu sans recouvrer, ou afolé l'ait on *. »
— « Dame, ce dist li sires, bessiez vostre reson. »

Malgré sa femme, le seigneur retient Gautier pour
un an. A quels gages ? « Sire, dit Gautier, j'ai guetté
trois ans pour les moines de Saint-Maixent ; pendant
tout ce temps-là, j'ai été habillé, nourri, payé ; ils
m'ont bien prié de rester, mais je hais tant leur hy-
pocrisie que je n'y serais demeuré pour or ni pour
argent... » Le seigneur promet alors de lui donner
ses livrées à la Saint-Laurent.

Gautier se munit donc des instruments de ses
nouvelles fonctions, plusieurs espèces de trompettes :
moïnel, buisine, cornet, fretel (sorte de flûte). Il
tranche aussi, aux repas, et le seigneur est d'avis
qu'il s'acquitte de ce dernier office mieux qu'aucun
damoiseau.

Cependant l'amour le travaillait, et il dépérissait
lamentablement. Il en noircissait ; il ne mangeait
plus. Il se retenait pourtant de faire des confidences à
personne. A la fin il s'ouvrit de ses sentiments à un
« vielleur » du pays. Il en espérait du réconfort ;
mais le vielleur s'exclama :

316 « Sez tu miex que tu dis ? Es tu si fols, biaus frere ?
  La touse ** est gentil fame, s'a chevalier a pere...
  Tu as en dure terre enroié ton arere ***
  Tu deüsses amer fille d'une commere.
  Qui plus estant son pié, or soiés entendere,
  Que son mantuel n'est lonc, drois est que le pié pere ****. »

« Nul ne doit être guetteur s'il n'a perdu pied ou poing, ou
qu'on l'ait mutilé. » — ** jeune fille. — *** enfoncé ta charrue. — **** il faut que le pied passe.

Mais le désespoir de Gautier est si grand que le jongleur en est touché. « Ce qu'il y a de mieux à faire, suggère-t-il, c'est de réciter à votre dame « vers de complainte rimez », de nature à l'émouvoir sur la détresse où vous êtes ; elle a le cœur si bon que, si elle a connaissance de votre état, vous en serez réconforté ; mais je ne vous garantis pas qu'elle vous aimera, pour autant. » — « Ah ! s'écrie Gautier, pourvu qu'elle me parle, seulement ! » — Le jongleur lui compose aussitôt une « rime » adaptée à la situation.

La demoiselle était malade, elle aussi. Un jour que le père et la mère étaient allés à l'église, Gautier pénétra dans la chambre de la jeune fille, et lui dit « Damoisele, c'est vo gaite, cui voz maus desagrée » ; et s'informa de sa santé. « Asseyez-vous là, près de mon lit, répondit la demoiselle affligée ; et racontez-moi

379 Aucune aventurette, rimée ou desrimée. »

Gautier s'asseoit ; mais il ne peut que regarder sa dame (de manière à la faire changer de couleur) et lui adresser une déclaration assez gauche, en protestant qu'il mourra si elle ne guérit pas. Puis il se retire, pour se livrer à un interminable monologue, où il est question de trois « sergents » à lui qui le persécutent, qui lui font alternativement chaud et froid, froid et chaud, et qui sont son cœur et ses yeux.

Si déplacée qu'ait été la conduite du guetteur, la demoiselle n'en a pas moins été émue. Elle profite

de la première occasion pour demander à Gautier
d'où il est et qui il est. Il lui confie qu'il est né à
Aupais, fils d'un vavasseur, descendant de chevaliers,
fils aîné et héritier présomptif, et lui raconte son
histoire. Elle, assise dans son lit, son menton dans
sa main : « Dieu vous bénisse, dit-elle brusquement ;
allez-vous en ; je suis malade ; je ne ferai pas de vieux
os. » Mais elle vient d'être, à son tour, frappée d'une
étincelle d'amour. Elle a beau faire refaire son lit par
sa chambrière, qui remue l'estrain et la coute*, elle
ne trouve plus de repos. Elle finit par envoyer, en
secret, un de ses serviteurs à Aupais pour prendre des
renseignements. — Les renseignements confirmèrent
pleinement ce que Gautier avait dit.

La demoiselle, amoureuse et rassurée, fit alors
appeler sa mère, et lui dit tout, en la priant de donner au jeune homme une occupation plus digne de
sa naissance.

710   « Fole, ce dist la mere, vous estes enragie.
       Un estrange homme amez, dont c'est grant lecherie **.
       Por vous aura congié ainz l'eure de complie. »

Mais elle se radoucit bientôt et avertit son mari,
en lui adressant précisément la même requête que sa
fille lui avait faite :

728   « Sire, ce dist la dame, por Dieu omnipotent.
       Tolez li cest mestier ; c'est mestier a truant. »

* la paille et les couvertures. — ** libertinage.

Gautier est fait sénéchal ; on lui donne un cheval et des habits convenables. Il continue à servir, mais maintenant comme damoiseau. Le sire lui propose sa fille :

792   « Vous ne l'aurez pas povre, mes avoec maint denier :
Mil mars d'or vous donrai por vous miex aaisier.
Et li si atornée com fille a chevalier... »

Gautier mande alors à son père la nouvelle de ses fiançailles et lui fait dire qu'il vienne aux noces, s'il lui plaît. Le vieux sire d'Aupais était en train de jouer aux échecs avec sa fille aînée, et très absorbé, quand on lui apprit la chose. Il en fut ravi. Il réunit tous ses amis pour aller à la cérémonie, cinq cents personnes « bien atournées ». Le cortège passa par Courtenai, et aperçut enfin, sur une colline, les bretesches de la grande tour carrée du château de la demoiselle. Le lendemain, la fiancée chevaucha jus-qu'à l'église, et le mariage fut célébré. Une quintaine fut dressée dans un pré, et les francs hommes s'amu-sèrent à briser plus d'une lance. Puis on mit les tables dans la grande salle. On but des potées de vin. On mangea maint chapon « à sauce destemprée ». On joua, toute la matinée, du cornet et de la buisine. Pas de jongleur qui ne reçut un salaire convenable : cote, surcot ou chappe fourrée. La fête dura trois jours.

879   Disons *Pater noster.* Que Diex et saint Vaas
Face toz les amanz qui aiment sanz baraz
Joïr li uns de l'autre, si que par grant solaz
S'entretiegnent ensamble, nu a nu, braz a braz.

SONE DE NANSAI

Le long roman de *Sone de Nansai*, qui paraît être le plus récent des grands romans d'aventure proprement dits, n'est connu que par un seul manuscrit, L 1 13 de la Bibliothèque royale de Turin, exécuté au cours de la première moitié du xiv⁴ siècle. Ce manuscrit a été décrit par W. Förster dans son édition de *Richars li Biaus* (p. vi et suiv.). Le texte a été publié par A. Scheler au t. I⁴ʳ du *Bibliophile belge* (fragments), et, en entier, par M. Goldschmidt en 1899 (*Bibliothek des litterarischen Vereins in Stuttgart,* n° CCXVI)[1]. Il a été analysé par G. Gröber, *Grundriss der romanischen Philologie,* II, 1, p. 785.

M. Förster pense que le scribe était « de la partie orientale de la région picarde, vraisemblablement du Hainaut », et que l'auteur anonyme était aussi un picard. D'après M. G. Paris (*Romania,* XXXI, 1902, p. 119) l'auteur était « sans doute brabançon ».

Quelle que fût son origine, le rimeur de profession qui a écrit *Sone de Nansai* connaissait la littérature romanesque de la fin du xii⁴ siècle, et notamment les œuvres de Chrétien de Troies, le « Chevalier au Lion », le « Chevalier à la Charrette », etc., qu'il a

---

1. Sur cette édition, voir les remarques de A. Tobler, *Archiv für das Studium der neueren Sprachen,* CVII (1901), pp. 114-123) et de G. Paris, *Romania,* XXXI, pp. 113-132.

pastichées çà et là. Il n'existe encore, du reste, aucune
étude approfondie sur les sources qu'il a employées.
G. Paris en préparait une.

La composition est précédée d'un singulier prologue en
prose (p. 552 et suiv. de l'édition), où il est dit que la
dame de Baruch, châtelaine de Chypre, âgée de cent
quarante ans, a ordonné à Branque, son clerc, d'écrire
« le vrai fait de ses ancêtres d'outremer ». Branque, qui
s'intitule « clerc de la dame de Baruch, maître de
logique, de physique, de décret et d'astronomie, âgé de
cent cinq ans »; expose la généalogie de la famille depuis
le comte Anseau de Brabant jusqu'au Chevalier au
Cygne, qui serait issu de l'un des fils de Sone de Nansai;
un autre des fils de Sone, celui qui devint roi de Jérusalem, serait la souche de la maison de Baruch. — Comme
l'auteur de ce prologue dit, à propos de la translation,
de Nivelle à Gand, des reliques de sainte Gertrude : « De
quoi nous creons qu'il ne pleut mie a Nostre Signour »,
on s'est demandé s'il n'était pas de Nivelle. — Il n'y a
d'ailleurs rien à tirer de l'opuscule, si ce n'est qu'il
accuse l'intention de rattacher le roman à la famille
des récits sur le Chevalier au Cygne.

L'auteur de *Sone de Nansai* avait-il voyagé dans tous
les pays où il a mené son héros: Est de la France,
Écosse, Irlande, Norvège, sans parler de l'Italie du Sud ?
Il affirme (p. 286) qu'il avait vu, lui-même, certaines
bêtes extraordinaires des forêts norvégiennes. Ce qu'il
dit des Écossais, sinon des Irlandais, ne paraît pas de
pure imagination ni de simple tradition. Quant à l'Alsace
et à la Lorraine, ces pays lui étaient familiers. Nansai, le
berceau de Sone, que le dernier éditeur a lu à tort Nausay,
et où l'on a voulu voir Nancy, est probablement Nambs-
heim, près de Neuf-Brisach (Alsace), « où il existe un
vieux château » (voir pourtant ci-dessous, p. 306). Vaudémont, où Sone fut élevé, est Vaudémont en Saintois
(Meurthe). Doncheri, où Sone eut son premier amour,

est, comme l'auteur du prologue a pris soin de le spécifier, « non pas Doncheri sour Muese », mais « Doncheri le Castiel ». Le jongleur avait certainement fréquenté ces tournois et ces tables rondes de Lorraine et de Champagne qu'il décrit avec tant de complaisance. G. Paris se demandait même s'il n'avait pas été héraut d'armes [1].

Sone de Nansai passe, de nos jours, pour un poème très ennuyeux. Très peu de personnes, même parmi les philologues, ont eu le courage de le lire. Il est, en effet, démesuré et surchargé d'épisodes parasites, dont quelques-uns font double emploi (voir pp. 294 et 302). Mais les principaux contes qu'il contient : « Sone et Ide » (qui semble inachevé, tant la conclusion en est abrupte), « Sone et Odée », ne sont pas sans agrément lorsqu'on prend la peine de les isoler. C'est un roman très décousu, où il y a d'assez bons morceaux.

Une étude sur *Sone* a été annoncée pendant vingt-cinq ans par M. Wesselovsky.

Le comte Ansiau de Brabant et sa femme, Aelis de Flandre, eurent deux fils, dont l'un fut siré du château de Nansai, qui est en la marche d'Alsace. Le sire de Nansai eut, à son tour, deux fils ; l'aîné, Henri, déshérité de la nature, très petit, « povre piersonne » : on l'appela « le nain de Nansai » ; le cadet, Sone, très beau. L'éducation de Sone fut parfaite : il « ala as lettres », apprit d'échecs, de tables, de chiens, d'oiseaux, d'escrime, de géométrie, de

1. *Journal des Savants*, 1902, p. 296, n. 4. Cf. ci-dessous, p. 297.

« nigremanche », de lois (v. 286) ; il eut jusqu'à quatre maîtres différents ; et, à douze ans, il chantait mieux qu'aucun enfant. Le tout, à la grande joie de son frère, qui n'était nullement jaloux.

Un jour. Eudes, sire de Doncheri, qui avait été adoubé chevalier au service de l'Empereur, manda chez lui une assemblée de chevaliers, de dames et de demoiselles. C'est là que l'enfant Sone aima pour la première fois. La jeune sœur du sire de Doncheri, Ide, ravit son cœur. Quoi de mieux ?

177   Li gentius hon
Doit bien amer et par raison.

Souvent, chez les « jeunes enfants », un premier amour est très vif. Sone cherchait à voir Ide ; mais il n'osait rien dire en sa présence ; sa « détresse » était extrême. Henri remarqua un changement dans les manières de son cadet ; il en demanda la raison. « Frère, répondit brusquement Sone, je veux servir chez quelqu'un qui sache assez d'armes... »

341   Si dist qu'il a tel home iroit
Qui d'armes los et grasce aroit...
Travillier va pour los avoir.

Et, quoiqu'il fût encore trop jeune pour servir, au sentiment de Henri, il alla se présenter à un « prince » du pays, le comte de Vaudémont-en-Saintois. — On lui demanda d'où il était, et s'il était « filz de gentil homme ». Il se nomma, esquissa sa généalogie, et crut devoir expliquer la bizarrerie de son prénom, en disant qu'il avait eu un Allemand pour parrain :

2091   « J'ai non Sones, non d'Alemaingne !... »

Le comte de Vaudémont, apprenant ainsi que l'enfant était « très gentilhomme », se leva :

409   ..... « Sones, biaus amis,
     Vous iestes plus haus hons de moi,
     Et non pour quant je vous otroi
     Que compagnie nous tenés... »

Il ordonna que, chez lui, Sone eût tout à son plaisir, et, désormais, il l'emmena partout, notamment aux tournois, dont il ne manquait pas un. Cependant Sone était venu, non pour « faire courtoisie », comme son âge l'aurait donné à penser, mais pour « servir » véritablement et faire son apprentissage. Il « servit », en effet, et à la grande satisfaction de son patron. C'est ainsi que, dans un tournoi tenu à Châlons, Sone ayant vu le comte de Saintois sur le point de succomber, fit d'abord une heureuse diversion en lançant son cheval au galop contre le parti adverse, puis tira de la mêlée son maître désarçonné, avec un bras cassé.

Cependant Sone pensait toujours à Ide, sa « désirée ». Il demanda un congé, sans se laisser retenir par le chagrin de Luciane, fille du comte, qui l'aimait secrètement, et de toute la cour de Saintois. — Le voilà de nouveau chez Eudes de Doncheri, en visite. Il est assis auprès d'Ide dans la salle, pleine de gens.

---

1. « Sone » est probablement la forme française du nom allemand *Sueno*.

C'est le moment de se déclarer : ce qu'il fait, en très
bons termes. Mais Ide, qui « s'enhardissait », rit
et dit :

> 829   « Vallés, vo tamps n'est pas usés...
>   Vous savés a mout grant fuison
>   De cel art de Castiau Landon. »

« Qu'est-ce que l'art de Château-Landon ? » demanda bonnement l'enfant. « Château-Landon est
l'endroit, dit la cruelle, où « repairent li mokeur, qui
« vont loant l'un, blasmant l'autre »[1]. Elle vit bien,
cependant, qu'elle était allée trop loin, et, pour
raccommoder les choses, elle ajouta « très doucement », en tendant à Sone un gant qu'il avait laissé
tomber par mégarde :

> 899   « Ches gans vous donna vostre amie
>   C'avés en vo pays laissie ? »

Mais Sone, frappé au cœur, ne voulut pas donner
sa confusion en spectacle : tout le monde, en effet, les
regardait, Ide et lui, et commentait méchamment leur
attitude. Il s'en alla : toujours amoureux, il souffrait
beaucoup, en loyal amant qu'il était. Au reste, dès
qu'il fut parti, Ide se réfugia dans sa chambre, pour
gémir et pour blâmer sa « folle langue » et son « orgueil » :

---

1. Leroux de Lincy (*Livre des proverbes français*, éd. de 1842,
I, p. 220) cite trois autres témoignages, du XIIIᵉ au XVᵉ siècle,
au sujet de la réputation des habitants de Château-Landon
comme moqueurs et mauvais plaisants.

1105 « Moi et autrui ai tourmentée...
  Or sui aussi com refusée
  Marcheandie en restalée*. »

Elle eut d'abord envie de reconnaître ses torts,
d'en demander pardon, de s'humilier. Mais cette
pensée la révolta bientôt et lui parut absurde. Elle
résolut, au contraire, de s'obstiner. Quand on a été
orgueilleuse, il ne faut pas être « vaincue » ; car qui
est-ce qui dit du bien des gens qui disent du mal
d'eux-mêmes ?

1137 « Or est ensi : je me tairai
  Et le siecle tel prenderai
  Que je le porrai mais avoir. »

A la fin de ce tournoi de Châlons où Sone s'était
distingué, il avait été convenu qu'il y aurait ultérieu-
rement une « table ronde », où chacun des hauts
barons enverrait jouter un écuyer, désireux de faire
ses preuves. Comme les autres, le comte de Vaudémont fut invité à désigner un de ses « valets »,
accompagné d'une « amie », pour jouter à ladite
table. Dès que Sone de Nansai revint de congé, il
l'appela et lui fit connaître les conventions de la rencontre, « comment la table est établie » : il y aura
cent jouteurs « dedans », prêts à jouter contre tous
ceux qui voudront les provoquer.

1181 « Ki joustera ne faurra mie
  Que il n'ait avuec lui s'amie,
  Ki des lanches lui doit donner...

* « Mé voilà comme marchandise refusée et remise à l'étalage. »

Et chilz c'on verra abatu,
Il aura son cheval pierdu;
Des loges descendra s'amie
Et vuidera la praërie...
Et qui est si boneürés
Qui li pris lui sera donnés,
Une couronne ert aprestée;
S'en iert s'amie couronnée
Qui toute de fin or sera. »

Il ajouta, car il considérait déjà Sone comme le futur de sa fille :

1200   ..... « Sonet, alés jouster
A la fieste des escuijers;
Menés assés de mes destriers
Et ma fille avuec vous menrés;
Des lanches siervir vous ferés. »

Sone se rendit donc aux joutes avec trois écuyers, trois destriers, Luciane et deux pucelles de celle-ci. Leur « hôtel » avait été préparé près du lieu du rendez-vous. Le jour venu, Luciane de Vaudémont et ses pucelles, vêtues d'écarlate neuve, après avoir entendu la messe, parurent dans la prairie, montées sur des chevaux anglais (v. 1712). C'était un cirque entouré de collines : « au pied du mont » étaient les loges dressées pour les dames et les chevaliers, juges de la table ronde; au milieu des prés une grande tente, aux pans relevés, à l'intérieur de laquelle on voyait les allants et venants, avec un siège destiné à celle qui serait couronnée. Programme : les joutes dureront deux jours; les spectateurs du commun se tiendront sur les collines, d'où ils verront très bien;

quand la couronne aura été décernée, il y aura fête
pendant deux jours encore, « si comme de boire,
de manger, de caroler et de dosnoier * ». — Sone
installa ses dames dans la tribune réservée aux amies
des jouteurs, et reçut ses lances. Ses armes étaient
blanches, sans « connaissances ». Il appela un héraut
pour se faire nommer les champions d'après leurs écus,
car il y avait là des champions de Provence, de Vien-
nois et même d'outre-monts. Et d'abord il alla toucher, en signe de défi, l'écu d'un valet originaire de
Turin, un « Lombard ».

A la troisième passe, le Lombard était par terre, et
Sone, qui avait eu la précaution de monter sur le plus
mauvais de ses trois destriers, faisait mettre son harnais sur le dos du cheval conquis, qui était excellent.
Ce jour-là, il gagna encore sept chevaux. Dans les
loges, on se demandait son nom. Mais il y avait un
écuyer du comte de Forez dont personne n'avait
encore touché l'écu ; persuadé que c'était à cause de
la crainte qu'il inspirait, il en menait grand bobant
devant son amie :

1601 « Che poise moi que chilz vassaus
   Qui tant a gaaignié chevaus
   Ne vient a mon escu crokier... »

Un « garçon d'armes » entendit cet écuyer « faire
le hardi » et n'eut rien de plus pressé que d'en informer qui de droit. Sone renversa aussi l'écu du Foré-
sien sur le pré. Après la première passe le sang du

* faire la cour aux dames.

vantard lui coulait par la bouche ; il perdit aussi son
cheval. — Le lendemain, continuation des joutes et
des exploits de Sone, jusqu'à ce que, sur un signe
des juges, retentît la trompette qui marquait la fin
des épreuves. Tout le monde fut d'accord pour désigner le vainqueur. Les princes, qui venaient lui
annoncer la nouvelle, trouvèrent Sone désarmé, et
« tout peinturé de fer », c'est-à-dire encore sali par
le contact de l'armure. Ils l'invitèrent à amener son
amie dans la tente, pour y être couronnée. Alors
commencèrent les fêtes :

> 2031   Et Sones prist la couronnée
> A la carole l'a menée...

Les fêtes du « couronnement » finies, il y en eut
de nouvelles à Vaudémont, en l'honneur des deux
jeunes gens, le victorieux et celle que l'on croyait
(bien à tort) son amie de cœur. C'est au milieu de
ces réjouissances que Sone apprit, par une lettre, que
son frère, le nain de Nansai, était malade. Rien ne
put le retenir à Vaudémont. Le comte lui proposa,
en récompense de ses services, la main de la belle
Luciane, sa fille, avec « un grand pan » de sa terre.
Mais il s'excusa, d'une manière évasive, un peu
gauche et même, semble-t-il, médiocrement courtoise :

> 2267   « Sire, dist il, je m'en irai ;
> Bien veés le haste que j'ai... »

A Luciane qui lui dit, avec un pudique abandon :

« Je ne serai jamais qu'à vous ; sans vous, je deviendrai rendue* », il ne trouva à répondre que ceci :

> 2319 « A mon frere m'estuet aler...
> A Dieu vous rench, tres douche amie,
> Car li grans besoins me mestrie. »

Ainsi finit l'apprentissage chevaleresque du héros à Vaudémont.

* *
* *

Henri de Nansai allait mieux, ayant sué abondamment, lorsque son cadet arriva. Le physicien répondait de lui. La nouvelle en fut portée aussitôt à Doncheri par un valet qui raconta, en même temps, la venue du jeune Sone et ses triomphes à la table ronde qui s'était tenue dernièrement en Bourgogne. Cependant Henri offrait à son frère la seigneurie dont, pour raisons de santé, il ne se sentait pas digne ; mais Sone refusait hautement. Tandis qu'on faisait prendre au convalescent « un peu d'alemandé » (lait d'amandes), il descendit au verger. « Comment pourrait tenir château, se disait-il, celui qui ne peut guérir son cœur ? » Brusquement, il fit seller son cheval pour aller à Doncheri. — Ce jour-là, Ide était en petit comité (« a privée mesnie »). Elle était assise dans la salle, à l'huis de sa chambre, et cousait, avec un chapeau [de fleurs] sur la tête. On se

* j'entrerai en religion.

20

salua. Idé fit apporter un escabeau. Puis, Sone pria,
encore une fois, « grâce et merci », longuement,
« car qui languist, il ne vit mie ». Mais elle, blessée
et violente :

>) 2747   … « De tel mal, je croi, vous garda
> Chelle qui lanches vous bailla,
> Ki sist es loges en la prée…
> Et vous qui tant de bien avés
> Que par armes conquis avés,
> Laissiés ester autres puchielles
> A conter vos fausses nouvielles…
> *Laissiés ester autrui amie…* »

Ce dernier mot surtout consterna le fidèle amant :

> 2797   A tant a dit : « Je m'en irai
> Quanqu'ai mis en vous, osterai.
> Car mon cuer en vorrai porter.
> Ja pour autrui amie amer
> Ne le vueil en prison laissier…
> Car puis qu'autrui estes amie
> Ne feroie pas courtoisie
> Se par mi estoit empiriés…
> Diex vous doinst boin ami avoir… »

Lorsque Sone revint au château, Henri, assis tout
habillé sur son lit, se faisait lire par une pucelle un
lai nouveau, très bien rimé, que Luciane avait fait
composer. Mais Sone ne tenait pas en place. Malgré les
supplications du malade, il partit encore une fois.
Pour éventer sa douleur, il lui fallait courir les aventures.

Et d'abord « en Angleterre », ou plutôt en Écosse.
Il débarqua à Berwick et logea « au Liendlousiel[1] ».

---

1. « Ville d'Écosse », dit brièvement le Glossaire de l'édition.

Invité, par la reine, en l'absence du roi, à la cour royale, il fut l'objet de l'attention générale ; mais « on ne l'honora de rien ». Un peu froissé, il demanda à prendre congé ; on le lui donna sans mot dire. Il se souvint alors que l'Écosse est un pays où l'on fait assez maigre chère : les « pauvres Écossais » dînent d'étranges « porées », comme ces chiens faméliques qui rôdent dans les cuisines. Qu'ils boivent leur cervoise à gallons ; pour sa part, il ne restera pas là. — La reine s'aperçut bientôt, du reste, qu'elle avait eu tort de ne pas « offrir bonté » à l'étranger ; elle s'en repentit, mais trop tard :

> 3039   « Ciertes or ai fait grant enfanche.
> S'il revient en la court de Franche,
> A ce que il me vit en cote
> Dira bien que je sui Escote. »

Le lendemain, après la messe, Sone demanda à son hôte s'il y avait guerre quelque part, dans ces régions. « Oui, dit l'hôte ; le roi d'Irlande a défié le roi de Norvège, et notre sire l'aidera probablement. » Mais Sone ne cacha pas qu'il était un peu découragé par l'accueil qu'il avait reçu la veille. « Ah ! s'écria l'hôte, notre cour est pleine de gloutons et de jaloux » ; et il se hâta de faire part à la reine de la mauvaise impression qu'avait éprouvée l'étranger, « un homme si généreux, qui fait tant de dépenses chez nous ! »

Les érudits anglais que nous avons consultés ont été hors d'état d'identifier ce nom (the Lindlaw shiel ?) à Berwick ou aux environs.

La reine aurait bien voulu maintenant retenir Sone comme soudoyer, à n'importe quel prix. Mais, déjà, il n'était plus là. Il avait trouvé sur le port une nef, chargée de froment, prête à cingler pour la Norvège, et il l'avait nolisée.

Le vent était bon et on naviguait « à voiles croisées ». La nef aborda bientôt près d'une grande et forte ville norvégienne que le roi du pays faisait hourder et approvisionner en vue de l'agression prochaine. Dès qu'il apprit son arrivée, le roi pria Sone à dîner. C'est l'habitude, en Norvège, de manger et de boire largement, beaucoup, longtemps, au point d'ennuyer les gens qui n'en ont pas l'habitude...

> 3272   Car il se sont si abuvré
> Que cascuns sa fable contoit...
> Li tiers du jour fu en mangier,
> Cascuns estoit en haubregier *,
> L'escu au col, ou poing l'espée.
> Et puis le hanap enbrachoient.

Sone, étranger à ces usages, les constata avec stupéfaction ; mais les fils du roi prirent soin de l'avertir qu'il fallait s'y conformer :

> 3297   « Ensi vuellent le tamps passer
> En boire, en mangier, en parler,
> En manechier chiaus qui n'i sont¹.
> L'usage de lor pays font.
> Et se premerains vous leviés
> D'yaus honnis et blasmés seriés. »

* vêtu du haubert.

1. Cf. v. 7757 : « Au hanap vuelent tout tuer »

Une autre coutume étonna Sone. La fille du roi
vint s'agenouiller devant les hôtes de son père, un
grand hanap à la main, et, après y avoir bu, les invita, en commençant par l'étranger, à le vider. Sone
déclara poliment qu'il n'en ferait rien avant que la
princesse fût relevée. Mais on lui dit que, de la sorte,
il allait contre l'étiquette. Il but donc; c'était mauvais; mais il faut bien hurler avec les loups. La fille
du roi apporta ensuite une épée et une lance à chacun
de ceux qui avaient bu. Après manger on ôta les
nappes, faites à la mode du pays, et on ne se lava pas.

Le roi prit ses fils et Sone à part, après dîner,
« en conseil ». Il offrit à Sone des « soudées » et le
pria d'être « compains a ses enfants ». — Ces pro-
positions furent acceptées.

Les Irois (Irlandais) et les Écossais parurent, peu
de temps après, en Norvège, avec une grosse flotte,
portant soixante mille hommes; mais mal équipés,
déchaux, à demi nus, piétaille munie de dards, de
flèches, de glaives et de gavreloz (javelots), — bref,
des adversaires peu redoutables pour une « chevalerie
armée ». Le roi norvégien passa une revue d'armes.
Sa chevalerie, « appareillée à la loi du pays », était
nombreuse.

Bataille. Les deux fils du roi de Norvège sont tués;
mais Sone occit le roi d'Irlande. Restait l'ost des
Écossais. On convint de part et d'autre d'en finir par
un combat singulier entre deux champions.

Sone, champion de Norvège, se prépara au duel en
faisant un petit voyage dans l'intérieur du pays, avec

le roi et quelques compagnons. Ils virent de hautes montagnes, séjour des gerfauts, des loups à longs poils, etc. Ils visitèrent une forteresse sur un îlot, quasi inaccessible, au large, qui servait de monastère. Là, le repas de midi leur fut servi dans un préau qui dominait la mer. D'autre part, il y avait une forêt qui venait jusqu'au bord de l'eau, peuplée de daims, de cerfs, de cygnes, de paons et de bêtes appelées « galices » qui ont des ailes, mais qui ne peuvent voler loin, auxquelles l'eau douce convient aussi bien que l'eau de mer. L'auteur du roman en avait vu, de ces bêtes (v. 4479) : « au jugement de sa raison », c'étaient des espèces de chauves-souris, aussi grosses que des taissons (c'est-à-dire des blaireaux), avec de grands poils et un museau pointu ; elles faisaient un vacarme dont retentissaient les forêts. — Ici, en hors-d'œuvre, un long morceau sur Joseph d'Arimathie, présenté comme apôtre de la Norvège et fondateur de ce monastère norvégien de Galoche.

Avant le duel, Sone fut adoubé, avec les armes qu'il avait apportées (car il n'en voulut pas d'autres). Son adversaire, le champion du roi d'Écosse, était un serpent gigantesque, originaire de Saxe. Il le tua. Conformément aux conventions, l'armée d'Écosse évacua aussitôt le pays sans coup férir.

On vit alors se renouveler, trait pour trait, ce qui s'était passé à Vaudémont, après la table ronde. — Sone, toujours tourmenté d'amour, ne pensa plus, après avoir délivré la Norvège, qu'à retourner près de sa dame. Odée, la fille du roi de Norvège, l'aimait,

comme Luciane ; les bonnes gens disaient entre eux
qu'il allait l'épouser ; mais il ne s'en souciait guère.
Il alla trouver le roi pour demander son congé, sous
prétexte que, comme chevalier de fraîche date, il ne
pouvait se dispenser d'aller aux tournois dans son pays.

5617   Li rois u vis* le regarda.. ;
        Si dist : « Volés vous ent aler ? »
        — « Oyl, sire, je m'en iray.
        Vostre merchi siervi vous ay
        Tant que m'avés fait chevalier.
        S'irai en Franche tourniier.
        Ch'est drois en ma nouvieleté.
        Ensi l'a on en Franche usé... »

Il fallut le laisser partir. Mais Odée ne pouvait du
tout se résoudre à ne plus le voir. Pour prolonger les
adieux, elle alla sur le navire qui devait emporter son
ami, au moment de l'appareillage. Or un coup de vent
s'éleva, qui rompit toutes les amarres ; le navire fut
poussé au large par la tempête ; le gouvernail fut
brisé et les charpentiers durent le remplacer tant bien
que mal. Enfin une terre parut à l'horizon : c'était la
côte d'Irlande.

L'Irlande, dont il avait tué le roi, était pour Sone
un séjour dangereux. Dénoncé, il fut assailli, en effet,
par des sergents du bailli local qui cherchèrent à
s'emparer de sa personne. Il se défendit bien, mais un
valet, qui « savait les lois de cette terre », lui conseilla, lorsqu'il entendit sonner la bancloque pour

* au visage.

assembler le commun, de se réfugier dans le couvent des Templiers, sur le port. Ce qu'ils firent, lui et Odée. C'était un lieu d'asile. Force fut, en conséquence, de soumettre le cas du prisonnier aux « pairs », jugeurs du fief. Ils décidèrent eux-mêmes de s'en remettre au jugement de Dieu sur le point de savoir si le roi d'Irlande avait été tué par Sone dans un combat régulier. Sone accepta de fournir cette nouvelle bataille, seul contre deux champions à la fois, mais à la condition qu'ils fussent chevaliers et combatissent à cheval. Comme champions, la reine désigna deux chevaliers qui, étant ses hommes liges, ne pourraient pas s'excuser de la corvée. Voici quel fut leur équipement, l'équipement national des Irlandais :

> 6202   Cascuns avoit .I. arc toursé
> Et hache a son arçon pendant
> Et grant maque* et coutiel trenchant.
> S'a cascuns coutiel et ghisarme**...
> S'ot cascuns glave et gavreloz.
> Et sont en lor escuz enclos,
> Car si crombés*** dedens estoient
> C'a peu que tout ne s'enclooient****
> Si ont hiaumes deseure agus...

Sone les tua tous les deux. — La reine en est émerveillée à ce point qu'elle conçoit aussitôt de la passion pour le vaillant soudoyer, meurtrier de son mari. De quoi elle n'hésite pas à faire expressément confidence au Maître du Temple, homme très au courant des

* masse d'armes. — ** guisarme, arme d'hast. — *** recourbés.
— **** que les bords se rejoignaient presque.

choses, qui s'engage à la servir. Il procure en effet une entrevue. Sone, s'étant agenouillé, il rompt la glace par une grosse plaisanterie de Templier :

> 6711   Dist li Templiers : « On doit baisier
>   Pais u estuet agenouillier[1]. »

Puis il se retire, discret. — Le lendemain, la reine, très satisfaite, donna à Sone et à sa compagnie, avec un sauf-conduit et des présents, la permission de lever l'ancre. Sone en profita pour ordonner de mettre le cap sur la Norvége, car il voulait avant tout rendre Odée à sa famille.

Autre aventure. Les mariniers, gens à gages, eurent l'idée de jeter Sone par dessus bord, pour s'emparer de ses biens et recevoir une récompense en ramenant Odée chez elle. Mais Odée le sut et le soir, en venant « tastoner » Sone, c'est-à-dire le masser, pour l'endormir, comme elle en avait l'habitude[2], elle l'avertit du complot. De sorte qu'il se tint sur ses gardes, tout armé, avec ses écuyers et ses garçons. Cependant, dans la mêlée qui s'engagea, il fut blessé ; Odée aussi.

1. Allusion irrévérencieuse à la cérémonie liturgique du baisement de la « paix ». Cf. *Flamenca*, p. 156.

2. V. 6941. Cf. v. 6604. Voir des textes relatifs à cet office domestique dans Godefroy, au mot « Tastoner » ; cf. *Roman de Thèbes* (éd. Constans), II, p. 346, et *L'Escoufle*, ci-dessus, p. 120. — L'habitude qu'avaient les gens à leur aise de se faire masser ou gratter, tandis qu'ils s'assoupissaient, par des servantes ou des pages, qui paraît si singulière, n'est pas particulière au moyen âge français. Cf. l'épisode de Mme Korobotchkine dans *les Ames mortes* de Gogol (chant III) : « Peut-être es-tu accoutumé, père, à ce qu'on te chatouille la plante des pieds ? » Une compagnie japonaise, qui représenta à Paris, en 1901, des pièces anciennes, fit voir, en pareille posture, des chevaliers du moyen âge japonais.

Heureusement, on arrivait devant Saint-Joseph de Norvège. Ce qui restait des pirates fut pendu, et les blessés, soignés par d'excellents médecins, guérirent.— L'amour et le dévouement silencieux d'Odée furent alors — comme, du reste, depuis le premier jour — attendrissants : elle ne pensait qu'à lui et le servait avec des prévenances délicates. Mais, lui, il avait « son désir ailleurs », et, dès qu'il fut rétabli, il alla, de nouveau, faire ses adieux. Stupéfaction du roi :

> 7519   « Comment, dist li rois, que vous faut ?
> Je croi, poi de sens vous assaut.
> Vous ne poés repos soufrir... »

Supplications d'Odée. Mais la réponse du héros est toujours à peu près la même :

> 7753   « G'irai en Franche tourniier,
> Car j'en ay moul grant desirier. »

Pourtant, il fut touché, promit de revenir. Enfin il mit à la voile.

*
* *

Le navire passa en vue des côtes d'Écosse et de Danemark, par Finelaye et Logarde, où l'eau douce et l'eau salée se mêlent, et, après avoir rencontré bien des barques chargées de saumons frais, pêchés dans les « bras de mer » (les fjords), que l'on portait en Écosse, aborda à Bruges. Là, Sone écrivit à Odée (« un escrit, ployé en quariel estroit », v. 8269)

pour lui donner de ses nouvelles, et à son aîné pour
l'avertir qu'il arrivait. Fêtes à Nansai, dont l'auteur
croit devoir abréger la description, car « bien nous
deuwist souvenir, De le fin u devon venir » (v. 8424).
De Nansai à Doncheri, la distance n'était pas grande.
Sone la franchit bientôt, en compagnie de son frère.
Le sire de Doncheri chassait en plaine avec sa mesnie, le jour de cette visite. Ide se leva à la vue des
deux visiteurs, et les salua simplement. Elle avait
grand peur de recommencer les scènes de jalousie
d'autrefois, car elle aussi, elle aimait Sone « que plus
ne puet » (8511), « tant que ne puet plus » (10021).
Elle était si troublée qu'elle ne pensa même pas à
prier ses hôtes de se reposer. Henri de Nansai en fut
fort surpris, remarqua qu'elle était très pâle, et conclut que tout cela ne pouvait s'attribuer qu'à l'orgueil
ou au mal d'aimer. Du reste, la chambrière lui raconta
tout tandis que Sone et la belle Ide entamaient la conversation d'autre part.

> 8571   Se li dist : « Encore priasse
>   Mierci, se recouvrer cuidaisse. »
>   — « A cui? » — « A vous. » — « Pour coi a mi? »
>   — « A vous sui tous, n'ai riens en mi... »

Mais Ide ne put se retenir de montrer qu'elle savait
ce qui s'était passé en Norvège :

> 8601   Si dist : « Vous n'iestes mie faus
>   Qui en Noruweghe as gierfaus
>   Alastes moustrer vo desroi *.
>   Amie avés fille de roi...

* désordre.

Volés aussi que je vous croye ?
Avés vous esgardé la voye
U vous pourmener me cuidiés ? »

Dans la chaleur de ses reproches, elle se leva tout-
à-coup, et s'enfuit. — Cette fois encore Sone, « tout
déconfit », fit, sous la fontaine du verger, des réflexions mélancoliques : « Nulle merci ; elle m'a toujours haï ; et j'ai perdu mon temps. » Il promit à
Henri d'oublier.

Sur ces entrefaites, une invitation parvint à Nansai, de la part de la comtesse de Champagne, pour un
tournoi, à Châlons. Le prix de ce tournoi était un
mouton doré, exposé dans une cage. C'est là que
Sone entra en relations avec le ménestrel Roumenaus,
dans les circonstances suivantes. Il se désarmait à la
fin de la première journée du tournoi — où il avait
très bien fait, comme d'habitude, — lorsque Roumenaus entra chez lui, pour s'y faire héberger, se présentant comme « un ménestrel qui suit les braves à
domicile » :

9035   ... « Uns menestreus.
         Les preudommes sui as osteus. »

Henri accueillit très bien ce Roumenaus, qu'il
connaissait, et qui était homme d'honneur et de
courtoisie, fort estimé des princes. Il le fit manger
à son écuelle et coucher auprès de lui. La nuit, il
lui raconta les tourments que la demoiselle de Doncheri avait infligés à son frère.

Sone avait combattu *incognito*, et on avait vaine-

ment cherché à le retrouver après les joutes, pour lui
offrir le mouton doré. — Ici, intermède comique. —
Un chevalier, profitant de la disparition du vainqueur, se procura des armes pareilles, les abîma pour
qu'elles eussent l'air d'avoir servi au tournoi, et se
fit passer pour celui qui avait gagné le mouton. La
comtesse de Champagne y fut trompée, et elle aurait,
elle aussi, fait manger le faux vainqueur « à son
écuelle », si Roumenaus, intervenant, n'avait découvert la fraude. Le mauvais plaisant fut enfermé dans
la tour de Mont-Wimer[1].

Après cela, la comtesse fit crier partout qu'il y
aurait une table ronde à Machaut, et envoya ses messagers de château en château pour y convier personnellement les jeunes gens bien nés. Le prix serait,
cette fois, un cerf à cornes dorées, ornées de clochettes
d'or. Le terrain réservé aux jouteurs et à leurs amies
serait enclos d'un fossé, avec défense à tout autre de
franchir cette limite, sous peine de corps et d'avoir
(v. 9876). Un second enclos fut préparé « pour manger et caroler », sous des tentes, après les exercices.
— Sone, Ide et le frère d'Ide furent au nombre des
invités.

Comme au tournoi de Châlons, Sone, qui avait offi-
ciellement décliné l'invitation, vint sans se faire connaître. Le premier jour, il y eut un incident. Sone
avait déjà blessé et renversé le frère d'Ide et tous les jou-

1. Le château de Mont-Aimé en Champagne

teurs dont les écus étaient suspendus près d'Ide lorsqu'un de ces jouteurs, Renaut de Saint-Richier, furieux
d'avoir été désarçonné, se jeta sur Sone, l'épée nue,
avec plusieurs de ses amis ; mais la comtesse, voyant
la mêlée, se leva et ordonna aux sergents, gardes de
la table, de franchir le fossé pour s'emparer des
perturbateurs et les mettre en prison. A la cloche, la
comtesse « prit par la main » Sone, le vainqueur, et
le mena dans sa tente, où il devait se désarmer. Les
écuyers apportèrent ce qui était nécessaire : robes,
fermaux et de l'eau chaude ; ils le lavèrent, l'essuyèrent,
le peignèrent. A table, Sone fut placé le premier, à
côté d'Ide. Mais la comtesse fut fort étonnée de voir
qu'ils ne se parlaient pas.

10307   Si dist : « Or doit cascuns amer
         Qui revenus est de jouster...
         Amis, et je vous aideray
         A adrechier ce que je say. »

Toutefois elle n'osa pas insister. Les nappes ôtées,
elle prit Sone par la main droite, Ide de l'autre, et
leur dit :

10391   « I convient nous trois commenchier
         Le chanter pour fieste essauchier. »

Et elle commença aussitôt une chanson de carole :

   Main se leva bielle Aëlis[1]...

Le comte de Brabant, oncle de Sone, était un des

1. Sur cette chanson à refrain, voir G. Paris, dans les *Mélanges Wahlund*, p. 6.

princes qui assistaient à cette fête. La comtesse de
Champagne l'avertit, « en carolant », des maladresses
que son neveu commettait en amour, et du cas de
la belle Ide. Le vieux comte — il avait plus de quatre-
vingts ans (v. 12098) — entreprit alors, à son tour,
d' « arraisonner » la jeune fille :

```
10573    Et dist : « De vous me plainderoie
         Se vilonnie ne cremoie... »
         — Sire, quel tort trouvés sur mi ?
         Si le vous plaisoit a moustrer
         Je sui preste de l'amender... »
         — J'ai a neveu .I. chevalier
         De cui tout partout och traitier
         Que il vous a tous jours amé...
         N'onques n'oïstes sa proiiere,
         Et il est hons de tel maniere
         Que tant courouchier vous doutoit
         Que tout le resgne en eslongoit.
         Ensi pierdu l'avons piecha...
         Si a en maint peril esté...
         Et qui conforter le poroit
         Tel chevalier conquis aroit
         Con je sui, se je li plaisoie
         Et tout le pooir que j'aroie. »
         — « Sire, dittes, et je ferai... »
```

Il prit ensuite Sone à part, qui ne souffla mot. —
Le lendemain, Ide fit préparer cinq lances, garnies
chacune d'une « manche », et se plaça dans la loge à
côté du comte de Brabant. Lorsque Sone vint aux
loges « pour prendre lances », elle lui en tendit une,
ornée d'une manche blanche, en chantant cette chan-
sonnette :

```
10920    Je doins mon cuer a mon ami
         Et la blanque lanche au jouster.
```

A mout grant tort li escondi.
Je doins mon cuer a mon ami...

Elle les lui donna toutes les cinq. A la cinquième,
elle confia enfin à son voisin, l'oncle de Sone, la raison
qui l'avait persuadée de se conduire si durement envers un amant si fidèle : « Je suis filleule de sa mère,
et, en tel cas, mariage est défendu. » Alors le bon
comte de Brabant se décida à travailler, dorénavant,
pour son propre compte. Il aimait Ide de son côté,
malgré son âge ; il le lui dit ; il demanda sa main à
son frère, qui consentit joyeusement, « s'Ide le vuet
et no ami » (v. 11469). Mais elle ne voulut pas : « Mes
cuers n'est pas si tot cangiés » (v. 11491), répon-
dit-elle. Ainsi tout le monde s'en alla désolé, le comte
en Brabant, Ide à Doncheri, et Sone, suivi des chevaux qu'il avait gagnés — un vrai troupeau, il avait
l'air d'un marchand qui revient de la foire, — à
Nansai.

Cependant la comtesse de Champagne se préoccu-
pait toujours de rendre Sone à la société dont il était
l'ornement et qu'il s'obstinait à fuir. Par l'entremise
de Roumenaus, elle associa à cette pensée le roi et la
reine de France qui annoncèrent un grand tournoi
de deux jours à Montargis ; le troisième jour il y
aurait table ronde et cour plénière. Comment Sone,
quelle que fût sa mélancolie, aurait-il pu n'y pas
venir ?

Il s'y rendit, en effet. — De Nansai, avant de se
mettre en route, il envoya à Odée de Norvège, dont

le père venait de mourir, un message par un pèlerin
qui revenait de Saint-Jacques de Compostelle. En chemin, à Bar, il rencontra Luciane de Vaudémont et sa
famille. Certes, il n'aurait tenu qu'à lui d'avoir sur le
champ le royaume de Norvège ou l'expectative de
Vaudémont, en épousant l'une ou l'autre héritière.
Mais il était, plus que jamais, « fourmené d'amour ».
C'est à Senlis que les deux frères de Nansai se pré-
sentèrent au roi et à la reine. Le roi embrassa Sone.
La reine, princesse de Hongrie, qui était un peu parente des Nansai, et que persécutait une cabale de
cour, lui exprima très courtoisement le plaisir qu'elle
avait à voir enfin un si vaillant chevalier. Mais lui,
qui n'aimait pas à se vanter, fut embarrassé, changea
de couleur, regarda en l'air ; « car il ne savait parler
d'armes : il laissait cela aux hérauts ». La reine, ébau-
bie de ce silence, le considéra un peu, « tourna
l'épaule » et ne dit plus rien. D'autre part, les chevaliers de la cour de France, qui n'aimaient pas la reine,
marquèrent, par une froideur glaciale, qu'ils avaient
ressenti l'amabilité dont elle avait honoré d'abord cet
étranger. Sone et Henri furent très vivement choqués
de cette attitude, et que personne ne leur fit semblant
d'amour : « Allons-nous en, dit Henri ; ces gens-là
sont trop orgueilleux. » Ils s'esquivèrent au plus vite
Lorsque la reine l'apprit, elle se mit fort en colère,
jusqu'à frapper d'un bâton le grand sénéchal de
France.

Pendant ce temps-là, Odée, avertie par le pèlerin
qu'il y aurait un tournoi à Montargis où paraîtrait son

21

ami, fit un « lai » noté, qu'elle apprit à Papegai, une
pucelle, très habile joueuse de harpe. Puis elle fit
appeler une comtesse dont le fief était chargé de
l'obligation d' « aller en messages ». Et elle les expé-
dia, toutes deux, Papegai et la comtesse, à la cour de
Montargis.

Or, près de la forêt de Montargis il y avait une
grande maison fortifiée, assise sur une motte, mais
en ruines, dite « Souverain Mesnil ». Elle était habi-
tée par une pauvre famille de gentilshommes, qu'un
bailli très puissant auprès du roi avait « déshéritée »
par ses mensonges. C'est là que Sone alla s'établir,
en secret, à la veille du tournoi. L'hôte lui raconta
son histoire. Il s'appelait Godefroi. Il avait été seigneur d'une centaine d'homme liges ; sa femme
Emmeline était une des filles du comte de Flandre ;
jadis, il menait partout trente chevaliers à ses frais.
Mais il avait emprunté aux usuriers, et l'un d'eux
avait falsifié le chiffre de sa créance. De là procès, intervention du bailli, la disgrâce et la misère. — Il se
trouva que, par sa femme, ce pauvre homme était
allié à la maison de Nansai. Sone s'empressa donc
d'aller présenter ses hommages à cette dame, qui était
paralysée. Elle se souleva un peu, à sa venue :

13107   Et dist : « Biaus niés, bien vingniés vous.
Se je ne me lief contre vous
Je vous pri qu'il ne vous poist mie,
Car grans ensoingnes me mestrie... »

Il s'assit à côté d'elle. Elle s'écria : « Ah ! je suis

sûre que vous serez le lion que je vois dans mes visions, qui doit nous tirer de peine. » Il fut accueilli par elle, et par sa fille Nicole, qui était une merveille de beauté, comme un sauveur.

Le matin du tournoi, Sone entendit la messe, s'arma, mangea une soupe au vin, fit lacer son heaume de fabrique norvégienne, et s'élança dans la mêlée.

Il y avait beaucoup de monde dans les loges : dans la plus haute, la reine, et Roumenaus à ses côtés, qui lui désignait les barons d'après leurs écus ; la comtesse de Champagne était là, ainsi que la duchesse de Bourgogne, Madame de Bar, etc.

Sone s'était fait indiquer, par son hôte, un petit bois où il allait, après chaque passe d'armes, changer de harnachement, sans que personne s'en aperçût. Il parut d'abord avec une cotte à armer blanche, et chacun pensa que le chevalier blanc était le meilleur de tous. Puis il s'éclipsa, et reparut tout en rouge, et chacun pensa que le chevalier rouge l'emportait décidément. Puis en vert, et le chevalier vert fit oublier les deux autres.

Après quoi, il rentra au château délabré. Nicole l'y attendait, devant la salle. Elle le prit par la main, tout armé, et lui fit monter les degrés. Ses écuyers le désarmèrent et lui apportèrent ses robes, cote, surcot et manteau d'écarlate. « Prenez garde de prendre froid », lui dit sa vieille cousine. Et Nicole lui lava le visage à l'eau tiède, pour ôter « la peinture du fer. » — Pendant ce temps-là, la cour de

France discutait lequel avait le mieux fait, le blanc, le rouge ou le vert[1].

Le soir, il y eut un petit scandale à la cour. Roumenaus s'étant moqué de quelques chevaliers, ennemis particuliers de la reine, fort « enflés » de ce que le roi les avait autorisés à porter, dans ce tournoi, ses armes parties avec les leurs, et qui faisaient les vantards, ils voulurent l'assommer. La reine dut le protéger : « Ce n'est pas, dit-elle, une raison, parce que je suis de Hongrie, pour que les gens d'ici se permettent de maltraiter tous ceux que j'aime ; on a déjà éloigné Sone de chez moi....

> 13626　Vous haés ce que vueil amer...
> 　　　　Vengiés vous demain au tournoi,
> 　　　　Et si moustrés la vo bufoi *
> 　　　　Et non a mi deshounourer. »

Roumenaus, qui connaissait la retraite du héros, s'empressa naturellement de lui raconter l'aventure. « Ce serait grande joie à regarder, lui dit-il, si vous mettiez demain à la raison ceux qui persécutent la reine. » — Sone sourit.

> 13731　Dist Sones : « Rommenal, pourquoy ?
> 　　　　La venganche qu'afiert a moi ?
> 　　　　Avuec che, se je bien voloie,
> 　　　　Forche ne pooir n'en aroie.

* votre fierté.

1. Le thème du chevalier anonyme qui paraît successivement au tournoi sous trois armures différentes est un lieu commun de la littérature romanesque en français, depuis *Cligès*. Voir G. Paris, dans le *Journal des Savants*, 1902, p. 449, note.

Uns chevaliers sui d'un escu
Viers yalz * n'ai pooir ne viertu... »

Le lendemain, il revêtit une cote à armer d'azur,
avec un aigle d'or. Il mit par terre tous les vantards
et disparut. La reine en eut tant de joie qu'elle ne sut
pas s'empêcher de triompher.

13861 Ains dist : « Sire rois, vostre ami
   Qui a vous ont d'armes parti
   Aront ja le tournoi outré
   Se tant n'en i eüst viersé...
   Ne sont pas si plain de desroi,
   Ce me sanle, c'ui main estoient **,
   Quant vilenie me disoient.
   Et vous ont petit hounouré
   Quant les armes de royalté
   Font as piés des chevaus fouler... »

Mais le « grand bailli » était là, le « grand leres ***
bailli souverain » qui était le maître du roi, celui
qui avait ruiné le bon chevalier Godefroi. Il ne crai-
gnit pas de reprendre grossièrement la bonne reine
en ces termes :

14081 « Dame, vo parent de Hongrie
   Savent mieus jouster au mouton,
   Quant il en ont cuit le crepon ****.
   Quant cascuns a bien encargié †
   Et demi grant mouton mangié
   Et bu .IIII. pos de goudale ††
   Quant elle est [mout] fors et estale †††.

* contre eux. — ** si pleins d'élan, ce me semble, que ce matin.
*** voleur. — **** fait cuire l'échine. — † s'est bien lesté. —
†† sorte de bière. — ††† Ce mot n'est pas dans Godefroy.
L'éditeur pense à « estable », qui ne paraît pas acceptable. Cf.
l'anglais *stale*; il s'agit d'une bière de conserve, « reposée ».

> Et s'il s'en est bien enivrés
> Dont a ses anemis outrés.
> La apresistes a crier
> Et les preudommes a blasmer. »
> — Dist la royne : « Vous mentés
> Faus traytres, mauvais prouvés,
> Losengiers* plains de trecherie... »

C'est ainsi que l'auteur du roman se figurait les conversations dans le grand monde.

Le troisième jour, table ronde, en tout semblable aux précédentes. Roumenaus prévint Sone que les chevaliers du roi, vaincus la veille, avaient déjà pendu, « tout en un renc », leurs écus aux pieux des lices. Sone, armé, ce jour-là, d'un écu losangé, blanc et noir, avec des « couvertures » pareilles, provoqua successivement cinq des vantards et, de nouveau, eur « apprit à tomber ». Mais le sixième était un orgueilleux, qui se répandit en menaces, dès que son écu fut touché. Sone, voyant sa fureur, crut prudent de prendre son épée, car il prévit un combat pour de bon. Non sans raison. Ce ne fut pas d'une lance à fer émoussé que se servit son adversaire. Sone fut blessé légèrement au premier choc, et l'adversaire désarçonné appela ses amis à l'aide. Ils se jetèrent sur le vainqueur l'épée haute. Mais les hérauts s'écrièrent que le ban était faussé, les sergents d'armes intervinrent et les félons furent jetés dans une geôle.

Le roi et la reine auraient bien voulu que Sone,

*intrigant.

au lieu de s'esquiver, comme il faisait après chacun de ses exploits, vint se montrer et jouir de ses succès à leur cour. Il le lui firent savoir. Mais le héros répondit qu'il n'irait pas aussi longtemps que sa cousine, la dame de Souverain-Mesnil, resterait déshéritée, sans obtenir jugement. Jour fut donc pris pour le jugement, au grand émoi de Clabaud, le mauvais bailli du roi, qui, se voyant menacé, s'enfuit. L'auteur trouve encore le loisir de s'attarder à décrire ici les repas auxquels Sone participa en ce temps-là :

14839   Mainte coupe i ot aportée
Qui de pieument estoit rasée
Blanc vin, et viermeil et claré,
Vies et nouvel et cler rosé,
Et espices a leur voloir.

Cependant il ne laisse pas de déclarer qu'il se hâte ; à l'entendre, il ne demande qu'à terminer son ouvrage :

14794   Mais li grans hasters ne me laisse.
Je vueil ma matere furnir
Dont mout [or] ai cure a issir...

Mais il n'en finit pas pourtant. — Des chevaliers anglais arrivèrent pour prendre part à la table. Nouveaux succès du héros qui avait adopté ce jour-là les armes de sa famille, très connues en Allemagne : écu d'or au lion rampant. Le soir, Sone dut s'aliter, à cause de sa blessure. Les dames allèrent le voir ; la comtesse de Champagne, ayant considéré la plaie, reconnut qu'elle était assez grave pour justifier la retraite obstinée de Sone.

15083   Si dist : « Sire, la gent disoit
          Que mancolie vous cachoit ;
          Mais el i a que mancolie *... »

Elle profita de l'occasion pour lui offrir sa main, puisque tout était désormais rompu avec Ide de Doncheri ; mais à cette proposition il répondit, comme c'était son habitude en pareil cas, par des paroles très vagues.

Au reste, la disparition de Clabaud avait éclairé le roi, qui fit rendre incontinent son héritage à Godefroi. Et cela fit très bon effet.

A qui le prix du tournoi serait-il délivré ? C'est la comtesse de Champagne qui décida tout le monde à désigner Sone de Nansai, en produisant les coffres de celui-ci, où l'on trouva toutes les couvertures du chevalier blanc, du chevalier vert, du chevalier vermeil, du chevalier à l'écu losangé, bref de tous les champions entre lesquels on aurait pu balancer.

Au fêtes qui suivirent, le comte Thierri d'Aussai (d'Alsace), qui était parent des Nansai, s'éprit d'amour pour Nicole[1] :

15349   « Chiertes, puchielle, je dis voir...
          Se vous a mari me volés
          Faite en sera vo volentés. »

* Mais il y a, en effet, autre chose que mélancolie.

1. Il avait mangé un jour « à son écuelle », c'est-à-dire à côté d'elle. Il est dit à ce propos que l'étiquette ne s'opposait pas à ce que l'on fût placé à table à côté de sa propre femme :

15326   Cascuns mangoit delés s'amie
          U delés sa femme espousée.

— « Sire, ma volentés sera
U mes peres s'acordera.
U soit a gas, u soit vretés,
Mes sens n'est pas si haus levés
Que je de mon sens ouvrer vueille... »

Sone, consulté, consentit, mais à condition
que la sœur de Thierri, Felisse, épouserait son
frère Henri, le nain de Nansai. Et Felisse, quoique
médiocrement flattée, acquiesça, de son côté, parce
que le roi s'intéressait au projet :

15435   « Je ferai ce que vous vorrés...
Onques plus a mi ne parlés. »

Pendant les noces de Thierri et de Nicole, de Henri
et de Felisse, les messagères de Norvège débarquèrent
à Montargis. La menestrelle Papegai et la vieille
comtesse furent invitées à souper. La comtesse fit
sensation, car elle était fort laide, bossue[1], avec des
yeux de cheval, et d'une taille si gigantesque qu'elle
aurait pu emporter un chevalier sous son bras. On
s'intéressa aussi beaucoup à un Breton de leur suite,
qui faisait de merveilleux tours, qui cassa le bras de
Miraut, un des « champions royaux », et dont Sone
seul vient à bout. Enfin Papegai offrit au roi un
gerfaut, présent d'Odée, et, suivant ses instructions,
soumit la cause de sa maîtresse au jugement de la
cour de France. Elle prit sa harpe et chanta le lai

1. V. 15602 « ... une boche avoit — Derrière et une autre
devant ». Elle avait donc deux bosses, une devant, l'autre derrière. G. Gröber, l. c. : « mit doppeltem Munde. »

qu'Odée lui avait appris ; puis, elle posa la question :
l'amour qu'Odée avait pour Sone, et qui la ferait
mourir, si elle était plus longtemps dédaignée, ne lui
donnait-il pas des droits ? Le lai ouï, le roi et ses
barons décidèrent, à l'unanimité, que la princesse de
Norvège devait « avoir son ami ». A la requête de la
comtesse, Sone promit de se conformer au jugement
de la cour. — Madame de Champagne fut désolée,
mais elle sut dissimuler sa douleur : « Carolons,
dit-elle au roi, et faisons joie à ces noces. » Elle était
veuve, jeune et libre : elle aurait pu se remarier ; mais
Sone était perdu pour elle : elle ne se remaria jamais.

Le départ pour la Norvège fut, par conséquent,
décidé. Au dernier moment, Sone eut encore l'occasion de rendre un service à sa famille. Thierri
d'Alsace mourut, et Sone obtint de l'Empereur qu'il
inféodât les domaines du défunt au nain de Nansai,
son beau-frère. Désormais Henri de Nansai fut appelé
comte d'Alsace. C'est depuis lors que le château de
Nansai a disparu. Toutes les pierres en furent char-
royées pour bâtir les fortifications d'une ville nouvelle
que l'on appelle encore Nansai, ville bien connue
par ses excellents vins d'Alsace, que l'on exporte à
l'étranger (v. 16563 et suiv.).

*
* *

La réception de Sone en Norvège fut extrêmement
brillante : trois cents bateaux de toutes sortes, chargés
de musiciens, allèrent à sa rencontre. Le trône étant

vacant, il épousa Odée et fut couronné roi. Le jour de
la cérémonie, tout le monde était en blanc, samits
blancs et blanches touailles, ainsi qu'il était convenable. — Le nouveau roi et sa femme, couronnés,
parcoururent le royaume. Partout, ils faisaient « recor-
der les escris », et on leur offrait des présents ; mais
Sone était trop bien né pour en accepter. Il en faisait,
il n'en acceptait pas.

17508   Et une raison leur disoit :
         « Signour, le vostre en pais tenés...
         L'oumage vueil de vous avoir
         Et si laissiés coi vostre avoir...
         Ja povre pour mi ne serés. »

Cette conduite inusitée le rendit très populaire.

Le roman aurait pu finir là. Mais non. Il rebondit
tout à coup pour fournir une carrière nouvelle. —
Un beau jour on vit arriver en Norvège des Templiers irlandais, qui amenaient un enfant. Un de ces
Templiers était le maître qui, jadis, avait sauvé la vie
de Sone. « Sire, dit-il au bon roi, la reine d'Irlande
est accouchée, chez nous, d'un enfant qui vous appartient ; le voici, car elle allait le tuer, dans le
désespoir où elle est de vous savoir marié. » « Allez
le porter à ma femme », dit Sone ; et l'incident en
resta là. Quelque temps après, Odée accoucha de
deux jumeaux, et le roi Sone se trouva à la tête de
trois garçons. Il en eût plus tard un quatrième.

Une autre fois, ce fut un messager du pape qui
vint prier le roi de Norvège de s'armer contre les
ennemis du Saint-Siège, de « porter l'épée de saint

Pierre » et d'accepter la couronne impériale. Sone résolut d'accepter, mais il emmènerait sa famille...

Ici manque, dans le manuscrit, un cahier, dont on évalue le contenu à 2 400 vers.

Lorsque le récit reprend, Sone est devenu empereur. Il fait la guerre aux Sarrasins de l'Italie du Sud. Les aventures qui lui arrivèrent sont racontées très longuement, mais elles sont singulièrement insipides.

Des quatre fils de Sone, trois furent rois : de Norvège, de Sicile et de Jérusalem ; et le quatrième, qui avait marqué de bonne heure des dispositions à prêcher, devint pape. Lorsqu'il se sentit vers sa fin, Sone fit venir auprès de lui les trois rois, ses fils, et les couronna. Et à leur tour, ils couronnèrent l'impératrice, leur mère. Odée était fière de les voir, tous heureux, puissants et prospères :

> 20907   Mais une mierveille dirai...
> Qu'elle aime miex l'Emperëour,
> Son espousé et son signour,
> Qu'elle ne ferait .xx. enfans...
> Chelle amour qu'elle commencha
> En son cuer li enrachina,
> Se li est crute et raverdie
> Tous jours en son cuer engrossie.
> Plus l'aimme qu'elle ne soloit ;
> Car c'est l'amours qui ne recroit.

L'empereur vit qu'il allait mourir. Alors il communiqua à ses fils, assemblés autour de lui, les fruits de son expérience ; il leur fit son testament politique :

Aimez vos barons, méfiez-vous des prêtres, des moines
et des mauvais baillis.

20975   « Vous deves premiers Dieu amer
        Les commans de la foy garder.
        N'amés nul felon losengier :
        Sentir vous feroit son mestier.
        Amés vo franc homme prouvé
        En cui vous savés loyalté.
        Se vous voz savés entechié *
        Confessiés vous de vo péchié.
        Dont voist li priestres au moustier
        Et avuec vous voz chevalier,
        C'au besoing vous conseilleront,
        Lors cors pour le vostre metront.
        Prinches qui a a gouvrener
        Ne doit priestre a conseil mener.
        Faites loyalment justichier
        Ne se n'en prendés nul leuyuier **.
        Se vous mauvais baillieu avés
        Et vous souspendre le poës
        Ne le garisse raënchons ***...
        Ne as gens de religion
        N'antés, se pour vos pechiés non ****.
        Vos yretages deffendés
        Et sagement vous demenés...
        Larghes soiiés a voz barons
        Et si lor donnez les biaus dons... »

Quant à l'Empire, l'Empereur Sone le laissa au
dernier des trois fils de son frère Henri d'Alsace.
    Sone et Odée moururent le même jour, et on les
enterra devant l'autel de saint Pierre, à Rome, dans

* atteint (de péché). — ** loyer. — *** qu'il ne lui soit pas
permis de se sauver en payant une rançon. — **** N'hantez
pas gens de religion (les moines), sinon pour vos péchés.

un grand cercueil de cuivre, richement orné d'« ys-
toires ».

21318   De Sone ai finé et d'Odée.
         Mout orent bonne destinée.
         Et Jesu Cris mout les ama,
         Si que lor fruis fructefia.

APPENDICE

TRAVAUX
SUR L'HISTOIRE DE LA SOCIÉTÉ FRANÇAISE AU MOYEN AGE
D'APRÈS LES SOURCES LITTÉRAIRES

1. G. ALBRECHT. Vorbereitung auf den Tod, Totengebräuche und Totenbestattung in der altfranzösischen Dichtung. Halle a. S., 1892, in-8, 99 p.

2. E. ALTNER. Ueber die *Chastïements* in den altfranzösischen Chansons de geste. Leipzig, 1885, in-8, 86 p.

3. V. BACH. Die Angriffswaffen in den altfranzösischen Artus und Abenteuer-romanen. Marburg, 1887, in-8, 56 p. Dans les « Ausgaben und Abhandlungen » de E. Stengel, n° LXX, 58 p.

4. G. BAIST. Der gerichtliche Zweikampf, nach seinem Ursprung und in Rolandslied, dans *Romanische Forschungen*, V (1890), p. 436-48.

5. Fr. BANGERT. Die Tiere im altfranzösischen Epos. Marburg, 1884, in-8, 122 p. Dans les « A. u. A. », n° XXXIV (1885), 244 p.

6. A. BARTELT. Die Ausschreitungen des geistlichen Standes in der christlichlateinischen Litteratur bis zum XII Jahrhundert und in den altfranzösischen Fableaus. I Theil. Greifswald, 1884, in-8, 30 p. Inachevé.

7. K. BARTSCH. Die Formen des geselligen Lebens im Mittelalter. Publié en 1862, réimprimé dans *Gesammelte Vorträge und Aufsätze*. Freiburg u. Tübingen, 1883, in-8, p. 221-49.

8. I. BEKKER. Vergleichung

der homerischen und alt-
französischen Sitten. —
Homerische Ansichten
und Ausdruckweisen mit
altfranzösischen zusam-
mengestellt. Dans les *Mo-
natsberichte der Berliner
Akademie*, 1866 et 1867.

9. E. BERGER. Thomæ Can-
tipratensis « Bonum uni-
versale de apibus » quid
illustrandis sæculi xiii^{mi}
moribus conferat. Paris,
1895, in-8, 72 p.

9ª. L. BESZARD. Les larmes
dans l'épopée, particulièrement dans l'épopée française jusqu'à la fin du
xiie siècle, dans *Zeitschrift
für romanische Philologie*,
XXVII (1903), p. 385-
413.

10. G. BILFINGER. Die mittelalterlichen Horen und
die modernen Stunden.
Ein Beitrag zur Kul-
turgeschichte. Stuttgart,
1892, in-8.
     P. 23-39. Populäre Tages-
einteilung im Ausgang des
Mittelalters. Frankreich.

11. W. BLANKERBURG. Der
Vilain in der Schilderung
der altfranzösischen Fa-
bliaux. Greifswald, 1902,
in-8, 75 p.

12. E. BORMANN. Die Jagd in
den altfranzösischen Ar-
tus-und Abenteuer-roma-
nen. Marburg, 1887, in-8,

60 p. Dans « A. u. A. »,
n° LXVIII, 118 p.

13. W. BORSDORF. Die Burg
im « Claris und Laris »
und im « Escanor ». Ber-
lin, 1890, in-8, 107 p. —
Cf. *Romania*, XIX (1890),
p. 374.

14. L. BOURGAIN. La société
[française du xiie siècle]
d'après les sermons, dans
*La Chaire française au
XIIe siècle* (Paris, 1879,
in-8), p. 271-369.

15. F. BOURQUELOT. Le sui-
cide au moyen âge, dans
la *Bibliothèque de l'École
des Chartes*, 1842-43, p.
245.

16. H. BREDTMANN. Der spra-
chliche Ausdruck einiger
der geläufigsten Gesten
im altfranzösischen Karls-
epos. Marburg, 1889,
in-8, 70 p.

17. BRESSLAU. Rechtsalter-
thümer aus dem Rolands-
liede, dans l'*Archiv* de
Herrig, XLVIII (1871),
p. 291-306.

18. F. BRINKMANN. Das Pferd
in den romanischen Spra-
chen..., dans l'*Archiv* de
Herrig, L (1872), p. 123-
90.

19. LE MÊME. Der Hund in
den romanischen Spra-
chen... Ibidem, XLVI
(1870), p. 425-64.

20. CÉNAC-MONCAUT. Les jar-

dins du *Roman de la Rose* comparés avec ceux des Romains et ceux du moyen âge, dans *L'Investigateur, journal de l'Institut historique*, VIII (1868), p. 225-241.

21. F. CHAMBON. [Les eaux de] Bourbon au moyen âge [d'après *Flamenca*], dans la *Quinzaine bourbonnaise*, VI (1897), p. 12-17.

22. J. CONDAMIN. Le patriotisme dans les chansons de geste, dans la *Revue hebdomadaire du diocèse de Lyon*, 1882, II, 1, p. 406-10.

23. W. D. CRABB. Culture history in the Chanson de geste Aimeri de Narbone. Chicago, 1898, in-8, xxv-95 p.

24. DOERKS. Haus und Hof in den Epen Chrestiens von Troyes. Greifswald, 1885, in-8, 56 p.

25. E DREESBACH. Der Orient in der altfranzösischen Kreuzzugslitteratur. Bresslau, 1901, in-8, 96 p.

26. E. DUEMMLER. Zur Sittengeschichte des Mittelalters, dans la *Zeitschrift für deutsches Alterthum*, 1878, p. 256-8.

Sur la sodomie au moyen âge, notamment parmi les clercs. Liste de quelques textes latins.

27. A. EULER. Das Königthum im altfranzösischen Karls Epos. Marburg, 1886, in-8, 65 p. Dans « A. u. A. », n° LXV, 56 p.

28. J. FALK. Antipathies et sympathies démocratiques dans l'épopée française du moyen âge. Dans *Mélanges de philologie romane dédiés à Carl Wahlund, 7 janvier 1896*. Mâcon, s. d. [1896], p. 109-22.

29. LE MÊME. Étude sociale sur les chansons de geste. Nyköping, 1899, in-8, 136 p. Cf. *Romania*, XXIX (1900), p. 629.

30. W. FISCHER. Der Bote im altfranzösischen Epos. Marburg, 1887, in-8, 46 p.

31. J. FLACH. Le compagnonnage dans les chansons de geste, dans les *Études romanes dédiées à G. Paris*. Paris, 1891, in-8, p. 141-80.

La substance de ce travail a pris place dans l'ouvrage suivant du même auteur, où les sources littéraires ont été, d'ailleurs, largement utilisées: Les origines de l'ancienne France, t. II. Les origines communales, la féodalité et la chevalerie. Paris, 1893, in-8, 584 p. Cf. P. GUIL-

HIERMOZ. Les origines de la noblesse en France au moyen âge. Paris, 1902, in-8.

32. Fr. M. FORKERT. Beiträge zu den Bildern aus dem altfranzösischen Volksleben auf Grund der *Miracles de Notre Dame*. I, II (Glaubensleben, Kirchliches Leben). Bonn, 1901, in-8, 146 p.

Doit paraître avec une 3e partie: *Das welltliche Leben*.

33. E. FREYMOND. Jongleurs und menestrels. Halle a. S., 1883, in-8, 58 p.

34. C. FRITZSCHE. Die lateinischen Visionen des Mittelalters bis zur Mitte des 12. Jahrhunderts. Ein Beitrag zur Culturgeschichte. Halle, 1885, in-8. Publié, avec des additions, dans *Romanische Forschungen*, II (1886), p. 247-79, et III, p. 337-69. — Cf. *Romania*, XVIII (1889), p. 631.

35. L. GAUTIER. La chevalerie d'après les textes poétiques du moyen âge, dans la *Revue des questions historiques*, III (1867), p. 345-82.

36. LE MÊME. L'idée politique dans les chansons de geste. *Ibid.*, VII (1869), p. 79-114.

37. LE MÊME. L'enfance d'un baron. *Ibid.*, XXXII (1882), p. 396-463.

38. LE MÊME. L'idée religieuse dans la poésie épique du moyen âge. Publié en 1868, réimprimé dans *Littérature catholique et nationale*. Lille, 1893, in-8, p. 117-95.

39. Ch. GIDEL. Les Français d'autrefois. Dans la *Revue politique et littéraire*, 25 nov. 1871, 4 mai, 3 août, 10 août 1872.

L'esprit germanique dans les chansons de geste. — Retour de l'esprit gaulois dans les romans de chevalerie.

40. P. GRABEIN. Die altfranzösischen Gedichte über die verschiedenen Stände der Gesellschaft. Halle a. S., s. d. [1894?], in-8, 122 p.

41. G. G[RASSOREILLE]. La cour des sires de Bourbon au XIIe siècle [d'après *Flamenca*], dans la *Revue bourbonnaise*, I (1884), p. 229-238.

41ᵃ. F. GUILLON. Le *Roman de la Rose* considéré comme document historique... Paris, 1903, in-8, XII-224 p.

42. B. HAASE. Ueber die Gesandten in den altfranzösischen Chansons de geste. Halle-Berlin, 1891, in-8, 72 p.

43. B. Hauréau. Mémoire sur les récits d'apparitions dans les sermons du moyen âge, dans les *Mémoires de l'Académie des inscriptions et belles-lettres*, t. XXVIII, II (1876), p. 239-63.

44. W. Heidsiek. Die ritterliche Gesellschaft in den Dichtungen des Crestien de Troies., Greifswald, 1883, in-8, 40 p.

45. E. Henninger. Sitten und Gebräuche bei der Taufe und Namengebung in der altfranzösischen Dichtung. Halle a. S., 1891, in-8, 87 p.

46. F. W. Hermanni. Die culturhistorischen Momente im provenzalischen Roman Flamenca, Marburg, 1882, in-8, 63 p. Dans « A. u. A. », n° IV (Marburg, 1883, in-8), p. 77-137.

47. F. Herrmann. Schilderung und Beurteilung der gesellschaftlichen Verhältnisse Frankreichs in der Fabliaux Dichtung. Leipzig, 1900, in-8, xxxvi-72 p.

48. E. Heyck. Moderne Gedanken in Mittelalter, dans *Die Grenzboten*, LI, 2, p. 18-27.

D'après le *De recuperatione terre sancte* de Pierre Dubois.

49. C. A. Hinstorff. Kulturgeschichtliches in « Roman de l'Escoufle » und im « Roman de la Rose ou de Guillaume de Dole». Ein Beitrag zur Erklärung der beiden Romanen. Heidelberg, 1896, in-8, vi-69 p.

50. J. Houdoy. La beauté des femmes dans la littérature et dans l'art, du XIIe au XVIe siècle. Lille, 1876, in-8, 185 p.

51. A. Huenerhoff. Ueber die komischen « vilain »-Figuren der altfranzösischen Chansons de geste. Marburg, 1894, in-8, 50 p.

52. A. Joly. Civilité puérile et honnête [au moyen âge], dans les *Mémoires de l'Académie de Caen*, 1875, p. 402.

53. Le même. De la condition des vilains au moyen âge d'après les fabliaux, dans les *Mémoires de l'Académie de Caen*, 1882, p. 445.

54. Ch. Joret. La rose dans l'antiquité et au moyen âge. Paris, 1892, in-16.

L'auteur a dépouillé les principales œuvres des diverses littératures du moyen âge, en particulier la littérature française.

55. Ch. Jourdain. Mémoire sur l'éducation des femmes

au moyen âge, dans *Excursions historiques et philosophiques à travers le moyen âge* (Paris, 1888, in-8), p. 465-509.

56. Le même. Mémoire sur la royauté française et le droit populaire d'après les écrivains du moyen âge. *Ibid.*, p. 510-58.

57. J. J. Jusserand. Les sports et les jeux d'exercice dans l'ancienne France, dans la *Revue de Paris*, depuis le 15 mai 1900, et à part (Paris, 1901, in-8).

57[a]. Kæhler. Ueber den Clerus in den altfranzösischen Karlsepen.

Annoncé par R. Schröder, en 1886 (n° 109), comme devant paraître prochainement. N'a pas été publié.

58. W. Kalbfleisch. Die Realien in dem altfranzösischen Epos Raoul de Cambray. Giessen, 1897, in-8, 70 p.

59. A. Kaufmann. Thomas von Chantimpré über das Bürger-und Bauernleben seiner Zeit, dans la *Zeitschrift für deutsche Kulturgeschichte*, 1893, p. 289-302.

60. R. P. Kettner. Der Ehrbegriff in den altfranzösischen Artusromanen, mit besonderer Berücksichtigung seines Verhältnisses zum Ehrbegriff in den altfranzösischen Chansons de geste. Leipzig, 1890, in-8, 58 p.

61. A. Kitze. Das Ross in den altfranzösischen Artus-und Abenteuer-romanen. Marburg, 1887, in-8, 47 p. Dans « A. u. A. » n° LXXVI (1888), 48 p.

62. Th. Krabbes. Die Frau im altfranzösischen Epos. Marburg, 1884, in-8, 75 p. Dans « A. u. A, », n° XVIII, 84 p.

63. C. Krick. Les données sur la vie sociale et privée des Français au XII° siècle contenues dans les romans de Chrestien de Troyes. Kreuznach, 1885, in-8, 37 p.

64. M. Kuttner. Das Naturgefühl der Altfranzosen und sein Einfluss auf ihre Dichtungen. Berlin, 1889, in-8, 86 p.

65. Ch.-V. Langlois. La société du moyen âge d'après les fableaux, dans la *Revue bleue*, 22 août, 5 sept. 1891.

66. Le même. Les Anglais au moyen âge, d'après les sources françaises, dans la *Revue historique*, LII (1893), p. 298-315.

67. A. Lecoy de la Marche. La société au XIII° siècle. Paris, 1880, in-16, 382 p.

D'après les sermons.

68. Le même. La société d'après les sermons, dans *La Chaire française au moyen âge, spécialement au XIII*e *siècle*. Paris, 1886, in-8, p. 341-492.

69. A. Ledieu. Les vilains dans les œuvres des trouvères. Paris, 1890, in-12, 116 p.

70. E. Lenient. La satire en France au moyen âge. Paris, 1893, in-16, nouv. édit., 437 p.

71. G. Lindner. Die Henker und ihre Gesellen in der altfranzösischen Mirakel und Mysteriendichtung (xiii-xvi Jahrh.). Greifswald, 1902, in-8, 81 p.

72. Fr. Loliée. La femme dans la chanson de geste et l'amour au moyen âge, dans la *Nouvelle Revue*, XV (1882), p. 382-409.

73. J. Loubier. Das Ideal der männlichen Schönheit bei den altfranzösischen Dichtern des xii. und xiii. Jahrhunderts. Halle, 1890, in-8, 142 p.

74. G. Manheimer. Etwas über die Aerzte im alten Frankreich nach mehreren alt- und mittelfranzösischen Dichtungen. Berlin, 1890, in-8, 30 p. Publié, avec plus de déve-

loppements, dans les *Romanische Forschungen*, VI (1891), p. 581-614. — Cf. *Romania*, XXII (1893), p. 615.

75. K. Marold. Ueber die poetische Verwertung der Natur und ihrer Erscheinungen in den Vagantenliedern, dans la *Zeitschrift für deutsche Philologie*, XXIII (1891), p. 1-26.

76. Le même. Ueber den Ausdruck des Naturgefühls im Minnesang und in der Vagantendichtung. Leipzig, 1890, 256 p. Cf. *Nord und Süd*, LII (1890), p. 334.

77. Comte de Marsy. Le langage héraldique au xiiie siècle dans les poèmes d'Adenet le Roi, dans les *Mémoires de la Société des Antiquaires de France*, 5e série, II (1881), p. 169-212.

78. De Martonne. Recherches sur l'Acédia, dans les *Annales de la Société académique de Saint-Quentin*, 2e série, IX (1851), p. 187-99.

79. R. Mentz. Die Träume in den altfranzösischen Karls- und Artus-Epen. Marburg, 1887, in-8, 76 p. Dans « A. u. A. », n° lxxiii (1888), 107 p.

80. A. Méray. La vie au

temps des trouvères.
Croyances, usages et
mœurs intimes des xi°,
xii° et xiii° siècles, d'après
les lais, chroniques, dits
et fabliaux. Paris, 1873,
in-8, 330 p. — Cf. *Revue
critique*, 1874, I, p. 342.

81. LE MÊME. La vie au
temps des cours d'amour.
Croyances, usages et
mœurs intimes des xi°,
xii° et xiii° siècles, d'après
les chroniques, gestes,
jeux-partis et fabliaux.
Paris, 1876, in-8, 380 p.

82. D. MERLINI. Saggio di ri-
cerche sulla satira contro
il villano. Torino, 1894,
in-8, 232 p. — Cf. *Roma-
nia*, XXIV (1895), p. 142.

83. P. MERTENS. Die Kultur-
historischen Momente in
den Romanen des Chres-
tien de Troyes. Berlin,
1900, in-8, 68 p.

84. Fr. MEYER. Die Stände.
Ihr Leben und Treiben,
dargestellt nach den alt-
französischen Artus- und
Abenteuer-romanen. Mar-
burg, 1888, in-8, 79 p.
Dans « A. u. A. », n°
LXXXIX (1892), 132 p.

85. LE MÊME. Jugenderzie-
hung im Mittelalter, dar-
gestellt nach den altfranzösischen Artus- und
Abenteuer-romanen. So-
lingen, 1896, in-8, 28 p.

86. H. MODERSOHN. Die Realien in den Chansons de
geste Amis et Amiles und
Jourdain de Blaivies, ein
Beitrag zur Kultur... des
französischen Mittelalters.
Leipzig, 1886, in-8, 194
p. — Cf. *Romania*, XVII
(1888), p. 158.

87. H. MORF. Die Liebe in
den Dichtungen der Trou-
badours und Trouvères.
Dans *Nation*, 1887, p.
293-5.

88. C. Th. MUELLER. Zur
Geographie der älteren
Chansons de geste. Göt-
tingen, 1885, in-8, 36 p.

89. O. MUELLER. Die tägli-
chen Lebensgewohnheiten
in den altfranzösischen
Artusromanen. Marburg,
1889, in-8, 72 p. Cf. *Archiv für das Studium der
neueren Sprache und Lit-
teratur*, 1891, p. 120.

90. St. v. NAPOLSKI. Beiträge
zur Charakteristik mittelalterlichen Lebens an den
Höfen Süd Frankreichs,
gewonnen aus Zeugnissen
provenzalischer Dichtun-
gen. Marburg, 1885, in-8,
40 p.

91. LE MÊME. Höfische Erziehung und höfisches Wesen
im Mittelalter. Ein Bei-
trag zur Kulturgeschichte
Süd Frankreichs gewon-
nen aus Zeugnissen pro-

venzalischer Dichtungen. Charlottenburg, 1892, in-4, 30 p.

92. Th. LEE NEFF. La satire des femmes dans la poésie lyrique française du moyen âge. Paris, 1900, in-8 x-118 p. (Dissertation de Chicago). Cf. *Romania*, XXX (1901). p. 158.

93. H. OSCHINSKY. Der Ritter unterwegs und die Pflege der Gastfreundschaft im alten Frankreich. Ein Beitrag zur französischen Kulturgeschichte des XII u. XIII Jahrhunderts. Halle, 1900, in-8, 84 p. Et dans *Festschrift zu dem fünfzigjährigen Jubiläums des Friedrich-Realgymnasiums in Berlin*. Cf. *Romania*, XXIX (1900), p. 483.

94. G. PARIS. La Sicile dans la littérature française du moyen âge, dans *Romania*, V (1876), p. 109-13.

95. L. PETIT DE JULLEVILLE. La comédie et les mœurs en France au moyen âge. Paris, 1886, in-16, 362 p.

96. M. PFEFFER. Die Formalitäten des Gottes gerichtlichen Zweikampfs, dans la *Zeitschrift für romanische Philologie*, IX (1885), p. 1-74. — Cf. *Romania*, XV (1886), p. 627.

97. P. PFEFFER. Beiträge zur Kenntnis des altfranzösi-

schen Volkslebens, meist auf Grund der Fabliaux. I, Karlsruhe, 1898, in-4, 31 p.; II, *ib.*, 1900, in-4, 33 p.; III, *ib.*, 1901, in-4, 45 p. Cf. *Zeitschrift für französische Sprache und Litteratur*, XXV (1903), p. 55.

98. A. PREIME. Die Frau in den altfranzösischen Schwänken. Ein Beitrag zur Sittengeschichte des Mittelalters. Cassel, 1901, in-8, 171 p.

99. R. RENIER. Il tipo estetico della donna nel medio evo. Ancona, 1885, in-8, XIII-195 p.
Provenza, p. 1-24. — Francia del Nord, p. 25-44.

100. T. RONCONI. L'amore in Bernardo di Ventadorn ed in Guido Cavalcanti. Bologna, 1881, in-8, 85 p. Extrait du *Propugnatore*. — Cf. *Romania*, XI (1882), p. 427.

101. A. REUNIER. Quelques mots sur la médecine au moyen âge, d'après le « Speculum majus » de Vincent de Beauvais. Paris, 1893, in-8, 60 p.

102. E. RUST. Die Erziehung des Ritters in der altfranzösischen Epik. Berlin, 1888, in-8, 49 p.

103. E. SAYOUS. La France de saint Louis d'après la

poésie nationale. Paris, 1866, in-8, 208 p. — Cf. *Revue critique*, 1867, I, p. 110.

104. G. Schiavo. Fede e superstizione nell' antica poesia francese, dans la *Zeitschrift für romanische Philologie*, XIV (1890), p. 89-127, 275-97; XVII (1893), p. 55-112. — Cf. *Romania*, XIV (1890), p. 617, et *Le Moyen âge*, 1891, p. 5.

105. Fr. Schiller. Das Grüssen im Altfranzösischen. Halle a. S., 1890, in-8, 57 p.

106. H. Schindler. Die Kreuzzüge in der altprovenzalischen und mittelhochdeutschen Lyrik. Dresden, 1889, in-4, 49 p.

107. E. Schiött. L'amour et les amoureux dans les lais de Marie de France. Lund, 1889, in-8, 66 p. — Cf. *Romania*, XIX (1890), p. 155.

108. V. Schirling. Die Verteidigungswaffen im altfranzösischen Epos. Marburg, 1887, in-8, 54 p. Dans «A. u. A.», n° LXIX, 86 p.

109. R. Schröder. Glaube und Aberglaube in den altfranzösischen Dichtungen. Hannover, 1886, in-8, 36 p. — Idem. Ein Beitrag zur Kulturgeschichte des Mittelalters. Erlangen, 1886, in-8, 186 p.

Gott. — Der Marienkultus. — Die Heiligen. — Die Engel. — Fegefeuer und Paradies. — Der Teuffel. — Die Hölle. — Das alte Testament in den altfranzösischen Dichtungen. — Feen, Riesen, Zwerge, etc. — Der Aberglaube in den verschiedenen Gebieten der Natur. — Das Gottesurteil. — Der Heidenglaube.

110. E. Schulenburg. Die Spuren des Brautraubes, Brautkaufes und ähnlicher Verhältnisse in den französischen Epen des Mittelalters. Rostock, 1894, in-8, 48 p.

111. C. Schwarzenthaub. Die Pflanzenwelt in den altfranzösischen Karlsepen. I. Die Bäume. Marburg, 1890, in-8, 74 p. Inachevé.

112. F. Settegast. Der Ehrbegriff im altfranzösischen Rolandsliede, dans la *Zeitschrift für romanische Philologie*, IX (1885), p. 204.

113. Le même. Die Ehre in den Liedern der Troubadours. Leipzig, 1887, in-8, 46 p. — Cf. *Romania*, XVI (1887), p. 627.

114. O. Söhring. Werke

bildender Kunst in alt-
französischen Epen, dans
Romanische Forschungen,
XII, 3, p. 493-640.

115. E. Spirgatis. Verlo-
bung und Vermählung
im altfranzösischen volks-
tümlichen Epos. Berlin,
1894, in-4, 27 p. — Cf.
*Zeitschrift für französische
Sprache und Litteratur,*
XVII, p. 138-48.

116. R. Spitzer. Französ-
ische Kulturstudien. I.—
Beiträge zur Geschichte
des Spieles in Alt-Fran-
kreich. Heidelberg, 1891,
in-8, 54 p.

117. A. Sternberg. Die Angriffswaffen im altfran-
zösischen Epos, Marburg,
1885, in-8, 50 p. Dans
« A. u. A. », n° xlviii
(1886), 52 p.

118. F. Strohmeyer. Das
Schachspiel im Altfran-
zösischen. Beiträge zur
Kenntnis der Bedeutung
und Art des Schachspiels
in der altfranzösischen
Zeit. Dans *Abhandlungen
Herrn Prof. Dr. A. Tobler
zur Feier seiner fünfund-
zwanzigjährigen Thätigkeit
als O. P. an der Universität
Berlin.* Halle a. S., 1895,
in-8, p. 381-403.

119. H. Taine. Renaud de
Montauban. Les passions
au moyen âge. La morale

au moyen âge. Dans *Nou-
veaux essais de critique et
d'histoire.* Paris, 1880,
in-16, p. 155-69.

120. G. Tamassia. Il diritto
nell' epica francese dei
secoli xii e xiii. Roma,
1886, in-8. Extr. de la
*Rivista italiana per le
scienze giuridiche* (I, p.
230).

121. A. Tobler. Spielmannsleben im alten Fran-
kreich. Dans *Im neuen
Reich,* 1875, I, p. 321.

122. Le même. « Plus a
paroles an plain pot de
vin qu'an un mui de cer-
voise », dans la *Zeitschrift
für romanische Philologie,*
IV (1880), p. 80-5.

Recueil de textes relatifs
aux vanteries des chevaliers
après boire.

123. H. Trebe. Les trou-
vères et leurs exhorta-
tions aux croisades. Leipzig, 1886, in-4, 23 p.

124. K. Treis. Die Formalitäten des Ritterschlags in
der altfranzösischen Epik.
Berlin, 1887, in-8, 125.

125. L. Valmaggi. Lo spirito
antifemminile nel me-
dioevo. Conferenza. Tori-
no, 1890, in-18, 45 p.

126. O. Voigt. Das Ideal
der Schönheit und Häss-
lichkeit in den altfran-
zösischen Chansons de

geste. Marburg, 1891, in-8, 62 p.

127. E. WECHSSLER, Frauen-dienst und Vassalität, dans la *Zeitschrift für französische Sprache und Litteratur*, XXIV (1902), pp. 159-190.

Analogies du service d'a-mour et du service de fief.

128. H. WIECK. Der Teufel auf der mittelalterlichen Mysterienbühne Frank-reichs. Leipzig, 1887, in-8, 56 p.

129. M. WINTER. Kleidung und Putz der Frau nach den altfranzösischen Chan-sons de geste. Marburg, 1886, in-8, 62 p. Dans « A. u. A. », n° XLV, 66 p.

130. Fr. WITTHOEFT. Sir-ventes joglaresc. Ein Blick auf das altfranzösische Spielmannsleben. Mar-burg, 1889, in-8, 38 p. Dans « A. u. A. », n° LXXXVIII (1891), 73 p.

131. F. WOLF. Ueber ei-nige altfranzösische Doc-trinen und Allegorien

von der Minne. Wien, 1864, in-4, 60 p.

132. YON. La conversation en France au moyen âge, dans le *Bulletin de la Société des sciences, lettres et arts de Pau*, 1873-4, p. 456.

133. P. ZELLER. Die tägli-chen Lebensgewohnheiten im altfranzösischen Karls-Epos. Marburg, 1885, in-8, 73 p. Dans « A. u. A. », n° XLII, 80 p.

134. O. ZIMMERMANN. Die Totenklage in den alt-französischen Chansons de geste, dans *Berliner Bei-träge zur germanischen und romanischen Philologie*. Rom. Abtheil., n° XI. Cf. *Romania*, XXIX (1900), p. 158.

135. H. ZÜCHNER. Die Kampfschilderungen in der Chanson de Roland und anderen Chansons de geste. I. Der Zweikampf. Greifswald, 1902, in-8, 76 p.

La suite paraîtra « ail-leurs ».

Ont paru depuis la première édition du présent ouvrage :

136. Vte DE CALAN. La Bre-tagne dans les romans d'aventure. Vannes, 1903, in-8, 65 p.

137. ALICE A. HENTSCH. De la littérature didactique du moyen âge s'adressant spécialement aux femmes.

Cahors, 1903, in-8, xiv-
239 p. [Dissertation de
Halle, 1903].
138. O. Kühn. Ueber Er-
wähnung und Schilde-
rung von körperlichen
Krankheiten und Körper-
gebrechen in altfranzös-
ischen Dichtungen. Bres-
lau, 1904, in-8, 114 p.
139. W. Schober. Die Geo-
graphie der altfranzös-
ischen Chansons de geste.

I. Marburg, 1902, in-8,
100 p.
140. O. Schulz. Die Dars-
tellung psycholosischer
Vorgänge in den Roma-
nen des Kristian von
Troyes. Breslau, 1903,
in-8, vi-xl-156 p.
141. M. Wilmotte. Le sen-
timent de la nature au
moyen âge, dans la *Revue
latine*, III (1904), pp. 118-
128.

INDEX

DES NOMS DE PERSONNE ET DE LIEU

[Les chiffres renvoient aux pages.]

TABLE DES MATIÈRES

CHARTRES. — IMPRIMERIE DURAND, RUE FULBERT

LIBRAIRIE HACHETTE ET Cie

BOULEVARD SAINT-GERMAIN, 79, A PARIS

LES

GRANDS ÉCRIVAINS FRANÇAIS

ÉTUDES SUR LA VIE

LES ŒUVRES ET L'INFLUENCE DES PRINCIPAUX AUTEURS

DE NOTRE LITTÉRATURE

Notre siècle a eu, dès son début, et léguera au siècle prochain un goût profond pour les recherches historiques. Il s'y est livré avec une ardeur, une méthode et un succès que les âges antérieurs n'avaient pas connus. L'histoire du globe et de ses habitants a été refaite en entier; la pioche de l'archéologue a rendu à la lumière les os des guerriers de Mycènes et le propre visage de Sésostris. Les ruines expliquées, les hiéroglyphes traduits ont permis de reconstituer l'existence des illustres morts, parfois de pénétrer jusque dans leur âme.

Avec une passion plus intense encore, parce qu'elle était mêlée de tendresse, notre siècle s'est appliqué à faire revivre les grands écrivains de toutes les littératures, dépositaires du génie des nations, interprètes de la pensée des peuples. Il n'a pas manqué en France d'érudits pour s'occuper de cette tâche; on a publié les œuvres et débrouillé la biographie de ces hommes fameux que nous chérissons comme des ancêtres et qui ont contribué, plus même que les princes et les capitaines, à la formation de la France moderne, pour ne pas dire du mond moderne

Car c'est là une de nos gloires, l'œuvre de la France a été accomplie moins par les armes que par la pensée, et l'action de notre pays sur le monde a toujours été indépendante de ses triomphes militaires : on l'a vue prépondérante aux heures les plus douloureuses de l'histoire nationale. C'est pourquoi les maîtres esprits de notre littérature intéressent non seulement leurs descendants directs, mais encore une nombreuse postérité européenne éparse au delà des frontières.

Beaucoup d'ouvrages, dont toutes ces raisons justifient du reste la publication, ont donc été consacrés aux grands écrivains français. Et cependant ces génies puissants et charmants ont-ils dans le monde la place qui leur est due? Nullement, et pas même en France.

Nous sommes habitués maintenant à ce que toute chose soit aisée; on a clarifié les grammaires et les sciences comme on a simplifié les voyages; l'impossible d'hier est devenu l'usuel d'aujourd'hui. C'est pourquoi, souvent, les anciens traités de littérature nous rebutent et les éditions complètes ne nous attirent point : ils conviennent pour les heures d'étude qui sont rares en dehors des occupations obligatoires, mais non pour les heures de repos qui sont plus fréquentes. Aussi, les œuvres des grands hommes complètes et intactes, immobiles comme des portraits de famille, vénérées, mais rarement contemplées, restent dans leur bel alignement sur les hauts rayons des bibliothèques.

On les aime et on les néglige. Ces grands hommes

semblent trop lointains, trop différents, trop savants,
trop inaccessibles. L'idée de l'édition en beaucoup
de volumes, des notes qui détourneront le regard,
l'appareil scientifique qui les entoure, peut-être le
vague souvenir du collège, de l'étude classique, du
devoir juvénile, oppriment l'esprit ; et l'heure qui
s'ouvrait vide s'est déjà enfuie ; et l'on s'habitue ainsi
à laisser à part nos vieux auteurs, majestés muettes,
sans rechercher leur conversation familière.

L'objet de la présente collection est de ramener
près du foyer ces grands hommes logés dans des
temples qu'on ne visite pas assez, et de rétablir
entre les descendants et les ancêtres l'union d'idées
et de propos qui, seule, peut assurer, malgré les
changements que le temps impose, l'intègre conser-
vation du génie national. On trouvera dans les volumes en cours de publication des renseignements
précis sur la vie, l'œuvre et l'influence de chacun
des écrivains qui ont marqué dans la littérature
universelle ou qui représentent un côté original de
l'esprit français. Les livres sont courts, le prix en
est faible ; ils sont ainsi à la portée de tous. Ils sont
conformes, pour le format, le papier et l'impression,
au spécimen que le lecteur a sous les yeux. Ils donnent, sur les points douteux, le dernier état de la
science, et par là ils peuvent être utiles même aux
spécialistes. Enfin une reproduction exacte d'un
portrait authentique permet aux lecteurs de faire, en
quelque manière, la connaissance physique de nos
grands écrivains.

En somme, rappeler leur rôle, aujourd'hui mieux

connu grâce aux recherches de l'érudition, fortifier leur action sur le temps présent, resserrer les liens et ranimer la tendresse qui nous unissent à notre passé littéraire; par la contemplation de ce passé, donner foi dans l'avenir et faire taire, s'il est possible, les dolentes voix des découragés : tel est notre objet principal. Nous croyons aussi que cette collection aura plusieurs autres avantages. Il est bon que chaque génération établisse le bilan des richesses qu'elle a trouvées dans l'héritage des ancêtres, elle apprend ainsi à en faire meilleur usage; de plus, elle se résume, se dévoile, se fait connaître elle-même par ses jugements. Utile pour la reconstitution du passé, cette collection le sera donc peut-être encore pour la connaissance du présent.

J. J. JUSSERAND.

LIBRAIRIE HACHETTE ET Cie

BOULEVARD SAINT-GERMAIN, 79, A PARIS

LES

GRANDS ÉCRIVAINS FRANÇAIS

ÉTUDES

SUR LA VIE, LES ŒUVRES ET L'INFLUENCE
DES PRINCIPAUX AUTEURS DE NOTRE LITTÉRATURE

Chaque volume in-16, orné d'un portrait en héliogravure, broché, 2 fr.

LISTE DANS L'ORDRE DE LA PUBLICATION

DES **47** VOLUMES PARUS

(Octobre 1903)

THIERS, *par M. P. DE RÉMUSAT*
sénateur, membre de l'Institut.

D'ALEMBERT, *par M. JOSEPH BERTRAND*
de l'Académie française.

MADAME DE STAEL, *par M. ALBERT SOREL*
de l'Académie française.

THÉOPHILE GAUTIER, *par M. MAXIME DU CAMP*
de l'Académie française.

BERNARDIN DE SAINT-PIERRE,
par M. ARVÈDE BARINE.

MADAME DE LAFAYETTE,
par M. le comte D'HAUSSONVILLE
de l'Académie française.

MIRABEAU, *par M. EDMOND ROUSSE*
de l'Académie française.

RUTEBEUF, *par M. CLÉDAT*
professeur de Faculté.

STENDHAL, *par M. ÉDOUARD ROD.*

ALFRED DE VIGNY,
par M. MAURICE PALÉOLOGUE.

BOILEAU, *par M. G. LANSON.*
professeur de Faculté.

CHATEAUBRIAND, *par M. de LESCURE.*

FÉNELON, *par M. Paul JANET.*
membre de l'Institut.

SAINT-SIMON, *par M. GASTON BOISSIER*
secrétaire perpétuel de l'Académie française.

RABELAIS, *par M. RENÉ MILLET.*

J.-J. ROUSSEAU, *par M. ARTHUR CHUQUET*
professeur au Collège de France.

LESAGE, *par M. EUGÈNE LINTILHAC.*

VAUVENARGUES, *par M. MAURICE PALÉOLOGUE.*

DESCARTES, *par M. ALFRED FOUILLÉE*
membre de l'Institut.

VICTOR HUGO, *par M. LÉOPOLD MABILLEAU*
professeur de Faculté.

ALFRED DE MUSSET, *par M. ARVÈDE BARINE.*

JOSEPH DE MAISTRE, *par M. GEORGE COGORDAN.*

FROISSART, *par Mme MARY DARMESTETER.*

DIDEROT, *par M. JOSEPH REINACH.*

GUIZOT, *par M. A. BARDOUX*
membre de l'Institut.

MONTAIGNE, *par M. PAUL STAPFER*
professeur de Faculté.

LA ROCHEFOUCAULD, *par M. J. BOURDEAU.*

LACORDAIRE, *par M. le comte D'HAUSSONVILLE*
de l'Académie française.

ROYER-COLLARD, *par M. E. SPULLER.*

LA FONTAINE *par M. G. LAFENESTRE*
membre de l'Institut.

— 8 —

MALHERBE, *par M. le duc DE BROGLIE*
de l'Académie française.

BEAUMARCHAIS, *par M. ANDRÉ HALLAYS.*

MARIVAUX, *par M. GASTON DESCHAMPS.*

RACINE, *par M. GUSTAVE LARROUMET*
membre de l'Institut.

MÉRIMÉE, *par M. AUGUSTIN FILON.*

CORNEILLE, *par M. G. LANSON*
professeur de Faculté.

FLAUBERT, *par M. ÉMILE FAGUET*
de l'Académie française.

BOSSUET, *par M. ALFRED RÉBELLIAU.*

PASCAL, *par M. ÉMILE BOUTROUX*
membre de l'Institut

FRANÇOIS VILLON, *par M. GASTON PARIS*
de l'Académie française.

ALEXANDRE DUMAS père,
par M. HIPPOLYTE PARIGOT.

ANDRÉ CHÉNIER, *par M. ÉMILE FAGUET*
de l'Académie française.

(Divers autres volumes sont en préparation.)